光尘
LUXOPUS

This Time Next Year

明年今日

[英]苏菲·科森斯 著

张源 译

Sophie Cousens

图书在版编目（CIP）数据

明年今日 /（英）苏菲·科森斯著；张源译. -- 北京：北京联合出版公司, 2022.11
ISBN 978-7-5596-5985-9

Ⅰ.①明… Ⅱ.①苏… ②张… Ⅲ.①长篇小说－英国－现代 Ⅳ.①I561.45

中国版本图书馆CIP数据核字(2022)第030475号
北京市版权局著作权合同登记图字：01-2022-1131

Copyright Sophie Cousens, 2020
First published as THIS TIME NEXT YEAR in 2020 by Arrow, an imprint of Cornerstone.
Cornerstone is part of the Penguin Random House group of companies.

明年今日

作　　者：［英］苏菲·科森斯
译　　者：张　源
出 品 人：赵红仕
特约监制：孙淑慧
产品经理：谢紫菱
责任编辑：夏应鹏
营销编辑：周久琦　林亦霖
出版统筹：慕云五　马海宽
封面设计：陆璐@kominskycraper
封面绘制：李一婧

北京联合出版公司出版
（北京市西城区德外大街83号楼9层　100088）
北京联合天畅文化传播公司发行
北京中科印刷有限公司印刷　新华书店经销
字数268千字　880毫米×1230毫米　1/32　印张10.75
2022年11月第1版　2022年11月第1次印刷
ISBN 978-7-5596-5985-9
定价：59.00元

版权所有，侵权必究
未经许可，不得以任何方式复制或抄袭本书部分或全部内容
本书若有质量问题，请与本公司图书销售中心联系调换。电话：（010）64258472-800

目录
CONTENTS

厄运派对 / 001

厕所惊魂 / 012

伦敦第一个九〇后宝宝 / 016

偷名字的人 / 025

生日双胞胎 / 027

明妮的伦敦生活 / 032

明妮的印度之旅 / 043

明妮的馅饼店 / 052

奎因的印度之旅 / 064

司机先生 / 071

债务危机 / 083

回家 / 093

明妮的遇见餐厅 / 104

存在主义危机 / 110

大客户 / 122

童年的千年隼 / 129

单人模式 / 136

自愿分手 / 143

奎因的叛逆之夜 / 152

待办事项 / 162

道歉 / 167

梦中婚礼 / 176

关闭馅饼店 / 186

新生活 / 194

奎因的遇见餐厅 / 198

偶遇 / 205

企鹅的爱情 / 216

拒绝 / 222

求婚 / 227

椰子女侠 / 235

泳池约会 / 247

只是朋友 / 253

搬家 / 261

明妮的叛逆之夜 / 270

恋爱建议 / 274

走出兔子洞 / 288

新馅饼计划 / 293

过期的邀约 / 301

重逢 / 308

婚礼 / 315

幸运日 / 321

樱草山之夜 / 332

厄运派对

【2019 年跨年夜】

深夜果酱俱乐部里人头攒动。整个俱乐部里充斥着重低音的律动,墙上是黏糊糊的汗水、酒精,甚至是其他什么更糟糕的东西。明妮紧紧抓住格雷格的手,艰难地挤过门口的人群。

"我们永远都到不了吧台。"格雷格对她喊道。

"什么?"明妮大叫着,她的耳朵正在努力适应重低音炮。真的会有人喜欢这么大声的音乐吗?

"我们别想在午夜之前喝一杯了。我连露西的派对在哪儿都不知道。"格雷格说。

他指指上面,暗示他们应该试着往楼上走,去二层的露台看看。明妮看着手表——还有十分钟就十二点了。到目前为止,这一整个晚上只是证实了她对跨年夜的憎恶。她为什么不按照原计划待在家里,十点钟就上床睡觉呢?随后,她想起家里的暖气停了——她是出来蹭暖气的。格雷格很想参加这个朋友的派对,要是让他一个人来的话,她会觉得自己是个差劲的女朋友。

明妮任由格雷格拽着自己穿过一群跳舞的人。最后，他们终于摆脱了狂热的人群，走到凉爽的夜空下，俱乐部重重的贝斯声也没有那么刺耳了。

"看着点！"格雷格一把推开一个挡路的醉汉，喊道。他怒视着那个醉汉，想提醒他他把啤酒洒到别人身上了，但那个人早就醉得不知道东南西北了。

"我警告过你不要跟我一起过新年吧。"明妮说。

"能不能不要说这种不吉利的话了？"格雷格摇摇头说。

"实话实说，本来就是这样，跨年夜我身上总会发生坏事。就算今晚这整栋建筑起火，或者一颗小行星的碎片正好砸在我现在站的地方，我都不会感到惊讶。"

"我不认为我们今晚过得这么糟糕是因为你背负诅咒了，我觉得今晚上之所以变成这样，是因为你非得拉着我一起去银河系那头那个奇怪的艾伦家里吃晚饭。现在好了，等我们到派对上的时候，还有两秒就十二点了，所有人都喝着月亮果汁①喝开心了，然后……玩《星际指挥官》角色扮演游戏吗？"格雷格抬起一根手指贴在耳边，停下来假装听播报，"指挥中心说我们去的这个派对是错的。"

"允许放弃任务吗？"明妮满怀期待地问。

"不允许。"格雷格说。

明妮和格雷格已经约会五个月了。他们是在市政厅外抗议伦敦经济适用房供应短缺的游行中相遇的。格雷格是报道这个事件的记者，而明妮则是去支持一个曾经找她递送食物的客户。明妮和她的朋友莱拉为游行做了个条幅，上面写着"住房（HOUSING）是人权"，但第

---

① 一种以养生为卖点的果汁。（编者注）

一个"H"上喷的漆太多了,看起来有点像"M",标语就变成了"老鼠(MOUSING)是人权"。游行的时候,明妮、莱拉和梅尔文夫人发现他们正好走在一群打扮成猫的人旁边。那些"猫"把衣服里塞满了东西,所以看起来过于肥重,还有几只戴着黑高顶礼帽和单片眼镜。有个人穿着一件T恤,上面写着"拒绝肥猫!"。格雷格跑过去给明妮的条幅拍照,前面的肥猫们格外显眼。他摇摇头,笑着跳开了。

"你笑什么?"明妮生气地喊道。

"猫太肥可能是因为那个老鼠?"格雷格指着她的条幅说。莱拉看了看,也笑起来。明妮翻了个白眼。

"这上面写的不是老鼠。"她两只手使劲叉着腰说。

"但确实看起来很像老鼠,明妮。"莱拉说。

"明妮老鼠,这张照片会出现在本报头条哦。"格雷格狡猾地笑着说。

"最好不会。"明妮忍住笑,拿着条幅去追他,假装要用条幅打他的脑袋。

格雷格那调侃的样子和棱角分明的轮廓很快吸引了明妮。格雷格留着整齐的棕色胡须,戴着一副独特的深色眼镜。两个人开始约会后,明妮发现格雷格喜欢起标题不仅仅是为了工作——格雷格喜欢给自己做的一切加注解。明妮在台阶上摔倒时,他会说"在楼梯上摔倒——楼梯寻求法律建议,很可能要把它们铲平!";或者,她将水果盘中的最后一根香蕉拿走时,他会用美国口音蹦出一串:"果盘凶杀案悬而未决——受害人疯了?还是越过了道德底线?还是仅仅是吃不到葡萄说葡萄酸?[①]"。他最擅长的就是一语双关。格雷格今天晚上没有开

[①] 原文"Fruit bowl homicide still unsolved——Did victim go bananas? Cross the lime? Or was it simply a case of sour grapes?"是双关语,"go bananas""cross the lime"和"sour grape"这三个双关语中提到了香蕉、酸橙和葡萄三种水果。(编者注)

任何玩笑。

"听着,你待在这儿别动,"他叹了口气,环顾四周的阳台说,"我原路返回,去找找那个私人房间到底在哪儿。"

"好吧,如果你走了之后小行星坠落的话,那我只能说再见了,我已经告诉过你了,还有,新年快乐!"明妮努力让自己听起来很乐观。

格雷格走了之后,明妮转身望着伦敦的天际线开始发抖。城市散发出一种静谧感,与喧嚣的俱乐部形成鲜明对比。建筑物沐浴在银色的月光下,夜空寂然无云。明妮真希望可以把自己送到另一个空旷的摩天大楼顶部,躺下来静静凝望,不受任何人打扰。

"十、九、八……"人们开始倒计时,"七、六、五……"明妮看着那些期待午夜之吻的情侣聚拢在一起。她很高兴格雷格没在这儿吻她——像旅鼠一样把嘴唇锁在一起,真是个荒唐的传统。"四、三、二、一,新年快乐!"

烟花在空中绽放,用五彩缤纷的光照亮了下面的城市。巨大的能量在黑暗中爆发,微型宇宙在闪耀中显现,然后慢慢消逝。明妮为这转瞬即逝的光芒感叹不已。下方的城市建筑看上去静寂而庄重——完全不为空中的狂热活动所动。在俱乐部的阳台上,烟火在不辨东西南北的一张张脸上投下丑陋的阴影,照亮丢满了烟头和塑料杯的肮脏角落。一群穿高跟鞋的女孩摇摇晃晃地撞到明妮身上,明妮不得不抓住栏杆才能保持平衡。

"祝我生日快乐。"明妮平静地对自己说。然后,她就感觉到有什么东西热乎乎、湿漉漉的——是一个穿高跟鞋的女孩吐在了她背上。

格雷格回来的时候,露台上的人已经散去,明妮正坐在栏杆旁边的地上等他。

"你穿的那是什么?你的上衣呢?"格雷格问。明妮把湿透的衬衫叠好放在了书包里,现在身上穿的是她的灰色保暖背心,细肩带已经磨破了。

"有人吐在我衬衫上了。"她耸耸肩。

"噢，天哪！那可真是有点少儿不宜了。"格雷格一只手握成杯状放在嘴前，假装拿了一只麦克风，"气象报告——D罩杯里出现风暴。"

"好吧，确实如此，叫呕吐时装也行。你找到那个派对了吗？"

格雷格点点头。他领着她穿过俱乐部往回走，上了另一个楼梯，然后穿过一扇覆盖着红色天鹅绒的双层门，门口有两个站岗的秃头保安。

"我刚刚出去了一下——我们是来参加生日派对的。"格雷格解释道。保安挥挥手示意他们过去，明妮走过的时候，保安瞥了一眼她的胸，她赶紧把双手抱在胸前。

红色天鹅绒大门这边的派对与他们之前待的地方完全是两个天地：这里的音乐音量适中，人们看起来衣着得体、举止高雅，服务生一直在添香槟，也没有人会吐在别人身上。房间的弧形外墙是落地玻璃，外面180°的城市美景一览无余，很是壮观。这是有钱人的派对，明妮立刻感到有些害怕。她知道他们那样的人会如何对待像她这样的人，他们会居高临下地傲视她，更可能一眼看穿她。如果她装备齐全，或许还能给那些不太在意的人留下个好印象，但她身上这件破旧的保暖背心显然不行。

"露西！"格雷格挥着手，朝一个穿红色紧身连衣裙的金发高个儿女孩喊道。女孩转过身，会意地笑了笑，然后挥挥手，开始穿过人群朝他们走过来。"迟到总比没到好，你好，"格雷格伸出手去扶着她的手臂，"这是明妮。来的路上有人吐在她身上了。"

"你好。"露西说。她那弧线优美的嘴唇包在整齐漂亮的牙齿上，露出一个同情的微笑："真抱歉，楼下那个俱乐部太不友好了。"明妮摇摇头，耸耸肩表示没关系。"客人得费尽周折才能到达 VIP 套房，这真是太荒谬了。"

"派对不错。"明妮环顾四周畅饮的人群说。办这么一个派对得多少钱啊？

"一来今天是我男朋友的生日。二来我们也想利用这个机会找个借口办一场盛大的跨年夜狂欢。"露西轻轻地挥了挥手说，"哦，对了，格雷格说你也是一月的第一个宝宝对吗，明妮？"

"哦，生日快乐！"格雷格急忙说。露西转过头看着他。

"格雷格，你还没跟明妮说过生日快乐吗？快甩了他吧，明妮！"露西大笑着去挠格雷格的肋骨。格雷格脸红了，盯着自己的脚。

"我不怎么过生日的。"明妮微微笑了笑。

他们站在那里，有片刻的沉默。

"那个，呃，露西是报纸的美食专栏作家，"格雷格说，"我真想像她一样。我上周在《小红胭脂》上看到你的文章了，真是让人羡慕死了，露西。"

"也没有那么好，亲爱的。你看我越来越胖，还不得不吃下许多米其林星级餐厅的餐食，我感觉自己就像一只做鹅肝的鹅，快被填爆了。"露西说。

明妮瞥了一眼那条仿佛写着"瞧我多瘦"的紧身连衣裙下露西苗条婀娜的身材。

"哦，真是的，那可真是太辛苦了，"格雷格说着，用胳膊肘顶了顶她，"逼迫聪明又美丽的女孩吃下精致的食物——人权活动家随时待命！"

露西仰头哼了一声，不出声地笑着，然后一把抓住格雷格的胳膊，好像要摔倒了似的。

"明妮，你和他在一起一定很开心。"

明妮点点头，虽然她也不知道格雷格的搞笑报纸头条是不是可能开始让人厌烦了。

"对了，明妮也在食品行业。"格雷格直了直身子说，"她在慈善领域经营自己的餐饮业务。"

"听起来很有趣。"露西看着明妮身后挥了挥手，跟什么人打了个招呼。

"我可不认为给老年人做馅饼也算是在'食品行业'，不过谢谢抬举，亲爱的。"明妮揉着格雷格的背说。

"你那边会举办活动吗？或许我可以去找你？"露西重新把注意力集中在明妮身上说。

"不，我们只是为老人做馅饼。公司的名字叫'没有硬馅'，有点像那种上门送餐服务。"

露西眨了好几次眼睛。

"没有硬性？"她说。

"不是，"明妮说，"没有硬馅，说的是馅饼里的馅儿。嗯，听起来挺滑稽的。"

"哦，我懂了。哈哈。"露西皱皱鼻子说，然后再次无声地笑了笑，"那一定非常……充实。"

"要不是一直免费提供东西，雇员消极怠工没有职业道德，明妮的公司会比现在成功得多。"格雷格说。

"没有，不是那样的。"明妮低下头说。

"嗯，听起来确实很有成就感。"露西说，"我发现老人都特别贴心，是不是？"

"有些很贴心，有些就特别垃圾，跟我们一样。"明妮说。格雷格使劲咳嗽起来，明妮拍了拍他的后背。

"不过你不是准备拓展业务吗，明妮？"格雷格平复后说，"这是她现在的客户基础,不过她可以轻松拓展客户的,做做婚礼啊,企业啊,高端活动什么的。或许露西可以帮你介绍一些熟人?"

"当然可以,很高兴能帮上忙。"露西说着,对着房间里的什么人挥了挥手,然后准备要走,"抱歉,我必须得去那边了。你们自便,喝点香槟吧——我们订了好多。还有,不用担心迟到的事,派对还没有真正开始呢。"

露西仰起头,脸上瞬间挂上女主人式的职业笑容,然后一甩丝绸般的长发,转身走开了。明妮看到格雷格的眼睛一直盯着穿过房间走远的露西。

看到他们空手站着,一个服务生过来给他们递上香槟。两个人各拿了一杯准备碰杯,但没碰上,格雷格的香槟洒到了明妮的手腕上。他迅速缩回手,喝了一大口酒。

"新年快乐。"明妮说。

"新年快乐,"格雷格说,然后顿了一下,"生日更快乐。我,呃,我给你买了礼物,在我的公寓里。不过抱歉,还没有机会包起来。"

"不用担心。我说过了,不用送我任何东西。"

格雷格来回倒腾着两只脚,眼神一直在房间里四处飘。

"露西·多诺休是个非常值得一交的人,我跟你说过,今晚来一趟肯定很值。她认识你们行业里所有的人。永远都不要低估良好的社交对人生的重要意义,明妮。"

"我倒是怀疑她是不是认识馅饼行业里的所有人。"明妮说,然后提高了音调,用那种上流社会的语气说,"除非面点师能在法兰西小街上用鹅肝酱做出甘蓝小馅饼。"明妮伸了伸舌头,然后咯咯地笑起来。

"真不知道你为什么老是要这样。"格雷格说,"我想帮你。"

"你说得对,对不起。"明妮像个受训的小学生。每当感到不安全时,她就会变得尖酸刻薄,而这最终只会让她感觉更糟糕。明妮咬住了下唇。格雷格噘着嘴，下巴上的肌肉不停地抽动。

"好吧，你似乎已经成功熬到了午夜而没有变成南瓜，也没有发生你之前担心的任何事。"

"诅咒并不是在午夜结束，而是在整个跨年夜和新年一直延续。而且，我并不担心'变成南瓜'——包括有人吐了我一身，来的路上把外套丢在公交车上，这些都不算什么。新年这几天我都习惯倒霉了。"

"好吧，有人把啤酒洒在了我的鞋子上，我还因为你那个古怪的朋友错过了自己大部分朋友都会参加的派对。所以可能我也灾星附体了？"格雷格满脸堆笑地说完这些话，仿佛在说"我是开玩笑的，所以你不能生气"。他的目光下移到明妮胸前。

"穿背心真的很不雅吗？"明妮有些难堪地问道。

"好吧，明妮，你知道我喜欢看，不过，可能房间里的其他人更愿意看点别的。"格雷格点点头说。

"好吧，那我去洗手间看看我的衬衫还能不能抢救一下。"

去洗手间的路上，明妮看了下手机。手机上有一条莱拉的信息。

"没事，就是想问问你还好吗。又受到什么伤害了？需要我去解救人质，或者去洞穴里捞你吗？还是有什么更糟糕的情况？"

明妮笑了笑，轻敲手机开始回复："到目前为止还不算太糟糕。也就是丢了最好的外套，有人吐了我一身而已。"

莱拉是明妮最好的朋友和商业伙伴。四年前，她们一起创立了没有硬馅，然后一起投入了所有的时间、金钱和精力。如果不是莱拉，明妮真的怀疑自己能否一直坚持到现在。一路走来，她们经历了太多磨难，放弃这里去找份给别人打工的工作太容易了，那样你就知道自己每个月月底都可以按时拿到薪水，而不需要绞尽脑汁维持收支平衡，外加给自己发点薪水。

"给你个惊喜!——跨年夜我可都在做馅饼呢,这样明天我们就不用干活了。我带你找个地方过生日去。你可得穿裙子。"莱拉的信息上说。

明妮笑了。她回了一个裙子加生病脸的表情符号。

莱拉回了满屏幕的馅饼表情,然后是满屏幕的生病脸表情。明妮大笑起来,然后回道:"你最好了。谢谢你,馅饼脸。为了你,只为你,我会穿裙子的,爱你哦。"

明妮放下手机抬起头往前走,结果一头撞在一个端着一盘小点心的服务生身上。一个个小山羊奶酪水果挞雨点似的落在她身上。

"哦,天啊,真的很抱歉。"她一边说着,一边跪在地上,双手忙不迭地帮服务生收拾。

"这个夜晚不属于我。"服务生痛苦地说。

他顶多也就十七岁。明妮看到他的眼镜上也沾了奶酪。她把眼镜从他鼻梁上拿下来,用自己的背心擦了擦,然后又放回去。

"我知道这种感觉。"她说。

明妮尽最大可能帮服务生收拾干净,然后就绕到吧台后面,沿着昏暗的走廊一直走到洗手间。她透过女厕所的门四下打量了一番。六个女人正在镜子前聊天、补妆。她不想在这些人面前洗她那件恶心的衬衫。又沿着走廊继续往前走了一段,她发现有一个男女通用的残疾人洗手间,里面还有单独的洗手池和干手器——非常好。她从包里拿出那件黑色丝绸衬衫,开始冲洗最脏的一块。幸运的是,脏东西主要是沾上去的,而不是那种颗粒状的,不过,胃液胆汁和伏特加还有可乐掺杂在一起的气味还是让明妮捏住了鼻子。她无法想象露西·多诺休会做这种事。

她抬头看看镜子里的自己,本能地把卷发拢到了耳后。但在她放手的那一刻,头发立刻又倔强地弹了回来。卷发是刚剪过的,但理发师剪的长度比她要求的短了一英寸①。现在她既没法扎起来,也没法让头发不挡住眼睛。她用指背把两只眼睛下面花了的眼线擦掉,然后重新涂上之前莱拉作为生日礼物送给她的梅子唇膏。她从来没想过会为自己选择这么大胆的东西,但这个唇膏很衬她的肤色。明妮觉得有时候莱拉比她自己更了解她。

明妮在干手机下把衬衫烘得尽量干,然后重新穿在了身上。她静静地站在那儿,凝视着镜子里的自己穿着又湿又皱的衬衫。这本来是明妮所拥有的最好的衣物,是她在慈善商店里找到的一个特别贵的牌子。找到这件衬衫的时候她可高兴了。可是现在看来,好像连衬衫都知道她是个冒牌货,这种衬衫根本就不是为她这种人设计的,所以它现在把自己变得皱巴巴的,以示抗议。

"走吧。"她坚定地说着,鼓起勇气准备返回派对。

明妮慢慢地呼了一口气。她可不能再继续煞风景了,格雷格想来这儿,而她想跟格雷格在一起。也许她的霉运已经过去了。

明妮准备开门,可是刚一推,把手就在她手里坏了。她又试着推了推门——门打不开了。她试着把把手装回去,还是不行。

然后她开始用双手捶门。"喂!有人可以帮忙吗?我打不开门了!"就在这时,外面的音乐声瞬间提高。听起来好像是一支现场乐队开始演奏了,派对上响起了阵阵尖叫声。现在没有人会听到她的声音了。

明妮跌坐在地板上,仰头望着天花板。整个房间都贴着深蓝色的壁纸,上面印着银色的小星座。好吧,她的愿望成真了,此刻,她正在一个人看星星。她掏出手机,准备给格雷格发信息——屏幕黑了。

"毫无意外。"明妮苦笑着摇了摇头。莱拉说得对,如果要让她对这个新年诅咒说点什么的话,确实是挺幽默的。

---

① 1 英寸 =2.54 厘米。(编者注)

厕所惊魂

【2020 年新年】

明妮头昏脑涨地醒来,喉咙干得生疼。她记得自己捶了好几个小时的门,后来肯定是睡着了。她不知道现在几点。外面一片寂静,音乐已经停止了。她站起来,揉了揉痉挛的脖子。

"喂!喂!有没有人能放我出去啊?"她大喊道。

要是所有人都回家了,俱乐部夜里关门了怎么办?她可是听过一些类似的故事,有的人被困在厕所里过了好几天才获救,为了活下去,只能喝水箱里的水,为了保暖只能把厕纸裹成毯子。到底还要多久才能有人来救她,难道她要沦落到吃肥皂吗?她再次捶起门来,这次捶得更急。

"救命啊!帮帮我!"

"你好?"一个男人的声音传来。

"啊,你好!哦,感谢上帝。门把手坏了,我出不去了。"她冲着门外喊道。

"你困在里面多久了?"那个声音说着,从外面拧了拧把手。

"好长时间了。"明妮说。

"好,坚持一下,我去找人帮忙。"那个声音说。明妮听到脚步声渐渐远去。她不敢相信格雷格竟然没有来找她。他竟然丢下她一个人走了?三四分钟后,那个声音再次响起。

"听着,我回来了。我还找来了路易斯。他手里拿着一堆钥匙。"

"我不知道怎么会发生这种事。"另一个声音传来,是一个年长的男人。明妮听到钥匙在锁里嘎嘎作响。

"给我,让我试试。"第一个声音说。更多钥匙叮叮当当的声音传来,然后门打开了。"瞧,第一把钥匙,我搞定了。这是多小的概率?"

明妮斜眼看着走廊的灯光。那个声音来自一个高个子、宽肩膀的男人,沙色头发,眉毛浓厚,颜色比头上的头发还深。他朝明妮笑笑,那笑容温暖而真诚。他穿着一条西装裤,一件挺括的白衬衫。一条黑色领带从他敞开的领口垂下来,露出一抹黝黑的皮肤。旁边站着一个矮个子秃头男人,表情呆滞。

"现在几点了?"明妮望着两人中间问。

"七点四十五。"戴黑领带的男人说。

"那我走了。"矮个子男子说着,拿起一大堆钥匙,一边喃喃自语,一边迈着重重的步子沿走廊走去。

戴黑领带的男人说:"这个人话很少。"

明妮跟着他沿着走廊回到主房间。里面已经空无一人。"就剩下我一个人了吗?真不敢相信我竟然睡了那么久。"

"抱歉,我想我们还没有认识一下。"说着,他伸出一只手跟明妮握手。

"哦,对,我叫明妮。"男人笑笑,但看起来似乎还在等更多信息。"格雷格的女朋友。他和露西一起工作。是露西邀请了我们。"

"哦，当然，我们欢迎每一个人。我想我应该听露西提起过格雷格。可笑的格雷格，是吗？"

"可笑的格雷格。"明妮扬起了眉毛，为有人这样形容格雷格感到有趣。男人双手伸过头顶，伸伸懒腰，打了个哈欠。"抱歉，忍不住了。不过，真是个美好的夜晚啊。"

"不是我的。"明妮苦笑说。

"对，不是你的。"男人做了个夸张的鬼脸，以此掩饰自己说错了话，明妮忍不住笑起来。

"所以，我猜那应该是你的派对。谢谢你让我猜了一下。"明妮双手环在背后说，"所以你是怎么变成这里的最后一个人的呢？"

他盯着她看了一会儿，细细打量一番，然后说："听起来有些俗气，不过，我总是想看到新年的第一次日出。要是我跟其他人一起走了的话，我猜自己可能会在哪个出租车上，然后就错过了。"他朝着窗户伸出双臂。"你想过在什么地方看新年的第一次日出吗？"

"很多地方，"明妮说，"沙漠、美丽的山顶、舒服地躺在床上从电视屏幕里看。理想情况是预先录制好的，那样我就不必这么早起床了。"

男人把头往旁边一歪，眼睛笑成了一条缝，疲惫的表情消失了。

明妮走到窗前。光线开始悄悄爬上地平线。厚厚的云层微微发出烟粉色的光，让原本冷灰色的城市笼上了一层温暖的光晕。摩天大楼在天空中勾勒出轮廓，笔直锋利的线条与上方柔软的云团形成鲜明对比。

"太壮观了！"明妮说，"我都想不起来自己上次醒来看日出是什么时候了。"

"这是一年之中我最喜欢的一天。"他说，"一个让一切重新开始的契机，你觉得呢？"

"这是一年之中我最不喜欢的一天，"明妮说，"我讨厌这一天。"

"你不能讨厌它，今天可是我的生日。我不会让你讨厌它的。"说着，他疲倦的灰蓝色眼睛突然恢复了活力，眼睛里闪着光。

"今天也是我的生日。"明妮说。

"不是吧。"

"我不是在开玩笑。我向你保证，真的是我的生日。"

他眯眼看着她，下巴往脖子缩了缩，似乎很是怀疑。就在这时，整个天空开始发出红光，他又转过身去望着窗外。

"看到了吗？"他说，"太壮观了！"

就在他望着早晨的天空时，明妮偷偷瞥了他一眼。他的五官并没有什么地方长得特别突出，但凑在一起就是一张让人觉得很舒服的脸，所有的东西凑到一起刚刚好。他似乎对自己的身份也坦然自若，这是明妮从来没有体会过的。他的视线转过来，看到明妮正盯着他看，明妮赶紧掉转视线，望向另一边的风景。

"你知道吗，我好像从来没有遇到过跟我同一天生日的人。"他说，"这是个高端精英俱乐部。我给你办张会员卡吧。"明妮顿了一下，紧张地想寻个什么理由。"呃，不好意思，我既然来参加你的派对，本应该知道你的名字的，但我是跟格雷格来的，他也没告诉我。要是办会员卡的话，我需要知道你的名字。"

"我叫奎因。"他回答。

"奎因？"明妮嘴巴张得大大的，"奎因·汉密尔顿？"

"是，奎因·汉密尔顿。"他说。

"奎因·汉密尔顿，1990年出生于伦敦皇家自由医院？"

"对。"奎因困惑地皱着眉头说。

"你，"明妮咬紧牙关说，"你偷了我的名字。"

伦敦第一个九〇后宝宝

【1989年跨年夜】

　　康妮躺在医院的病床上，看着旁边床上的那个女人。准确地说，她看的是那个女人的腿，那双腿又长又亮，像芭比娃娃的腿一样光滑。都到这个阶段了怎么还能这样？康妮低头看看自己笨拙的小短腿，上面还盖着半英寸长的黑腿毛。进来之前她应该是刮过腿毛的，至少是她当时能够到的地方都刮了。

　　康妮看到那个女人用花边蕾丝手帕轻抚着额头。汗水浸透了康妮的头发和病号服，她用手帕擦汗就像用厨房卷纸吸干"泰坦尼克号"甲板上的水。可那个女人闪亮的金色头发上竟然还扎了一条精致的黄丝带——丝带！都这种时候了谁还用丝带？康妮自己那鸟窝似的头发又黑又硬，就用以前比尔拿来捆工具的橡皮筋拢了一下。虽然两个人之间差异明显，但康妮与旁边床上的女人有一个共同点——病号服下，凸起一个又大又圆的肚子。

　　"这儿真像是个人满为患的停车场。"康妮说。那个女人没有回应。她看上去似乎痛苦又疲惫。"你这是要夹紧腿坚持到午夜再生吗?"

"不,"女人疲倦地说,"我想快点把这个孩子生下来,我已经生了两天了,可是宫缩时断时续的。"

"我觉得你可以坚持一下,或许能拿奖金呢。"康妮说,"对了,我叫康妮。"

"塔拉。"金发女人说,但此时正好一阵宫缩传来,她发出来的声音变成了"塔……拉拉……",她开始喘不过气来。

康妮本想说些别的,但随后也不得不停下来专注于自己的宫缩。她站起来,穿着病号服在病房里走了走,弯腰在对面的一张空床上停了一会儿,直到疼痛减弱。然后她转身回塔拉说:"你弄错了。你的呼吸太浅了,听起来像只小绵羊。"

"绵羊?"塔拉问道,她看起来很沮丧。

"是的,你得从肠道呼吸,听起来跟牛一样,或者像河马更好一点。你试试学河马叫。"

"我才不会学河马叫,"塔拉使劲摇摇头,"太荒谬了。"

康妮耸了耸肩。她抓住病床的一端,两腿交替做起弓步。

"你真的没听说过九〇后宝宝奖金的事吗?那个人肯定是你。"

"哦,好像听说过,"塔拉点点头,"我记得有一次产检的时候听人提起过。不过我不知道还有奖品。"

"可能是我们俩中的一个呢。"康妮咕哝道。随后,她发出一声低沉的呻吟声。"不过你必须得站起来,要是一直躺着,孩子可生不下来。"

"我太累了。根本走不了路。"塔拉有气无力地说。

"不行,"康妮说,"你必须得起来,起来走,让重力起作用。"

塔拉不情愿地坐起来,在床边甩开两条腿。她每动一下似乎都很艰难。

"今晚外面肯定挤满了人。"康妮用大拇指朝门那边扬了扬说，"他们把我们推到康复病房是因为所有的产房都满了，我都好久没见到助产士了。"

"平常不是也这么忙吗？"塔拉缓缓地拖着步子在房间里挪动着，两只手用力扶着后背下方说。

"不知道，我之前也就生过一次，我也不在这儿上班呀。"康妮说。

"哦，不行，又来了，我不行了……我不行了。"塔拉滑到地板上，好像被某种看不见的痛苦力量掏空了身体。

"试着站起来。"康妮抓住她一只手说，"相信我，站起来会好一点。"康妮扶起塔拉，鼓励她放下前臂以寻求支撑。整个过程中，塔拉一直闭着眼睛来回摇晃，一边呼气一边抽泣。"好吧，我们可以调整呼吸，但你至少得站着。"

病房的双扇门打开了，一个身着浅蓝色工作服的助产士走了进来。

"两位女士，感觉怎么样？很抱歉不得不把你们放在一起，但我从没见过这么多孩子都赶着要在同一晚生下来。幸运的是我跨年夜正好没有什么计划，哈！"助产士轻笑一声。

"她们都是为了奖金。"康妮说，"这儿还有个人说她什么都不知道呢。"

塔拉的痛苦过去了，现在正呆呆地凝视着窗外。康妮看着她，她知道那种感觉——上次她可是生了四天。

"哦，你没听说啊？"助产士说，"《伦敦新闻》上登了，说是要给第一个九〇后宝宝发一张支票。要是你问我金额是多少，我只能说肯定比他们能花的还多。"

"五万英镑。"康妮说。

五万英镑能做什么呢？可以还清比尔的商业债务，可以租一个更大的房子，甚至可以给宝宝买一些他自己的衣服——三个堂兄和哥哥都没穿过的衣服。直到现在，她也不能让自己抱太大希望。毕竟还有另外二十个女人可能都在想同样的事情。

"我记得奖金是一些尿布品牌赞助的。还可以终身免费使用尿布。"助产士说。

"现在她肯定得夹紧腿坚持到午夜了。"康妮笑着说，但小腹翻滚，又一阵疼痛袭来，她的笑声很快变成了喘息。

"对，现在跳到床上去，汉密尔顿夫人，"助产士对塔拉说，"我得看看你到什么程度了。"她拉上床围，戴上橡胶手套。几分钟后，她离开床，摇了摇头。"照这个速度，恐怕这孩子今晚上生不下来。到目前为止才开了六厘米。你得动起来，多走走。"

"我也是这么跟她说的。"康妮在床围那边喊道。

"那还要多久？"塔拉带着哭腔说，"我太累了，我就想睡觉。"

走廊里响起警报声。助产士迅速脱下手套，在洗手池上洗了手。

"库普夫人，我等下马上回来检查你的情况。"

助产士像来的时候一样，一阵风似的走出病房，双扇门在她身后前后扇动，发出难听的噪声。塑料床围后面，传来轻轻的、孩童般的哭声。康妮从床上挪下来，拉开窗帘，再次看着塔拉。

"不，别哭。没时间掉眼泪了。我们得干正事。"康妮说。

"我真的不行了，我做不到，我已经两天没睡觉了。"

"你男人在哪儿？"

"我让他回家了。他也没睡，我觉得我们俩总得有个人睡一会儿。"随后，一阵疼痛袭来，她本能地蜷缩成了一个球。康妮感觉自己开始发动了。她抓住塔拉的手腕，轻轻地把塔拉的脸拉到自己面前。塔拉开始喵喵叫，像一只猫被掐住了脖子，痛苦地发出轻微的叫声。

"这是猫，我说什么来着？我说的是猫吗？是绵羊吗？还是河马？你得往低走，快点跟我学。"

康妮开始使劲哞哞叫，从横隔膜深处发出低沉的哞哞声。塔拉整张脸都红了，眼睛瞟向门口。"别不好意思。这里只有我们俩，加油。"塔拉试探性地"哞"了一声。她专心地皱着眉头。"再低一点、大声一点，吗啊啊啊噢噢噢噢……"康妮发出雷鸣般的声音。塔拉困惑地凝视着她。然后再次尝试模仿康妮。康妮点点头，默默鼓励她。起初，塔拉的呼吸是受控的，仍然像是带着淑女的影子，但后来，她逐渐放飞自我，开始模仿康妮低沉的号叫。

"有效果，是不是？现在下来，像我这样。"

康妮四肢并用撑在地上，在垫子上前后摆动躯干。塔拉乖乖照做。此时，康妮的宫缩越来越强烈了。她觉得自己像在尖叫，但她想控制自己，给塔拉做个榜样，让她知道该如何控制呼吸，安然度过这一关。两个女人默默地一起前后摇摆。

"你生产之前去做美甲了？"康妮看着塔拉完美抛光的指甲问。

"是啊，"塔拉伸出手掌说，"怎么了？"

"那你有没有做比基尼热蜡脱毛之类的？"康妮坏笑着问。

"这有点涉及隐私了。"塔拉皱着眉头说。

塔拉还在缓慢地前后晃动，她的身后突然爆发出一声特别响亮的声音，类似吹喇叭。她过了好一会儿才明白过来是怎么回事，然后一把捂住嘴巴。康妮轻笑着，那笑声漫长而愉快。

"后面还要冒出更多更糟糕的东西呢，这只是一阵小风，你这个拘谨的丫头。"

塔拉双手捂住脸，开始笑自己。她发出音乐般的高亢笑声。

"哦，我的天哪，那是你的笑声吗？"康妮说，"连这个笑声听起来都有点紧张呢。"

两个女人开始歇斯底里地互相嘲笑，停不下来。

"是的,就是我的笑声,怎么了?"塔拉哼了一声,眼睛开始笑出眼泪来。

"哦,别让我笑了,别让我笑,现在更疼了。"康妮一手捂着肚子,另一只手朝脸上扇着风说。

接下来的几个小时,康妮教塔拉放松身心,放飞自我。她教塔拉按照生孩子所需要的方式移动身体。还教她呼吸、低吼、咆哮、尖叫,不要在意看起来或者听起来像什么。宫缩开始变得更有规律了,然后也更频繁了。这一刻终于来了。

"哎,你知道你肚子里的是什么吗?"两人一起调整呼吸经过又一次宫缩后,康妮问。

"一个男孩。"塔拉说。

"起名字了吗?"康妮问。

"太多了,有太多,康妮……我不行了。"塔拉开始哭起来。

"别把力气用在哭上。"康妮说,"过来跟我一起,照我的样子做,我们一定能行的。那你们打算叫他什么?"

"我的丈夫喜欢约翰,跟他的名字一样。我不知道,可能叫罗杰吧?"塔拉用手背抹了一下额头上的汗说。康妮皱了皱鼻子。塔拉笑了。"那就不叫罗杰了。"

"抱歉。"康妮也笑了。

又是一次收缩,两个女人的身体现在奇怪地同步了。她们紧紧握住彼此的手,一起呼吸。

"助产士们都去哪儿了?"塔拉哭着大喊道,"他们得去给约翰打电话。"

"相信我,男人们就会碍事。"康妮在阵痛中气喘吁吁地说道。她抬起头时,发现塔拉已经爬到了床上,头撞在床脚围栏上。康妮蹒跚地走过去,抚摸着她的背。

"嘿，到明天这就会变成一场噩梦。听着，你想知道我准备给孩子起什么名字吗？"康妮把塔拉从床架上拉起来说，"我小的时候就想好这个名字了。"塔拉转过身来看着她。"奎因。这是我们家族很多年前的名字。我祖母就叫奎因，她曾经说过，这个名字里有爱尔兰人的好运。她说她从来没见过哪个叫奎因的人过得不好。"塔拉继续前后晃动。康妮不知道她是否在听。"我第一胎生了个男孩，比尔说想叫他威廉。然后我就说，下一个孩子，不管是男孩还是女孩，都要叫奎因。"

助产士回来的时候，发现两个女人一起跪在地上，手牵着手。

"就目前的情况来看，你们应该会同时生下孩子。"助产士说着，引导康妮回到床上，"来吧，看看你的进展如何，库普夫人。"

康妮和塔拉一起奋战了四个小时。塔拉的丈夫约翰回到了医院，但塔拉说他可以在外面等着，等有新情况再说。

"我只要康妮就行了。"她告诉助产士。

私人房间空出来了，但塔拉不想搬。比尔终于也到了医院，但康妮也说他应该在前台等着，叫他再进来。

"那么，让我来理一理，"助产士说，"因为你们现在互为生产伙伴，所以你们都想让丈夫在前台等着，是吧？"

康妮和塔拉都点了点头。

到十一点半的时候，两个人都快要生了。

"好，现在该去产房了。"助产士们命令道，最终坚持是时候该将两个女人分开了。康妮和塔拉被抬到病床上，从病房里推了出去。两个人最后一次握了握彼此的手。

"祝你好运。"康妮声音沙哑地说。

"谢谢。"塔拉开口道。

"哦，我敢打赌，你们两个人的孩子中肯定有一个是那个九〇后宝宝。"推着康妮的床的助产士说。

"其他人可都差得远呢。"推着塔拉的助产士说。

康妮进产房时，看到比尔正坐在椅子上等她。他站起来，把手里正在看的报纸一折说："你这个女人可真沉得住气，我都在这儿等了好久了。"

"我这事儿可不是凑你方便的时候，比尔！"康妮咆哮着，"等我准备好了就来了。"

比尔再次坐下，呿着嘴唇不说话了。

康妮生了半个小时了。她已经耗尽残存的最后一丝力气，累得话都说不出来。有一会儿比尔站起来看了看手表，皱着眉说："亲爱的，真希望你能再坚持几分钟，离午夜只剩两分钟了。"

康妮从喉咙里发出一声刺耳的尖叫，仿佛一头为了保护幼崽正在跟捕食者对抗的翼手龙。两名助产士都吓了一跳，比尔迅速回到椅子上坐下，他弯着腰，手指交织在一起，两个大拇指迅速地来回倒。

"能看见头了。"一个助产士说。

那种压力开始变得难以忍受。就在康妮觉得自己绷得快要爆炸时，生了！

"生出来了。"助产士说，"哦，是个小千金。"

屋子里的其他人都屏住呼吸，静静地等着这个小生命爆发出第一声啼哭，开始第一次呼吸。哭了，是充满怒气的大哭，传遍了整个房间，然后，穿过薄薄的医院墙壁，另一个婴儿的哭声也同时响了起来。

"她好吗？"康妮急切地望着几个助产士的脸，搜寻着让她安心的答案。

"非常好。"一个助产士一边说，一边用毛毯把婴儿包裹起来，然后小心翼翼地放在康妮胸前。

"我们是第一个，"比尔坚定地说，"听起来我们绝对是第一个。"

你已经熬过午夜了,亲爱的,你真是个战士,康妮·库普。"

但康妮根本没听他说什么,她正忙着看蜷缩在她臂弯里那个神奇的小生命呢。

偷名字的人

【1990 年新年】

第二天早上,比尔带着威廉一起回到医院时,康妮正在静静地给宝宝唱歌。

"瞧瞧这是谁?"比尔把威廉放到地上说。男孩立刻跌跌撞撞地朝床边跑过来,一边喊着"妈妈",一边朝康妮张开双臂。

"威廉,想看看你的小妹妹吗?"康妮拍拍自己身边的床说。威廉爬了上去,两个孩子一边一个窝在她怀里。"这是小宝宝奎因。"她抓着威廉的手,让他轻轻地拍一拍新来的小妹妹。

"现在不能叫她奎因了。"比尔说。

"为什么?"康妮飞快地瞪了他一眼,问道。

"因为那位赢了钱的女士也给孩子起了这个名字。"

"什么?"康妮的声音都哑了,她小心翼翼地将婴儿放回床边的婴儿床里,"你在说什么,比尔?"

"广播里都传遍了。那个宝宝就比我们家宝宝早出生一分钟,奖金都让他赢走了,他的名字就叫奎因。我还是要说我们才是第一个,我记得那些助产士当时在讨论谁上报纸更好看。"他用两只大手撸着秃顶的头皮,愤愤不平地说。

"奎因?她竟然给她的孩子起名叫奎因?"康妮不敢相信。

"是的,所以我们的宝宝不能也叫奎因,不然我们就跟傻子似的。报纸上到处都是他们家奎因,他出名了,而且现在所有人都觉得这是一个男孩的名字。"康妮静静地坐着,惊讶得一句话也说不出来。"我一直觉得要是女孩就叫明妮。"比尔继续说道,"你觉得好听吗,小威?宝贝明妮。她可能不富有,但肯定会很漂亮。"他俯身吻了吻妻子的额头,用长满老茧的泥水匠的手摸了摸宝宝的脸颊。

康妮已经没有力气去争了。她要睡觉,要喂孩子,还要想一下怎么同时带一个蹒跚学步的幼童和一个新生儿。名字的事可以以后再定。

等他们回到家,康妮睡了一觉之后,第一个九〇后宝宝奎因的名字已经家喻户晓。"这片土地上最幸运的宝宝。"一个报纸头条写道。"奎因赢了!"早间新闻的主人说。康妮一边坐在沙发上给孩子喂奶,一边看塔拉接受主持人的采访。

"有人告诉我奎因是个能带来好运的名字,到目前为止,他确实很幸运。"塔拉微笑着说。她的金色头发似乎专门为了上节目做了造型,整个人面色红润,光彩熠熠。看起来真不像是刚生完孩子的人。康妮低头看着女儿。

"真不敢相信她竟然偷了你的名字。"康妮轻声说。她感觉一股热泪涌上了眼眶。乳汁在流淌,这令她十分伤感,要是让眼泪流出来的话,恐怕永远也止不住了。她闭上双眼平复了一下内心的波动,然后小声对宝宝说:"唉,就晚了一分钟。"

生日双胞胎

【2020 年新年】

"后来,哥哥就开始叫我明妮,所以这个名字就这么定下来了。"明妮讲完了她的故事。她和奎因坐在地板上,此刻,太阳已经高高地挂在天空中。

"所以,你叫明妮·库普①?"

明妮两手放在身后撑着,朝两边扭了扭脖子。

"你相信吗?我爸妈好几个星期都叫不惯这个名字?我上学的时候,一直都有人在我面前'嗡——隆——嗡——隆——'地叫。"

"呃,很抱歉你跟汽车同名,"奎因咧嘴笑道,"不过如果是我妈妈讲这个故事,肯定不是这样。"

"当然不会是这样,"明妮说,"她才不会承认偷了别人的名

---

① 明妮·库普的英文名是 Minnie Cooper,和小汽车品牌 Mini Cooper 读音相似(本书注解若无特殊说明,均为译者注)。

字呢。"

奎因转过身去看着她。

"真不敢相信，我们竟然同一天在同一家医院出生，而且只差了几分钟？"奎因一脸激动地说，"这是多么小概率啊？然后还在我们生日这一天这样相遇。你不觉得很诡异吗？"

明妮回头看着他，与他对视。在她的生命中，曾经无数次想到过这个男人。她知道恨一个从来没有见过面、对他一无所知的人是件很奇怪的事，但她就是恨他。按照妈妈说的，是这个男孩偷了她的名字，也偷了她的好运。明妮身上发生不好的事情时，妈妈就会说："你生来就是个不幸的姑娘。"这句话在明妮的童年里出现了无数次。

七岁生日那天，明妮掉在街上一个没有盖盖的下水井里摔断了腿。

"工人发誓他真的就转过身去几秒钟。"急救人员跟妈妈一起试着把她拉上来时，对妈妈说。

"这孩子生下来就倒霉。"康妮俯身朝下水井里说，"这种事情绝对不会发生在奎因·库普身上！"

十三岁生日的前一夜，爸妈让明妮叫上几个朋友办个跨年夜派对。明妮邀请了班上的十二个人，包括她当时喜欢的一个叫卡勒姆·彼得森的男孩。可是那个星期，十二位客人里有十个都得了流感，所以最后来的只有卡勒姆·彼得森和玛丽·斯蒂芬斯。结果，明妮一整个晚上都看着卡勒姆和玛丽在她的沙发上卿卿我我。只有在明妮的妈妈从厨房里出来给他们送小点心时，他们才会停下那马拉松似的热吻喘口气。当康妮俯身从茶几上取走一盘未吃过的肉馅饼时，小声对女儿说："这种事情绝对不会发生在……"

"我知道，我知道！"明妮气呼呼地说，"不会发生在奎因·库普身上！"

明妮被偷走的名字已经成了库普家族的一个传奇。妈妈保留着关于"第一个九〇后宝宝"的所有剪报,一有机会就向人们滔滔不绝地讲述这个不公平的故事。

"要不是那样她会更痛苦。"这种时候,明妮的爸爸总会幸灾乐祸地插嘴。

"哦,快闭嘴吧,当时要不是有我在,那个神经兮兮的女人再有几个小时也生不下来。"康妮会说。

每当这个话题开始时,比尔和威廉就会拿康妮开玩笑,但明妮注意到,虽然妈妈努力表现出云淡风轻的样子,但眼神里却总是流露出痛苦。家里有个装满剪报和童年回忆的灰色文件夹,妈妈有时会在过生日或者过圣诞节的时候拿出来。里面有明妮以前所有游泳比赛的时间表、小威的数学竞赛证书,以及她出生那天从《伦敦新闻》上剪下来的剪报,头版头条用巨大的字体印着"奎因"这个名字。每次妈妈翻到这一页的时候,脸上就会出现一种肃穆的神情。

明妮从未想过她会遇到这个男人。有时她甚至怀疑,那个故事到底是不是真的。十几岁的时候,她曾经在网上搜索过他。在社交媒体上,她没有找到与她同龄的叫奎因·汉密尔顿的人。可是现在,他就在这里,大约六英尺①高,坐在她旁边的地板上,英俊的脸上对她露出温暖明媚的笑容,仿佛他们早就是老朋友一般。

"要是这么说能让你感觉好一点的话,我想说,我不知道这个名字到底给我带来了多少好运。"奎因说。

"你看起来似乎过得很不错。"明妮说,"昨晚派对的花费可能已经超过了我一年的收入。"

"钱不是万能的。"奎因耸耸肩。

明妮皱起眉头:"只有有钱人才会说'钱不是万能的'。"

---

① 6 英尺 ≈ 1.83 米。

"对了,你想吃早饭吗?我想听听我的生日双胞胎的故事。我请客。虽然偷了你的名字,但除了这个,我也做不了什么了。"他站起来,然后伸出一只手把明妮从地板上拉起来。

明妮犹豫了一下,这个提议很有吸引力,但他自大的样子让她很想拒绝。而且,今天是新年。以她的经验,在生日这天对任何事情说"好"绝对不是一个好主意。

"抱歉,我不去了。"明妮轻快地说,"我得回家洗个澡,然后看看我男朋友到底干吗去了。他可能会担心我。"

"当然。"奎因盯着地面,一只手揉着厚厚的头发说,"或许换个时间?"

"也许吧。"明妮说着,拿起包就往外走。

"你不是真的很介意名字的事吧?"奎因问道,"只是个名字而已。"

"对于你来说可能是这样。"明妮说着,把头发甩了下来,又遮住了一部分脸。

她和奎因走到俱乐部的大门口,奎因为她打开通往街上的门。

"好吧,如果你不想吃早饭的话,我是不是至少可以问你要个电话?"他说,"要是从你那儿办会员卡不需要别的信息的话。"

"会员卡?"

"1月1日俱乐部啊。"

"好吧。这样,你要找我很容易。脸书上叫明妮·库普,还不用汽车做头像的人没几个。"

明妮抬头看着他。他紧挨着她站在门口,为她撑开门。她感觉胳膊上起了鸡皮疙瘩,有些刺痛,于是便把两只抱在胸前的胳膊又紧了紧。

"你没有外套吗?"他说。

"来这儿的路上丢了。"

"那把我的借给你吧,不然你会冻僵的。"

"不用,没关系。"

明妮抬头看着他,他并没有从门口移开。她有些头晕,两个人身体如此亲近让她有些虚脱。她离他太近了,可以感觉到他躯体散发出的热量。她发现自己闻到了他身上的气息,是温热的皮肤和熨烫过的棉布的味道。她下意识地舔了一下嘴唇,只是那么一个瞬间的小动作,他却看到了,还笑了。明妮皱了皱眉,然后迅速从他胳膊底下钻过去,跳到了街上。这个男人显然已经见惯了在他的凝视下退缩的女人。她怀疑是不是从来没有人拒绝过他,任何事情,尤其是共进早餐。

"哦,生日快乐,偷名字的人!"她转身走时说道。

"你也是,生日双胞胎。"奎因靠在门框上说,一脸神采飞扬。

明妮飞快地穿过马路,跑到远离俱乐部的小马路上。她努力忍住不回头去看他是否还倚在门框上望着她。她穿过主干道时,先前明媚的天空突然间乌云密布,硕大的雨点开始砸下来。

明妮的伦敦生活

【2020年1月1日】

　　五十六路公交停在了埃塞克斯路上的森宝利超市门口，明妮下了车。超市前，几个等待开门的顾客就像迷失的灵魂。马路对面的酒吧旁有许多被丢弃的塑料杯，大雨也没有冲溢满出垃圾桶、躺旁扔在人行道上的垃圾和没吃完的外卖。沿着小巷跑向公寓的时候，雨仍然像瓢泼一样，明妮只能双手抱头勉强挡雨。她站在门口，开始在包里摸索钥匙——没有！明妮浑身湿透站在那里，止不住地发抖，然后直接把包里的东西倒在门前台阶上，抱着最后一丝希望，盼着钥匙只是散落在了旧票据里。低头看着手提包里乱七八糟的东西堆了一堆，她闭上眼睛，缓缓地呼了一口气，钥匙在外套口袋里，就是那天晚上早些时候在公交车上丢了的那件外套。当然是这样。今天可是她的生日——要是有什么正常的事就奇怪了。

　　明妮抬头看看公寓的窗户。她能看到家里那只小猫的小灰脸正贴在窗户上。

"哦，好运——可怜的好运！"她喊道，"我得喂喂你了。"

明妮把所有的东西塞回包中，然后按响了楼里另外两个公寓的门铃。也许会有人同情她。至少她可以给手机充上电，把自己弄干，然后给房东打电话放她进去。但没有人回应。

"你挺早啊，"半小时后，莱拉打开家门，对明妮说，"我记着我说的是带你出去吃午饭吧？"

莱拉住在斯托克纽因顿，从明妮的住处过来要坐半个小时的公交车。她和男友一起住在一所前议会大楼的顶层。这条街区是一堆不起眼的混凝土堆，整个走廊上都是涂鸦，但内部却让人感觉明亮而温馨。莱拉穿着一件粉红色独角兽睡衣站在门口，胸前用明亮的粉色字体写着"我让你变成独角兽了吗？"。莱拉的彩虹色头发胡乱地盘在头顶，色彩突兀的发绺已经长长了，露出底下几英寸长的老鼠毛般的棕色发根。说起莱拉的时候，明妮总说她是二十世纪五十年代发型疯狂的电影明星，她身材凹凸有致，两只眼睛似闭似睁，总有种说不出的性感。今天早上的家居服显然没有凸显出她的明星范儿。

"我家里的钥匙丢了，在夜店的厕所里被关了一宿。"明妮一边说着，一边穿过大门，挥挥手拒绝了想要扑上来拥抱她的莱拉，"不行，会把你身上弄湿的。"

"夜店的洗手间？"莱拉双手捂着脸说，"可怜的倒霉孩子。"莱拉伸手拍拍明妮的头，又捏了捏她的脸，好像她是只小猫似的。"生日快乐，明妮！"

"谢谢。"明妮捏着鼻梁说，随后使劲吸了一口气。

"哎呀，你都湿透了——快进来，进来。你的俱乐部探险故事令我印象深刻，你肯定真的很喜欢格雷格。"

明妮跟着她的朋友沿着狭窄的走廊一直走到卫生间。莱拉从杆子上拉下一条灰粉色浴巾递给她。那浴巾硬得跟纸板一样，好像已经洗过无数次了。

"洗个热水澡，然后我给你找些干衣服换上。"莱拉提议道。

"生日快乐，明妮！"伊恩的声音从另一个房间传来。

明妮站在客厅门口朝里面瞅了瞅。伊恩正穿着一条四角裤，坐在米黄色矮沙发上玩Xbox游戏机。他的两只脚跷在翻过来的橙色板条箱上，那个箱子就是他们的茶几。红色棒球帽盖住了他剃过的短发，他的上臂有一幅新文身，图案是一张愤怒的脸，上面写着"一号玩家"。

"谢谢你，伊恩。新文身？"

"这是莱拉送给我的圣诞节礼物。"伊恩说。

"那可不是我包装的，"洗手间里传来莱拉的吼声，"而且也不是我选的，更没有经过我的同意。"

"想做二号玩家吗？你可以打破我的连胜纪录。"伊恩说。

"或许先等我的指尖恢复点知觉吧。"明妮说。

莱拉从洗手间里走出来，把一个小白瓶塞到明妮手中，瓶子的标签上全是椰子和粉红色的花朵。

"你可以用我的高档沐浴啫喱。"莱拉小声说，"我为了不让伊恩用偷偷藏起来的，不然他的蛋蛋好几周都是椰子味。"

明妮走进淋浴间，让温水顺着脸流下来。她擦洗着自己的皮肤，试图把昨天化的妆和俱乐部的气味从每一个毛孔中除去。在厕所的地板上睡了那一觉，她的脖子到现在都是僵的，只好用两个手掌来回揉一揉。莱拉从洗手间门口伸进来一只手晃了晃。

"给你拿点衣服，一会儿洗好了穿。"她说。

明妮看着莱拉在门口挂了一条红白波尔卡圆点连衣裙。莱拉的穿衣风格一点都不保守，她的大部分套装甚至比她那千变万化的头发还鲜艳。

二十分钟后，明妮出现在客厅里。

"这个我穿不了。"她说。

伊恩大笑起来:"真变成明妮老鼠了!"

"太没礼貌了。"莱拉朝伊恩吼道,转而对明妮说,"你看起来很可爱。"

"你不是要带我去迪士尼吧?"明妮叉着腰问。

"没那么刺激。"莱拉说,"我是带你去吃午饭。你老说过生日的时候什么事也不想做,我都烦了。这可是你的三十岁生日,是件大事——我们必须以某种方式来纪念这个日子。"

"哦,朋友,你老了。"伊恩把目光从屏幕上移过来,朝明妮做了个鬼脸说。他下唇颤抖着,两眼瞪得大大的,做出一副惊恐的样子。

"哈哈!"明妮用天真的表情回敬他,指指电视屏幕上那行不停闪烁的显眼的大写字母:"游戏结束"。伊恩哇哇地叫着,把手柄放到了旁边的沙发上。他摘下帽子,快速地用双手来回撸着头顶。

"要是明妮的诅咒一直阴魂不散的话,我不确定是不是应该让她继续待在我们的公寓里。我可不希望在我穿着裤衩的时候天花板掉下来。"

明妮朝他翻了一个大大的白眼。伊恩成为莱拉的男朋友已经是两年前的事了,而他和明妮也迅速成为不停拌嘴的兄妹,他们总是争着想要博得莱拉更多的关注。

"如果天花板开始往下掉的话,你会离开那个沙发吗?"莱拉伸出一根手指,朝眼前挥了挥问,"我敢打赌,格雷格绝对不会整天穿着裤衩玩电子游戏,是不是,明妮?"

"别老说裤衩了,亲爱的。"伊恩说,"我和这条裤衩一起度过了许多美好的时光。你和这条裤衩也一起度过了许多美好的时光。"

伊恩上下挑了挑眉毛。莱拉努力忍住不笑。

"糟了,我得给格雷格打个电话。能给手机充个电吗?"明妮问。

明妮把莱拉梳妆台上一堆各种颜色的指甲油往边上一推,然后把手机插到床头的充电器上。她坐在床上等着,与此同时,莱拉正在衣柜里翻找要穿的衣服。

"哎,你绝对猜不到我昨晚在俱乐部遇到谁了。"明妮用脚指头点着地板说。

"教皇?"

"不对。"

"琼·邦·乔飞?"

"不对。"

"《伦敦生活》里那个性感的牧师。"

"你是在瞎猜吗?"

"对啊。"

"好吧,我告诉你。"明妮顿了一下,等着莱拉把注意力全部转过来,"是奎因·汉密尔顿。"

"奎因。那个奎因?"莱拉迅速朝明妮这边跨了一步,眼睛瞪得圆圆的,一只手抓着衣架放在胸前,"你的童年仇敌奎因?""对,就是那个奎因。"明妮缓缓地点了点头。

莱拉放弃了穿衣服的需求,一屁股坐在明妮旁边的床上。

"什么?怎么会?这是……"她难以置信地摇了摇头,"你怎么知道是他?"

"昨天是他的生日派对。格雷格的朋友露西·多诺休在和他约会。我也是今天早上七点钟,他把我从卫生间里解救出来的时候才知道的。我立马就知道他是谁了。毕竟1月1日出生的奎因能有多少?"

"你提到露西·多诺休的时候为什么要那样?"莱拉眯眼打量着明妮问。

"哪样?"

"用鼻子发出滑稽的鼻音,所有的声音都扭曲了。"

"有吗?我不确定——就是觉得她很烦。先不管这个,还是说奎因,奎因!你能相信吗?"

明妮的手机屏幕亮了,手机重新开机。格雷格的名字随着一串信息出现在手机屏幕上。明妮咆哮了一声。

"没事吧?"莱拉问。

"格雷格昨天晚上把我一个人扔在俱乐部走了,现在他发这些乱七八糟的信息竟然是为了质问我,为什么丢下他一个人走了。"

"我绝对、永远不会丢下你一个人走掉。"莱拉严肃地说。

"我知道你不会,我也绝对不会丢下你一个人走掉。"她伸出手捏了捏她朋友的手,"不过他好像气炸了,可能我还是应该给他打个电话。"

"先给我讲故事,格雷格可以等着。十分钟之内,他应该不会更生气。"

"好吧,给我一分钟,我得给房东发个信息,看看他今天能不能放我进公寓。我必须得进去喂喂好运。"

明妮在手机上敲着字,莱拉则用舌头发出嗒嗒的声音,还像节拍器一样左右点着脑袋。

"那你告诉奎因他偷了你的名字吗?"明妮一打完字,莱拉立刻问道,"他长得怎么样?帅吗?奎因·汉密尔顿,这个名字让我觉得很性感。"

"嗯,我跟他说了他偷了我的名字——他听了之后哈哈大笑,好像是听了个笑话。而且,我不知道你是从哪里得出的结论,名字还有性感不性感的。"明妮烦躁地说。她开始摆弄自己身上穿的衣服,裙子在她的大腿上蹭来蹭去。穿裙子让她觉得很不习惯,那感觉好像是在看别人的身体。"你不是真的让我穿成这样带我出去吧?"

"所以他确实很性感?"莱拉问,眼睛眯得更小了。

"我想应该是吧,不过就是书本上那种傲慢的'富二代'的样子。他可能是一生下来每个毛孔里就都有银汤匙吧。"明妮撇着嘴说。

"好吧,我想知道每一个细节。因为我现在已经是性冷淡风了,所以必须把爱情生活的接力棒传给你。还有,是的,你要穿这件衣服。一定会很有趣的,我保证。"莱拉重新钻进衣橱里,拿起一件亮黄色的二十世纪五十年代风格的茶花连衣裙。"太过了?"

"这种装扮很适合你,但我不行。"明妮摇摇头说,把睡裤脱在地板上,钻进黄裙子里,"等等,你刚才说'爱情生活'是什么意思?这跟我的爱情生活没有半毛钱关系,只是我遇到了那个这一生都被妈妈拿来比较的男人而已。好了,我现在要给格雷格打电话了。"

明妮拨了电话。格雷格不喜欢打电话,他更喜欢发信息,但这事儿发信息好像说不清楚。电话直接转到了留言。"嗨,格雷格,是我,明妮。我打电话来是想告诉你,昨天晚上不是我丢下你自己回家了,是你丢下我自己回家了,算了……哦,等一下,有人给我打电话……可能是你吧。哦,不是,是陌生号码。稍等一下,一会儿再给你打过去吧。我就是想让你知道我还活着——拜拜。"

明妮快速切换了呼叫者,接起电话。是房东打来的,他说可以在公寓跟她碰面,给她一把备用钥匙。

"哦,太好了,没问题!我半小时后在那儿等您。非常感谢您,布坎南先生,您真是我的救命恩人。"

"你现在要走了?"明妮刚挂掉电话,莱拉就问道,"午饭怎么办?"

"我必须回去喂好运。等我喂完它就去找你们。"明妮站起来抱了抱她的朋友,"谢谢你拯救了我。"

莱拉看着她的朋友离开,嘴唇来回抽动了几下。

"最好不是为了换掉那条裙子而找的借口。"她在明妮身后喊道。

布坎南先生正在街上等明妮。明妮到的时候,他正在忙着检查她的带轮垃圾桶。布坎南先生六十五岁左右,头发花白,说话时有些口齿不清。看到明妮穿着波尔卡圆点连衣裙,他再三确认才相信那是明妮。

"谢谢您到这儿来找我。"明妮沿着街道跑到他面前,气喘吁吁地说,"我可付不起锁匠的出工费,尤其今天还是新年。"

布坎南先生开始检查门框上一些剥落的油漆,他用指甲抠了抠,以确定油漆的脱落情况。

"对了,关于您的财务状况,库普小姐,"他怒气冲冲地对她说,"我可是看见您又拖欠水电费了。"

"是的,我知道,现金流问题,不过别担心,我很快就补上。"明妮坚定地晃了晃拳头,表明自己的态度。

"知道吗,别人告诉过我,当一个租客信用开始不好的时候会发生什么,"他转过身,眯眼瞧着她说,"相信之前我们已经讨论过这个问题了。"

"哦,是的,我知道,但是……"

明妮抬起头,看到好运正扒在玻璃上看她。她偷偷朝它挥了挥手。

"你朝哪儿挥手呢?"布坎南先生问。

"我的猫——购物指南[①]。"明妮突然想起来,根据租房合同,她是不能养宠物的,"我的《购物指南》肯定已经到了。我很兴奋——您有没有这么喜欢《购物指南》过啊?一月份大促销,哇哦,哇哦——"

布坎南先生转过身,抬头看看窗户。她不知道在好运逃走的时候,

[①] 猫(cat)和购物指南(catalogue)发音相似。

他有没有看到一条一闪而过的灰色尾巴。

"我明白了。"布坎南先生打断了她的话,"现在您似乎不太应该去购物,库普小姐。"他朝她眨眨小眼睛。"您应该在一号续签租房合同,也就是今天。"他顿了一下,"但我不觉得……"

明妮知道接下来会往哪个方向发展,赶紧伸出一根手指制止他。

"等一下!布坎南先生,请等一下,无论您要说什么,求求您,能不能不要现在说。我知道这听起来很疯狂,但是一月一日我身上总会发生不好的事,所以如果是有关我能不能继续住在这儿的重大决定,我想问下能不能这样,我明天再给您打电话,明天就不是一号了,呃,就是,我今天不能做决定。我知道我这个租客一直有点胡说八道,但真的求求您,求求您再多给我一天时间。"

布坎南先生微微地摇了摇头,嘴唇翕动,仿佛明妮是一本他想要努力读懂的书,但明妮翻页翻得太快了。

"你想让我明天再要求你搬出去?"他充满疑惑地盯着她问。

"不,不,我压根儿就不希望你要求我搬出去。布坎南先生,请您好好地回去睡一觉,这事儿我们明天再决定。也许明天我看起来就不是那么糟糕的租客了。"明妮努力挤出一个最迷人的笑容。

"我会提前一个月通知你的,库普小姐。"把备用钥匙递给她时,布坎南先生说,"明天我会落实到书面上。"

明妮走进屋子,把包丢在地板上,一把搂住好运。

"哦,好运,这里真冷。"

好运把她踢开,朝厨房奔去。"哦,好,我给你弄吃的。"

明妮打开冰箱门,拿出半罐猫粮倒在碟子里。好运饿极了,飞快地舔着猫粮,很快就吞掉了大半。之后,它跳上柜台,然后又跳回冰箱顶上。"哦,你竟然找到了这里唯一暖和点的地方?你肯定不会到隔壁来给我取暖了,是不是?"好运把头缩进毛里——绝对在说"是"。

明妮走进隔壁房间，躺在自己的床上。屋里一片寂静，只有洗手间里漏水的水龙头滴滴答答的水声，以及旁边的公路上往来车辆的嗡嗡声。她颤抖着从床上跳下来，脱下莱拉那愚蠢的衣服，然后摸索着想从五斗柜里找件更暖和的衣服穿。她穿上运动裤、两件保暖上衣、最厚的套头衫和一些保暖袜，然后又爬回床上。

她看看手机，应该再给格雷格打个电话的。而且也应该给莱拉打电话，取消他们的午餐——她今天不能再冒险出门了。一阵疲惫席卷全身。现在她躺下了，过去二十四小时里一直在燃烧的肾上腺素终于停止了抽动。除了自己受打击，她还怕今天跟任何人互动。她知道自己的运数，要是跟格雷格说话的话，他们肯定会吵架。如果和莱拉一起出去，谁知道会发生什么——虽然她们很亲密，但没有什么友谊是牢不可破的。

明妮给格雷格、莱拉和爸妈分别发了信息，告诉他们她很好，不用担心她，但是她偏头痛犯了，现在头疼得厉害，可能今天一天都得躺在床上休息。随后她就关掉了手机。明妮其实并没有偏头痛，从来都没有，但是大约在五年前，她为了摆脱一个不想参加的生日派对，硬是自己编了一个出来。事实证明，这真的是一个完美的借口，从那以后，每次需要出去的时候，她就会把这个借口搬出来。没有人会质疑她是不是真的得了偏头痛，也没有人指望她像个战士一样挺过去，大家就那样接受了，然后留下她一个人去慢慢恢复。她的偏头痛也不是经常犯，一年也就几次，不过在她生日前后确实犯得比较频繁。

明妮伸手从床头柜里拿出一个棕色的小瓶子。瓶子基本上空了，只剩下三粒白色的小药片。这是去年失眠严重的时候，医生给她开的强力安眠药。她一直省着用。现在她的睡眠已经好多了，但知道还有药片，就让她觉得很安心。否则，她会担心自己凌晨三点醒来，头脑混乱,无法入睡。她拿了一片药放进嘴里,直接吞了下去。此时才上午十一点,但如果说有哪一天她想直接睡过去的话,那就是她三十岁的生日。

明妮的印度之旅

【2015 年跨年夜】

明妮的吊床几乎完美。吊床垂直于棕榈树，挂在两棵棕榈树之间，头部略高于脚。她可以躺在吊床上，一边望着大海，一边用吸管吸椰汁。她的棕色头发潮湿易断，这是因为她早上去海里游泳了，在阳光下晒了两周，她的脸稍微黑了点，还长了一些雀斑——此刻的她确实可以说是心满意足。然而，粗糙的棉布贴在她的皮肤上，让她有些恼火，也让她就差那临门一脚，没法进入真正的快乐天堂。

"我不想今天下午就飞。"她若有所思地对躺在旁边吊床上的莱拉说。

"只有这架航班能让我们及时返回德里，然后回家。而且机票非常便宜，我猜你不是唯一一个不想在跨年夜旅行的人。"莱拉说。

明妮疲惫地叹了口气。"我们就不能直接留在这里，永远住在吊床上喝着椰汁吗？"

"我不认为伊斯林顿市议会会同意我远程办公。而且我怀疑我那些脆弱的社区同胞也不会赞同通过 Skype 来联系他们的核心工作者,还是在沙滩上。传达的消息就不对。"

明妮咯咯地笑起来,用一根手指和拇指玩弄着一绺卷发。"你不知道。我现在有一种周日晚上回学校的感觉,不是吗?还有七十二个小时,我们俩都得回去工作,你跟管理员佩恩·伊莲一起,我跟臭脚佩维·皮特一起。"

"你不是说皮特的真名叫哈利吗?"莱拉窃笑着说。

"是的,但是佩维·皮特听起来更好,而且这意味着就算我们在办公室里骂他,哈利也不知道骂的是谁。"

"真聪明!"莱拉说,"不过说真的,这些人到底是怎么当上领导的?他们不够出色,甚至都不擅长自己的工作。"

"或许不够出色就是他们成为领导的理由?"明妮说。

"这真是个丧气的想法。我见过那么多拼命工作,连休息时间都没有的人,可是我们生活的这个世界却是佩维·皮特和管理员佩恩·伊莲这些人说了算。"

"好吧,等你掌权的时候,估计你会雇用一堆无家可归的人,还有早上跟你一起喝茶的那些老夫人——真是个混乱的乌托邦啊。"

莱拉笑了:"这将是我的运营理念。"

明妮望着大海。三个当地人驾驶着一艘蓝色渔船,在蓝绿色的海浪上颠簸。其中一个人拉动引擎,然后,随着一声不健康的轰鸣,船开动了,喷出一股黑烟朝地平线驶去。

来印度过圣诞节是莱拉的主意。她说服了明妮:要摆脱一场糟糕的分手,没有什么比一次度假更有效了。在此之前,明妮只出过英国一次,是去阿利坎特的跟团游,就是那一年,她爸妈觉得有钱负担一次全家游了。印度跟西班牙完全是两个世界,当然跟家乡寒冷灰色的冬天也完全不一样,走下飞机的那一刻就让人觉得精神抖擞,仿佛人生中第一次见到了彩色电影里的世界。跟自己最好的朋友来到异国他乡是一件很奇妙的事。她和莱拉同时发现了自己最喜欢的新食物（萨莫萨三角饺），一起坐在快速行驶的突突车里，在加速拐弯时笑得上气不接下气，一起肩并肩躺在沙滩上，一起剥椰子皮，一起向星星许愿。这十天虽然难忘，但她们第一次没跟家人一起过圣诞节，而且都觉得没有火鸡和圣诞树的圣诞节有点怪怪的。她们没带什么节日性的标志物件。只是出行前都给彼此带了小袜子。圣诞节早上，她们一起在沙滩上把袜子脱了，光着脚跳进沙子里。她们头上戴着廉价的圣诞帽，吃着已经融化的特里香橙巧克力当早餐。莱拉送给明妮一对漂亮的祖母绿耳环和一顶厨师帽，帽子前面绣着"明妮馅饼"的字样。

"等你以后开了自己的馅饼店用。"她用胳膊肘推了推明妮说。

明妮觉得自己的喉咙堵住了。开自己的店是她经常做的一个白日梦。她只在有次两个人都喝醉了的时候跟莱拉提过一次——莱拉竟然还记得，真是太意外了。

明妮烦躁地挠了挠腿。她的皮肤上冒出了许多红色的小疙瘩。

"莱拉，我觉得我对你借给我的那个防晒霜过敏。"

莱拉的头从明妮的吊床边钻了出来，她的亮绿色头发在潮湿的空气中已经彻底乱了，脸上的人工日晒肤色也有点变成橙色——看上去就像《查理和巧克力工厂》里的小矮人发疯了。明妮吓了一跳，椰子汁打翻在胸前。

"你别这样爬到我面前，吓死人了！"她一边把长袍上的椰子汁擦掉，一边喊道。

"你的小朋友回来了。"莱拉抬眼看着天边，同时用一根控诉的手指指着旁边沙子上站着的一只狗说。

"邋遢狗！"明妮喊着，便从吊床上跳下来去抱它。

狗跳到明妮怀里，开始舔她的脸。邋遢狗是一只长癣的灰白流浪狗，没有尾巴，腿也瘸了一条。这一周，它一直跟着两个女孩。明妮已经喜欢上了它友好的小脸蛋，而且从来海滨小屋的第一晚起就一直在给它喂碎鱼肉。因为她的善良，这只狗就一直像个影子一样徘徊在她们周围。

"别让它舔你。"莱拉撇着嘴说。

"可怜的家伙。"明妮说着，宠溺地揉了揉它的头，"它好像知道我们要走了，是来道别的。"

"等我们走了，它的生活只会更艰难。从现在开始，它要去哪里找食物呢？"莱拉说。

"它会没事的，瞧瞧它——谁能拒绝这样一张脸呢？"明妮又用脸蹭了蹭狗的鼻子。

"明妮，我觉得你皮肤上的小疙瘩不是因为防晒霜过敏。很可能是跳蚤咬的。"莱拉厌恶地擦着手说。

"你真这么想？"

"对，如果你一定要坚持跟一只邋遢狗一起度过浪漫假期的话。"

"这就是个绰号——你不会真的认为它身上有跳蚤①吧？"明妮严厉地问。

"是。我觉得你们俩身上都有。上飞机的时候行李不能放在你旁边。"

一下出租车走进机场，明妮就开始紧张地冒汗。她反复检查自己的护照、钱包和行李，总觉得其中的某一样或者全部会在什么时候不翼而飞。

"放松点，偏执狂小姐。如果您一直这样检查，只会让大家注意到你的钱包。"莱拉说。

---

① 邋遢狗（fleabag dog）的名字里有"跳蚤（flea）"的意思。

航站楼里比外面冷多了。离港候机厅既宽敞又现代化。有人躺在行李上睡觉，到处都是排队的队伍，排队检查行李的，排队用玻璃纸包袋子的，排队围着场地一圈圈绕的，显然根本没有空地。

"哦，那边有个咖啡厅！想不想去喝杯咖啡，或者来一块我们路上吃的那种好吃的辣萨莫萨三角饺？"莱拉朝入口附近的一个咖啡厅扬了下头说。

"到家之前我什么也不吃。我不能冒险。"明妮摇摇头，使劲咬着嘴唇说。

到了行李安检处，明妮还在出汗，同时疯狂地挠着手臂。莱拉递给她一张纸巾。

"别表现出一副有罪的样子，明妮，不然他们会带你去做全身的体腔检查。"她小声说。

明妮的包经过安全扫描仪时，坐在屏幕后面的那个人充满怀疑地看着明妮。那人留着整齐的棕色胡须，黑色头发梳成一个直直的箭头侧面。蓝色制服鲜亮笔挺，两只眼睛在明妮和面前的屏幕之间来回打量。他招呼了一个同事过来，指指屏幕，然后又指指明妮。

"小姐，请问这是您的包吗？"一个戴着老式眼镜、制服有些皱的瘦高个男人问。他招呼明妮来到传送带的另一边。

"是。"明妮顺从地点点头。

当然了，肯定有人在她包里藏了毒品，现在她要在印度的监狱里待二十年，待到烂掉，这一点都不意外。

"小姐，麻烦您过来一下。"高个子男人招呼她道。

她跟着他走到一个小房间里，同时，矮个子男人把她的黑色手提箱放在了他们身后。明妮四处寻找莱拉，莱拉摇了摇头，摊开双手耸了耸肩。

"我能检查一下您的包吗？"矮个子男人礼貌地问。

"当然可以。"明妮说，"您请便。"

高个子男人用孔卡尼语说了句什么。矮个子男人把明妮所有的衣服整齐地堆在凳子上，然后抽出一个带包装的长方形盒子。这是莱拉给明妮的生日礼物——她一直想等明天再打开。莱拉在最后一分钟把它扔进了明妮的包里，因为她自己的包已经塞满了色彩柔和的渔夫裤、针织上衣，以及有香味的木制饰品，她一直在向海滩上的摊贩们买买买。

"里面是什么？"矮个子男人把盒子往她面前一推，问道。高个子男人皱了皱眉，拿起文件夹，开始翻阅几张纸。

"不知道。这是我的生日礼物。"

明妮感觉自己的胃沉了一下。莱拉会买毒品给她吗？当然不会。

两人交换了一下眼神。高个子男人用孔卡尼语说了些什么，然后敲了敲笔记簿。

"我可以打开吗？"矮个子男人问。

"当然可以。"明妮摇摇头说。也许是某种爆炸浴盐让警报器响了？因为那个看起来很像易燃易爆物。

矮个子男人开始小心翼翼地拆开包裹，露出一个长长的紫色塑料盒，侧面用激情四射的字体刻着"狂野兔"的字样。透过塑料窗可以看到一根巨大的粉色阳具棒。明妮的脸涨成了猪肝色——可恶的莱拉——真是太丢人了！

"这是什么？"矮个子男人头歪到一边问。

"哦，呃，这是个玩笑，是我朋友送给我的礼物。"

两人茫然地看着她。明妮把手攥成拳头，强忍住要挠的冲动。高个子男人指指贴在盒子上的便笺纸。矮个子男人便开始读起来。

"嘿，宝贝，祝你有一个充满高潮的生日和摇滚不断的新年。谁还要男人啊？"他把"充满高潮"读成了"充满高招"。

"摇滚不断是什么意思?"高个子男人问。

"呃,这个,我很难解释。"明妮用湿冷的双手遮住了脸。

"这是个道德败坏的东西。"矮个子男人严厉地说,"你是在我们国家卖这个吗?"

"哦,不,不,我不卖。我为什么要卖掉它?"

"在印度出售淫秽物品可不行。"高个子男人摇摇头,敲敲笔记簿说。

"真的吗?"明妮真的很惊讶,"我不知道,正如我所说的,这是个礼物,我甚至都不知道里面装的是什么。"

"您只能在这儿等着了。把这张表填了。"矮个子男人说。

"表很长。"高个子男人严肃地点点头,递给她一个夹着一摞厚纸的笔记簿。

"可是我的航班怎么办,我会错过航班的!"明妮叫道。

明妮愤怒地挠着手臂,两个人又讨论了一会儿。最后,他们终于转过身来对着她,明妮正准备去挠痒的手只好僵在半空。

"如果用交罚款来代替填表的话——您就不会错过航班了。"

明妮胡乱地抓出钱包,拿出里面最后的五十卢比。

"罚款要交多少?"

两个男人看着她那点可怜的现金。

"很多。"矮个子男人说,"你还有钱吗?"

明妮悲哀地摇了摇头。

"那就填表吧。"矮个子男人把笔记簿递给她,用手指敲了敲表格说,"您今天真不走运,小姐。"

两个女孩在机场的地板上过了一夜。明妮气莱拉让她带了一个违法的成人玩具,但更多地,却是感激她留下来等自己,没有一个人飞去德里。知道明妮被扣留的原因后,莱拉笑得直不起腰来,说自己怕得都有那么一点点尿裤子了,所以得去把最后一条干净裤子换上。明妮则说,真正滑稽的可能还在后面呢。

为了在机场的地板上睡得更舒服一些,她们把包垫在底下,机场的灯管整夜无休。凌晨三点,莱拉用脚推了推明妮。

"嘿,明妮,你醒了吗?"

"醒了。"明妮叹了口气。

"昨晚忘了问你——明年的这个时候,你希望自己在哪儿?"

这是莱拉的新年惯例。她喜欢问自己,以及任何跟她在一起的人,明年的这个时候希望自己在哪儿。

"反正不是被跳蚤咬一身疙瘩,在机场露营。"明妮说。

"我是认真的。你想去哪里?想在你二十七岁生日的时候取得什么成就?"

明妮叹了口气,满足了朋友的好奇心。

"应该是不想再因为塔里克抛弃我而感到难过吧。"

"哦,明妮,不要把你的'明年今日'浪费在无用的塔里克身上。还有什么?"

"我想我应该会做一份自己比较喜欢的工作。我希望能够偶尔买到特易购最好的产品,不止是价格上的——你知道,我可是个有野心的女孩。"明妮叹了口气。

"明妮,我有个最好的主意,"莱拉一边说着,一边在地板上挪动屁股,直到坐在明妮旁边,"你和我应该一起做生意。"

"做什么?向印度走私成人玩具?"

"不是。我们应该去为需要的人做馅饼,你负责馅饼,我负责需要的人。"明妮瞧了瞧她的朋友,想确认她是不是认真的。"你做的馅饼真的太好吃了,你就是我心目中的馅饼女王。你就是需要有人跟你搭伙,给你加油打气!"

"馅饼女王听起来像个大胖子。"明妮说,但她感觉到自己的心跳开始加速。

"你负责烤馅饼,我们就把社区护理名单上的人变成有需要的人——比如上门送餐服务之类的。我确定我们肯定能募集到一些资金,本来就有支持小型慈善机构的新倡议。噢噢——"莱拉上下挥舞着拳头,继续说道,"而且我们可以雇用那些只希望老板能同意他休息的人——这就是我充满希望的乌托邦啊!"

"你想跟我一起做上门送餐服务?"明妮看着她的朋友说,仿佛她刚才的提议是在汽车后备厢里卖以獾为主题的情趣内衣。

"考虑一下吧,这个想法并没有那么疯狂。我觉得你已经丧失了对烹饪的热情,因为你一直在迎合那些不懂感恩的有钱人。想象一下做你自己热爱的食物,为了那些真正懂得欣赏的人是什么感觉?还有,我们每天都可以在一起工作,多好啊!我们只需要真正地做好一件事,然后送去给那些没法去商店的人,或者独居做不了饭的人。就叫'馅饼速递'或'空中馅饼',或者'你好,美味馅饼'?"

明妮沉默了一会儿。

"好!"

"你说好?"莱拉问。明妮竟然同意了,她似乎有些意外。

"是的,就这么干吧。不过你起的那些名字一个都不能用。"明妮说,"我已经想好名字了。"

明妮的馅饼店

【2020年1月2日】

没有硬馅厨房位于伦敦东部达尔斯顿附近一条不起眼的小巷里。这里是旧城改造还未波及的地方，店夹在一家殡仪馆与废弃的旧唱片店之间。

店门前有个广告牌，上面用绿色的喷漆划掉了"坦多利宫"的字样。这里曾经是一家印度餐厅，目前明妮和莱拉还没有多余的钱好好弄一弄广告牌。两个女孩觉得这是一种缘分，从印度回来的时候有了开店的计划，然后一家没落的印度餐厅又为她们提供了可以租的门店。

"姑娘们，希望你们能比我们给这个地方带来更多好运。"莫汉夫人一边帮着她们清理抽屉和橱柜，一边黯然地说，"还好是你们，不是一家肯德基或者葡萄牙烤鸡店。"

四年了，铁冰箱门上还贴着一张莫汉家的全家福。两个女孩搬完家之后发现了照片，但她们也无心把这一家子辛勤工作的最后一点痕迹抹掉。

去上班的路上，明妮给整个团队的人带了新鲜的咖啡。买咖啡的钱让她心疼，但她觉得可能所有人都需要来点兴奋剂。凌晨两点，她昏昏沉沉地醒来，然后用冰箱里找到的一堆乱七八糟的食材做了一个巨大的西班牙煎蛋卷，以此来庆祝她的生日结束。一大早，她听着音乐做了个大扫除，好运则蹲在暖和的冰箱顶上，充满怀疑地盯着她。

现在是一月的第二天——一年中明妮最喜欢的一天，也是距离她生日最远的一天。所以，不管昨天发生了什么事，她还是忍不住迈着轻快的步伐去工作。格雷格今天早上曾经试图给她打电话。但她没有接，因为她当时已经在公交车上了，而且她不想让争吵破坏自己美好的心情。格雷格占上风的时候会非常难沟通。要是文章写了一半，她可能好几天都没他的消息。让他也尝尝不好联系到她的滋味，对他来说也许是件好事。

"我买了咖啡。"她摇摆着穿过门，门上的旧式铃铛响了起来。

"哦，谢谢小美女。"艾伦从她手里接过一杯说。

"艾伦，谢谢你跨年夜值班，我们都玩得很开心。"

"无上荣幸。"艾伦鞠了个躬说。

艾伦是他们的送货司机。五十多岁，身形瘦长结实，嘴巴总是不停地抽动。他皮肤灰黄，一双大眼睛像猫一样，眼皮又大又厚。每次看到艾伦，明妮就觉得他是一个正在与受折磨的灵魂做斗争的十八世纪诗人。艾伦曾经做过船只领班，但一次抛锚意外把他变成了一个他自己所谓的"陆地傻大个儿"。没有人知道那场意外是什么，也没有人知道他到底伤了哪儿——他似乎不太愿意聊这个。

"有没有不加牛奶的？"弗勒尔突然转过头来问。

"哦，没有，对不起，只有加'奶牛'的卡布奇诺。"明妮撇着嘴说。

弗勒尔叹了口气，但还是伸出一只手。弗勒尔负责接听电话。她今年二十二岁，喜欢追求饮食风尚。今天是"素食一月"活动的第二天。

她有一条漂亮的天鹅颈和一头发白的金发，就像一只美丽而又傲慢的天鹅，但如果靠得太近，就觉得她会朝你叫。

弗勒尔是两年前来这里工作的。当时店里只有明妮和莱拉两个人，店里越来越忙，她们需要招个人负责接订单。弗勒尔带着方案来面试。她解释说她正在学习编代码，但在家里学不了，因为她妈妈认为互联网会让人得哮喘——所以不允许在家里装无线路由器。她说她可以一周工作四天，但只要三天的薪水，只要不忙的时候允许她学习代码课程就行。

她们雇用了弗勒尔，因为这笔交易听起来很划算。不过现在回想起来，明妮十分怀疑弗勒尔说的那些关于她妈妈和代码课程的事情到底是不是真的。她从来不提爸妈，好像也从来没回过家，而且这都过去两年了，她好像还在学习当初六个月的代码课程。莱拉曾经忖度，弗勒尔其实是伦敦最有魅力的流浪者，她只是想找个暖和的地方坐着，浏览社交媒体。

"莱拉来了吗？"明妮问。

"没有。"弗勒尔一边说着，一边打开卡布奇诺的盖子瞄了一眼，希望发现这只是一杯豆浆，"哦，真是糟透了。"

"怎么了？"明妮转过身来看着她，"什么东西糟透了？"

"贝弗把馅饼烤煳了。"弗勒尔缓缓地、傲慢地耸了耸肩。

"不是吧。"

明妮冲过前台，跑进外面的厨房里。贝弗穿着白色厨师外套，红着脸站着，俯身靠在满是馅饼的工作台上。馅饼按照焦煳的颜色深浅依次堆在工作台上。明妮惊得下巴都掉下来了，手里装着咖啡的纸托盘重重地掉在工作台上，努力消化着眼前的灾难景象。

"发生了什么事？"她轻声问。

"这些是我觉得还能拯救一下的。"贝弗莉指着柜台的左侧说。

贝弗今年五十九岁，但看上去比实际年龄更大，她肤色红润，有软软的双下巴。

"不是，你怎么烤煳了这么多？"明妮难以置信地摇了摇头。面前的四十个馅饼，起码有三十个已经焦得没法卖了。

"我本来想早点来，早点弄完。"贝弗满怀愧疚地看着她说。贝弗浓密的黑发一簇簇地从发网里钻出来，让她看上去有点像个疯狂的教授。"我没用好烤箱。"

"这是跨年夜那天莱拉花了一晚上做的馅饼吗？"明妮把铁椅拉到钢制工作台前问道。她拿起一片烤焦的皮，那黑色的东西一碰就变成了碎屑。"我们给你买的计时器坏了么？烤馅饼一直都是严格地按照四十二分钟来的啊。"

"我没用好计时器。"贝弗叹了口气，从眼前擦掉一些错乱的头发。

明妮双手抱头坐在那里。一月的第二天不应该这样啊。

"对不起，明妮。"贝弗莉脸色黯淡地说，"我也不知道自己最近是怎么了。上一分钟我还在这儿工作，下一分钟思绪就不知道飘到哪里去了。二十分钟感觉就像几秒钟似的，嗖的一下就过去了。"

"她正面临存在主义危机。"艾伦烦躁地跳着脚说，"这是怎么回事？我为什么会在这里？人生的意义就是烘焙吗？哦，不，厨房着火了。"

贝弗莉用茶巾使劲抽了艾伦一下。

"有人找你，明妮。"弗勒尔在前台拐角处伸着长长的脖子喊道，"说是什么减少的事？"

"是今天的订单有什么变化吗？"明妮问。

"我不记得准确的细节了。"

"弗勒尔，这事我们早就说过了，你必须把信息记下来——否则你在这儿真的没有什么意义。"

弗勒尔翻了个白眼，又回去继续啜着已经没剩多少的"奶牛"卡布奇诺划手机去了。

"我重新做。"贝弗吸了吸鼻子说，"配料的钱可以从我薪水里扣。对不起，明妮。"

明妮看了看表。今天下午之前，他们还需要烘烤、包装四十五个馅饼并在全伦敦配送。时间太紧张了。

"不，别傻了，贝弗。来吧，现在哭已经没有任何意义了。"明妮拍拍已经抓狂的贝弗的背说，"开始干活。"

明妮卷起袖子，戴上围裙和发网，开始工作。她喜欢烘焙，只有烘焙让她觉得最安心。人们总说"融入心流"，而对于她来说，烤馅饼就是最完美的心流。烤馅饼需要大脑足够专注，但又让她得以暂时摆脱那些日常的烦心琐事和焦虑烦恼。显然，贝弗目前并没有通过烘焙找到自己的心流。明妮不知道是否应该鼓励贝弗去找人看看她这么心不在焉到底是怎么回事。她从前几周开始就一直如此，大家都注意到了。贝弗本来并没有这么健忘，更不用说开小差还离开房间了。

明妮和贝弗刚把配料混在一起，揉成一个大面团放在中间的工作台上时，莱拉就到了。

"发生了什么事？你们怎么在烘焙？"莱拉问，她的目光快速地在艾伦、贝弗和明妮之间扫过。

"贝弗把馅饼烤煳了。"艾伦跳着一只脚，嘴巴抽搐着说。

"我的老天爷，贝弗莉！"说着，莱拉的手重重地拍在工作台上。艾伦吓了一大跳。贝弗闭上眼睛，哭得浑身颤抖。

"嘿，嘿，没关系，她今天心情不好，"明妮用沾满面粉的手摸着贝弗的背说，"我们马上就有更多馅饼做出来了。没关系的。"明妮瞪了眼莱拉说。

"有关系。"莱拉叹了口气，"这些馅饼我可是准备了一宿。还有你，"莱拉用一根手指戳着明妮说，"你昨天到底是怎么回事？我可是在你家门前按了好久好久门铃，偏头痛骗子小姐。"

"我特别不喜欢莱拉生气。"艾伦说着，缩起肩膀，像个孩子似的皱着眉头。

"彩虹布莱顿今天有情绪，"弗勒尔出现在厨房门口，"还有，明妮，这肯定不是豆浆，你知道吧？"说着，她朝明妮晃了晃空杯子。

"对，我知道。"说着，明妮一拳打在面前的面团上。

"昨天发生了什么事？"艾伦问。

"对了，祝你生日快乐，明妮。"贝弗莉吸着鼻子，忍住眼泪说，"有没有做什么开心的事儿？"

"她没有做任何开心的事儿。"莱拉双手放在工作台上说，"她躲在公寓里，假装偏头痛，放了她最好的朋友鸽子。"

"我没有假装，我确实是偏头痛了。"明妮说着，另一只拳头也砸向面团，面团发出饱满的"咚"的一声。

"战斗、战斗、战斗、战斗！"弗勒尔站在门口唱着歌，两只手在空中挥舞，像个啦啦队队长。

"这可太不成熟了，是不是，明妮？"莱拉不理会弗勒尔，继续说道，"你对一月一日的恐惧已经开始变得有点荒唐了。"

"不是荒唐，我是真的真的偏头痛了好吗？"说着，明妮拿起一块面团，使劲砸向工作台。大家都不说话了。面团砸在不锈钢上的声音久久地在房间里回荡。

"中场休息。我去放点音乐。"弗勒尔说完，一甩白头发回了前台。

莱拉系上围裙，悲痛地凝视着那些摞起来的烤煳的馅饼，贝弗把它们移到了厨房尽头的餐具柜上。

"我猜我们连馅儿也拯救不回来了？"她叹了口气，"过来吧，贝弗，帮我一把，让这些馅饼解脱吧。"

十分钟后,坏掉的馅饼都进了垃圾桶,空气中仍然萦绕着焦面糊的气味,但大家的心情都轻松了许多。他们有一条非常棒的生产线,艾伦和明妮把面团分到新的烤模里,贝弗和莱拉则把烤煳的馅饼掰开,太焦的部分扔掉。弗勒尔选了一张激情澎湃的九十年代歌曲歌单,除了艾伦,大家都在一边干活,一边唱《果酱女郎》。如果说弗勒尔有什么特长的话,那就是找到合适的音乐来振奋大家的情绪。

"偷名字的人联系你了吗?"在水槽边遇到明妮时,莱拉问。莱拉这是在向她示好,但明妮知道放她鸽子的事并没有过去。

"偷名字的人是谁?"贝弗问。

"跨年夜那天,明妮遇到了跟她在同一家医院同时出生的人。"莱拉解释道,"是不是挺诡异的?"

"呃,准确地说,是比我早出生一分钟。"明妮说。

"明妮的妈妈想给她取名叫奎因,但这个家伙的妈妈偷了她的主意,所以明妮最终成了明妮。"莱拉继续解释道。

"奎因·库普,"弗勒尔大声地说,"这名字真好,明妮·库普这个名字太差了。没有恶意啊。"

明妮手上没有配料了,所以她转而愤怒地翻了个白眼。弗勒尔把音乐声音关小,把最后一个卡子别在头上。其他人还在工作,而弗勒尔已经给自己编了个复杂的发型,脑袋两侧各有一些漂亮的小鱼辫。她现在看起来像是《权力的游戏》里的某个角色。

"真是太浪漫了,"莱拉说,"明妮和她的夺名仇人三十年后重聚——这对出生时便分离的情侣双胞胎,历经磨难,注定要再次相遇。"

她带着气声说话,一只手还抓在胸前,达到了一种戏剧效果。除了明妮,所有人都笑了。

"情侣双胞胎是什么鬼?"明妮摇摇头说,"根本就没有这种东西。"虽然皱着眉头,但明妮心里很高兴。莱拉开始取笑她了,这说明莱拉已经原谅她了。

"可以有,就像连在一起的双子座一样。"弗勒尔说,"你给他留电话了吗?"

约会是弗勒尔最喜欢的一个话题。她可是所有约会类应用程序的行家。她说她正在学习编程,所以可以创建一个自己的星座主题约会应用。

"我跟他说,要是他愿意的话,可以从网上找到我。"明妮克制着自己复杂的心情说,"不过我确定他不会,为什么要找我呢,他已经有女朋友了……"顿了一下,她又说,"而且,我也有男朋友了。你拿我手机干吗?"明妮看到莱拉正在拿着她的智能手机划。

"你脸书的头像换了。"说着,莱拉冲明妮狡猾地一笑,"为什么要这么做?你都不上脸书了。"

"呃,新年,新照片。我自己的照片,我想改就改。"明妮脸红了,转身背对着大家,把脸埋在冰箱里,假装在找东西。

"这可不是新照片,这是五年前的照片。她把头像换成了一张在印度的时候拍的皮肤黝黑、看起来很性感的照片。"说着,莱拉把照片拿给弗勒尔看。

"把手机还给我。"明妮转过身,大步跨过厨房,伸出一只手说。

"照片上的你看起来确实很不错,"弗勒尔赞赏地点点头说,"要是你想让我给你个在线约会攻略的话,就应该用这张。你看上去年轻、苗条,还有点笨笨的。"

"谢谢你,弗勒尔,不过我跟格雷格在一起很开心。"明妮气呼呼地说。她拿过手机,故意不去查看消息,然后重重地放进围裙口袋里,便继续回去忙着弄烤模了。其他人都站在那儿看着她。"好了,各位朋友,别在那儿摸鱼了,可能你们都没注意,我们的时间可是很紧张的。今天有四十个订单要制作、烘焙和交付,如果干不完,就没有钱,

没有钱,我们大家明天都不用上班了。所以,我们能不能赶紧……"

所有人都很安静。贝弗掉了一个烤模,烤模叮当一声掉到地上,咔嚓咔嚓地围着硬奶油色地板打转。明妮的手机在口袋里发出一声很大的蜂鸣声。莱拉的目光立刻追了过来,在明妮查看消息的时候又回到了屋里。是一条来自奎因·汉密尔顿的消息。她点开消息。

"明妮,希望这个是你——一月一日女孩。你能打电话给我吗?我有些事情想跟你聊一聊。奎因。"然后,他在消息中附上了自己的电话号码。

明妮感觉自己脸颊热得发烫,他找到她了。她松了一口气,好像她对奎因会联系自己的期待终于破灭了。

"谁的消息?"莱拉的眼睛像热导飞弹一样盯着明妮问,好像经过了什么识别可疑尴尬光热的训练。

"没有谁。"明妮说着,把手机塞回围裙口袋里,"赶紧帮我把这批放进去吧。"

明妮拍拍手,空气中腾起一团面粉雾,也打断了莱拉的审问。莱拉把第一托盘馅饼放入烤箱中,贝弗莉费劲地调好计时器,艾伦则跑去把小货车开到前面,准备把今天要送的货装车。弗勒尔盯着手机,以各种滤镜拍了新发型自拍照。

"嘿,明妮,忘记说了,我下周二要休息。"弗勒尔一边用手机继续拍照,一边说,"是我表哥跟塔伦蒂诺合作的事,他来伦敦研究地下幽灵的故事,想找一些新的电影创意。我的论文也是关于这个的,所以我说我会帮他,带他去一些灵异的地方。他真是优秀到招人烦,我知道。"弗勒尔朝天翻了个白眼。

"好。"明妮喃喃地说,她今天可没有时间去探究弗勒尔那些幻想。弗勒尔有个习惯,每次需要休假的时候,她都会编一些最荒谬的故事。弗勒尔永远都不会简单地说一句"我跟牙医约好了"。

几分钟后，艾伦绞着双手跑回厨房，嘴巴猛烈地抽动。

"现在我们又有一个问题。"他的嘴巴像金鱼一样，一张一合地说。

"什么情况？"莱拉喊道。

"小货车让人锁住了。"艾伦两只脚来回倒着说。

"你是在跟我开玩笑吗？"明妮疲惫地说，"你停哪儿了？"

"双黄线上。"艾伦皱着眉头说，"可是公休日停双黄线上没人管啊，大家都心照不宣。"

"第一，有人管。第二，今天不是公休日。"明妮绝望地翻了个白眼。

"哦。"艾伦嘴巴张得大大的，慢慢地做出一个拉长的鬼脸。

今天是一月二日啊，怎么会发生这种事儿呢？可能诅咒知道她作弊，在生日那天睡过去了？还是厄运多收了钱？明妮想了一下。她认识的能够在这么短的时间内借给他们车的人只有一个。她走到街上，寻了个隐秘处，开始拨打电话。

"格雷格？"对方一接起电话，她便问道。

"可算是给我打电话了。"他低低的声音从电话里传过来，"你偏头痛那么厉害吗？痛到连电话都接不了？"

"好多了，谢谢关心。"明妮顿了一下，"我被困在厕所里，又没人来找我，错过了派对。那个派对怎么样？"

"我怎么知道你被困在哪里了？有个服务生说他看见你离开了。我在街上来来回回地找了你半个小时，我好好的跨年夜都让你毁了。"

"我为什么要丢下你一个人离开？"

"可能是因为什么诅咒妄想症吧。明妮，你做的事有一半我都不知道为什么。"格雷格停了一下，"我的意思是，要是你记得给手机充电……"

"听着，我没有离开，我被困在厕所里了，整整一宿。"明妮深吸一口气，压抑住自己的愤怒，提醒自己打电话给格雷格是为了向他求助。"哦，我很抱歉那天晚上过得这么糟糕。你在家吗？我工作上遇到了大麻烦，不知道能不能借你的车用一下？"

"不行，明妮，你不能借我的车……"

格雷格听起来似乎很生气。电话里传来类似搅拌机中的螺丝似的噪声，然后就断了。是他挂了她的电话？还是她没信号了？明妮敲着键盘，试图再次打回去。格雷格不喜欢别人挂他电话。可能他真的试图找过明妮——无论真相如何，为了今天的馅饼，明妮此刻只能放下自尊，努力挽回他。屏幕似乎正从什么临时故障中恢复。明妮再次疯狂地敲着键盘，汗从身上冒出来——终于通了。

"喂？"电话那头传来声音。

"听着，如果那天晚上让你生气了，我很抱歉。"明妮脱口而出，"但我也不是故意要被困在厕所里，是不是？我已经尽快给你打电话了，还有，我昨天是真的偏头痛犯了。现在我们有四十个馅饼要在整个伦敦配送，艾伦没把小货车停好，车被锁了。要是今晚这些馅饼送不出去的话，我们就有大麻烦了。我认识的人里只有你有车，所以求求你，拜托你，能不能把车借给我？我以后再补偿你行不行？"明妮停了一下，估量着怎样才能挽救回来，"我甚至可以再扮成牙科护士，我知道你很喜欢那个。要不我回家的时候带些新牙刷和预约卡？"明妮闭上眼睛，希望格雷格能松口。

"明妮？"声音传来，但好像不是格雷格了。

明妮低头看看手机屏幕。号码显示是一串她不认识的随机号码。

"格雷格？"她说。

"不是，我是奎因。奎因·汉密尔顿。"

明妮僵住了，不知道是该挂掉电话还是该把这个烫手的山芋扔到街那边。看在牙医的分儿上，她怎么给奎因·汉密尔顿打电话了？

"哦，天哪，对不起。"说着，她将手机紧贴在耳朵上，闭上了眼睛，"我不知道电话怎么会打到你那里去，我本来是要打给别人的。"

电话断掉的时候，她肯定是不知道怎么点到了脸书的消息。

"很明显。"奎因说，他似乎笑了，"那你收到我的消息了？"

"嗯。"明妮还是闭着眼睛。她本来打算矜持一下，过几天再回复他的。

"然后你需要一辆车？"奎因说。

"不，"明妮摇摇头，"呃，是。抱歉，说实话，我也不知道电话怎么打到你那里去了，可能我的手机成精了。"

"我有一辆车可以借给你。"奎因说。

"真的不需要，真的不用你借给我，我可以借我男朋友的车……"她顿了一下，"不过还是谢谢你肯帮忙。"

"好吧，要是你找格雷格借车的话，那就得去买些新牙刷了，这听起来——"他低沉的声音有点破音，"好像很辛苦。"

明妮伸出另一只手的手指，身体的每一个组织都在拒绝。"说真的，明妮，我很乐意为你提供帮助。告诉我你在哪儿，我把车开过去。"

几分钟后，明妮一脸蒙地回到厨房。

"格雷格要把车开过来吗？"莱拉一边把扁平纸板叠成馅饼盒，一边问。

"不是。"明妮说，她两眼放空，还没有从震惊中缓过神来，"奎因·汉密尔顿要把他的车开过来。"

奎因的印度之旅

【2015 年跨年夜】

　　奎因已经通过酒店预定了海滩私人晚餐。他一直在考虑"日落浪漫"套餐和"周年纪念"套餐哪个更好。可选服务包括小提琴小夜曲演奏、私人管家或升级为带有"海滨娱乐"功能的海滨凉亭,一价全包。什么时候吃东西都变得这么复杂了?他选了最基本的"日落浪漫"套餐,可选服务一个也没选——还是简单点好。

　　一整个下午,酒店工作人员都在别墅外的沙滩上忙前忙后地布置。贾娅在水疗中心待了一天。回来之后,奎因在她换衣服的时候拉上了别墅的百叶窗,保证晚餐计划的惊喜不提前曝光。

　　他领着贾娅走出来时,才知道工作人员的努力不是白费的。沿着一串纸灯笼,他们穿过沙滩,一直走到一张铺着白色亚麻桌布的单独的桌子。提基灯围绕桌子摆了一圈,在沙滩上划出一个小岛,燃烧的提基灯之间还挂着漂亮的白色花环。贾娅倒吸一口气:"哦,奎因,太浪漫了!"

"是酒店布置的。"奎因说，迫切地想与这俗套的摆设撇清关系。

他们穿过纱门走到沙滩上，贾娅停下来，弯腰脱掉了高跟鞋。奎因身着深蓝色亚麻西装，贾娅则穿着绿色的丝绸晚礼服，那是他们在慕尼黑中途停留时奎因给她买的。她看起来很漂亮，礼服裙在所有合适的地方凸显出她的身材，贾娅在酒店的沙龙里待了好几个小时，吹了头发，还做了一些奎因早就没兴趣听的各种理疗。

奎因一只手放在她小小的后背上，引导着她往前走，另一只手则为她拉出包着白色棉布的椅子。他注意到椅子后面系着一个粉色蝴蝶结。蝴蝶结丝带的一侧看起来有些磨损，不知道已经见证了多少次"日落浪漫"。

到印度度假是贾娅的注意。她想去孟买见她的家人，并且说服他一起过来，还答应他旅行结束之前会在果阿的海滩上待一周。这次旅行很成功，贾娅的家人热情地问候奎因，仿佛他是个大明星，七大姑八大姨、各种堂表兄弟姐妹列队来参观他这个"剑桥大学的高材生"。此刻，他们住在奎因这辈子住过的（或者说掏过房费的）最奢侈的度假胜地。贾娅是一个很强势的伴侣，一直难以满足。他绝对不会向任何人承认这一点，但昨天晚上，他曾经想，要是有那么一次，他们可以单纯地看个DVD，而不是做四次爱，那该多好！

好的一方面是，贾娅一直忙于使用酒店的各种设施，所以奎因得以有许多属于自己的空闲时间。不必一接到别人的通知就立刻赶过去，也不必担心半夜有人给他打电话，这种放松的感觉真的太好了。只有远离那一切的时候，他才意识到随时待命是多么累人。

离开这么久让他感觉有些不适应，尤其还是在圣诞节。妈妈一直让他放心，说自己很好。她已经把她妹妹从美国叫过来了。帕特丽夏姨妈——为数不多的几个幸运而又值得信任的人之一。

"哦，你看多精致！"贾娅笑得鼻子都皱了起来，"他们把餐巾都叠成心形,是不是很可爱?"

"不错。"奎因使劲一抖手腕,把自己的"心"抖开说。

"对于这样一个特殊的夜晚来说,真是完美的布景。"贾娅靠过来摸着他的胳膊,深棕色的眼睛凝视着他说。奎因看看桌子那边的贾娅,发现她的每一根眉毛都梳得完美熨帖。

在剑桥大雪纷飞的寒冷冬日,贾娅提出新年要去海边漫步,奎因很快就同意了。但是随着旅途继续,奎因见到了贾娅越来越多的亲戚,他开始担心"见家长"对于贾娅的意义远比他想象的更重要。他和贾娅才约会几个月而已——他不想让她误会。

桌子那边,贾娅正对着他微笑。他看到她画了只有"重大夜晚"才会画的荧光妆。乳沟那儿也画了,裙子的胸部位置处已经沾了一些颜料。奎因突然有种冲动,恨不得把她拎上消防员的云梯,然后冲到海边,一头扎进海浪里。贾娅可不喜欢把头发弄湿。想到她生气的样子,奎因忍不住笑了。

"能帮我一下吗?"贾娅拿出拍照手机,递给奎因。他必须从讨人喜欢的角度给她拍四张照片。如果少于四张,她肯定会不高兴的。

"谢谢你,亲爱的。等服务生过来我让他帮我们俩拍一张。"贾娅把手机朝下放在叉子旁,说。

贾娅会在社交媒体上定期更新日常,而且积攒了很多粉丝。奎因注意到,她花费了大量时间在脸上涂上金粉时,更新也会更多。去剑桥读硕士之前,奎因一直都没有社交媒体账号。是贾娅说服他去注册一个。她喜欢在两个人的照片中把他标记出来,然后写上诸如"我想让我的男朋友知道,他就是我的全世界!"之类的评论。贾娅非常担心要是哪天她忘了标记,他就会错过她的消息,所以奎因就注册了一个账号来配合她。"这个假期真是太神奇了,奎因。"贾娅望着外面的大海说。远处太阳开始潜入云底。"要是我好喜欢你这么长时间只属于我一个人,听起来会很自私吗?"

"我也很喜欢。"奎因接过菜单说,"嘿,这有咖喱蛤,你不是喜欢吃吗,要不要点一个?"

"因为在剑桥有时候,呃,你别误会啊,就是你看起来好像有点心不在焉。"贾娅说着,拿起刀当镜子照了照。

"嗯……"奎因望着大海发出一种态度不明的声音。

他想看明天的日出,此刻正在研究观看日出的最佳位置。他会早早起来,就说要去跑步。他喜欢一个人迎接新年的第一次日出。

一个服务生从酒店走了过来。他个子不高,穿着无可挑剔的白衬衫、黑色裤子和印有酒店徽章的紫色马甲。他把一筐用亚麻布包着的小面包和一罐精致的酸奶蘸料放在桌上,然后递给奎因一份酒单。贾娅问服务生能不能帮忙给他们俩拍张照片。服务生礼貌地点点头,从贾娅手中接过手机,然后拍了一张照片,便把手机递回去。奎因赶紧摇摇头,试图提醒服务生,但他只是对奎因笑了笑。很快,贾娅就在给他解释该如何构图、如何选择光线位置了。直到检查完照片,又指导那个服务生找了个更高、更好看的角度重新拍了一遍,贾娅才放他走。

"太矮了。"贾娅终于放过了那个可怜的家伙,然后立马转身小声对奎因说,"矮个子的人绝对拍不出好照片。也许斟酒服务生会高点?"

奎因不知道如果一直和贾娅在一起,他的生命中得有多少时光花在摆姿势拍照上。

"那么,等我们回到英国,我是不是终于可以去见你妈妈了?"贾娅用一只手抚摸另一只手,看着自己新做的指甲问,"妈妈们可喜欢我了,你知道,我特别擅长跟妈妈们打交道。"

"哦,我不知道,不一定有时间,尤其是如果你还想去牛津街买东西的话——别忘了促销活动可是一直有呢。"奎因说。

贾娅顿了一下,眼神飘向了外太空。他刚才提到的促销吸引了她,不过她很快甩了甩头,丢掉这个想法。

"难道她对我都不好奇吗?"她歪着脑袋,一只手拢着头发问,"我想见见那个独占了我儿子所有时间和注意力的女孩。"贾娅噘起嘴巴,"你不想让她见见我吗?你总是打声招呼就匆匆忙忙地跑去伦敦,从来都不带我。现在我的家人你全都见过了,我可是有好多家人呢。"

奎因并没有向妈妈提起过贾娅。他说的是要跟一群朋友一起去印度。奎因把头埋进酒单里,斟酒服务生恰到好处地出现了。

"哦,好多了。"贾娅上下瞧了瞧服务生,朝奎因抬抬眉毛,表示对他的身高很满意。她俯身摸摸奎因的手腕。"你会把他留住的,对吧?"奎因抬起头,迎上她恳切的目光。"万一有什么特殊时刻我们希望他回来拍一下呢。这个景太美了,不记录下来太可惜了。"

她眯着眼睛,似乎在试图传达什么密码。奎因疑惑地皱起浓黑的眉毛,然后径直走过去点了一瓶贵得惊人的普里尼-蒙哈榭。这里进口酒的价格贵得离谱,不过好在这是他们的最后一餐了。奎因合上酒单,往下瞥了一眼,发现贾娅正在抚摸自己散发着丁香和橙子香味的手,他突然愣住了。

不是吧。

她怎么会想到那里去!当然了,她为什么不能那样想?他们约会也有几个月了,她到底为什么会想到那里去?也许是他想错了。肯定是。当然是他想错了。可是,奎因回头看到她笑意盈盈的目光时,他知道自己没有想错。她以为他要求婚。

斟酒服务生点点头离开了。奎因开始觉得浑身躁热,不安地扯下衣领。他应该早点结束这一切,本来没打算长期处的。到底是怎么走到今天这一步的?正常来说,他的恋爱关系没有超过六个月的,如果在六个月之内结束的话，大家都不会受伤。但此刻，这个甜蜜浪漫的夜晚却令他备感煎熬。他坐在系着粉红色聚酯纤维蝴蝶结的椅子上，知道她正在等一个菜单上根本没有的小盒子。

他的眼神飘向远处的沙滩。一只骨瘦如柴的狗正沿着海岸线朝他们小步跑过来。那是一只浑身脏兮兮的灰白混血狗，尾巴被剪掉了，一条后腿有点瘸。

"哦，看到那只可爱的小狗没？"他喊道，声音比之前提高了不少。贾娅转身看去。

"就是一只脏兮兮的流浪狗。别理它，不然它肯定会一直跟着我们。"贾娅气呼呼地说。

"可怜的小家伙，它好像饿了。"奎因说着，敲起手指吸引它的注意。

"奎因，"贾娅在桌子底下踢着他的小腿说，"别！"

奎因拿了一些印度烤饼给那只狗。它跳着朝他们跑过来，轻轻地取走饼，然后感激地舔了舔奎因的手掌。

"可怜的小家伙，"奎因宠溺地揉了揉狗耳朵后面，"你上次好好吃饭是什么时候？"

"现在酒店轰不走它了。"贾娅尖厉地说，"从长远来说，你并不是在帮它。"

经过贾娅的怒气刺激，再加上对及时出现的狗狗的感激，奎因又喂了它一块饼。那只狗虽然浑身脏乱且营养不良，但却有一张友善的面孔，还用鼻子热情地蹭了蹭奎因的手臂。

"它肯定是有主人的——它真的好乖。"奎因说。

"它只是看到傻子的时候一眼就能认出来。老实说，奎因，我现在很严肃地告诉你：我不想让这只狗出现在我们的餐桌或者我周围的任何地方。叫服务生过来把它轰出去。"贾娅噘着嘴，双手叉在完美凸显的乳沟前。

"好吧，那我把它送回去。"奎因跳起来，把餐巾往椅子上一扔说，"它可能住在棕榈树那边的海滩上的棚子里。好好品尝葡萄酒，我一会儿就回来。"

贾娅还没来得及回答，奎因就一把抱起狗，大步朝沙滩走去。他深深地吸了一口海边的空气——是自由的味道。一阵愧疚感袭来，让他明白这只狗不过是提供了一个暂时的避风港。他还是得回去，把丢弃的唱片放回原来的唱片机，无论接下来会播放什么音乐。但不是现在，不是此刻。等走得足够远了，他把脸凑到狗的耳边，小声说："我欠你一次，朋友。走吧，去给你找点好吃的。"

司机先生

【2020年1月2日】

奎因说他三十分钟后到达尔斯顿。他没有给明妮拒绝的机会,而且潜意识里,明妮一方面迫切地想要把馅饼的事情搞定,另一方面又想不着痕迹地让自己看起来不那么像一个戴着发网的寒酸女服务员。

"你不会正好有个化妆包放在这儿吧?"她尽量用平常的口吻问弗勒尔。

"一直都有啊。"弗勒尔眨眨眼,从前台桌子下面抽出一个大号手提袋。

明妮对自己说,她并不是要刻意打扮,只是想让自己看上去跟平时一样。如果今天有计划要见除同事之外的其他人的话,她一般会涂点睫毛膏。不过,她不想让莱拉看到她化妆,莱拉肯定会过度解读。不幸的是,偷偷摸摸借化妆包和化妆的事太让她分心了,又有一批馅饼烤煳了。

"看,是很容易烤煳吧。"当明妮从架子上拉出一盘深棕色的馅饼时，贝弗得意地说。

"挺好，我就喜欢这样的。"明妮说。不过她知道，这些馅饼绝对达不到平时严格的质量控制要求。艾伦已经从自行车和拖车上卸下一箱货，而奎因很快也要到了，他们没有人手也没有时间挑剔。

莱拉从商店橱柜里拿了更多的扁平包装纸板箱和一堆铝制馅饼盒走过来。

"看看这些包装，"贝弗叹了口气，"你觉得有多少能回收利用？"

"贝弗，让我喘口气吧，我们在给孤寡老人送餐，你不能指望我们再去拯救地球吧。"莱拉说着，把所有包装扔在中间的钢制台面上。

"知道吗，我那个孙女贝蒂，今年四岁了，上周她跟我说：'奶奶，为了拯救地球，防止雪球变暖，你都做了哪些事？'"

明妮和莱拉大笑起来。

"我什么也想不到，是不是太糟糕了？"贝弗噘起下嘴唇，同时仔细地把馅饼从冷却架上取下，放到盒子里。

莱拉说："贝弗，我觉得健忘的事已经够你操心的了，我也不会担心全球变暖的事。"

"她这是生态焦虑症，现在到处都是，所有名人都有这个病。"弗勒尔从前台把头伸到门口说道，"我有个朋友曾经病得可厉害了，有差不多一个月不洗澡、不逛街、不开灯，连电视也不看。呃，就几个基本的频道，连网飞和亚马逊都不上。后来她发明了一种新的可生物降解包装，是用海草或蘑菇或一些破麻制成的。现在她好像是个百万富翁，有私人飞机，不过她基本上已经达到了碳平衡，所以也还好。"

"是那个发明了臂章的朋友吗？"明妮充满怀疑地问。

"不是。"弗勒尔尖刻地说，"发明臂章都是好久以前的事了，明妮。"弗勒尔哼了一声，把头缩回前台。

"她那些著名的电影导演朋友和发明家朋友我是搞不清楚了。"明妮小声说,莱拉咯咯笑起来。

"来了!"弗勒尔像唱歌一样从前台喊出声来。

明妮把手里正在叠的盒子递给贝弗,扯下沾满油脂的围裙和发网,慌忙跑出去接奎因。奎因站在狭小的前台处,看上去似乎比她印象里更高。他穿着一条牛仔裤,柔软的骆驼色毛衣,肩膀上还搭着一件蓝色的巴伯尔夹克。他重心靠后站在那里,一条腿弯着,目光打量着周围的环境,仿佛是一个国王正在视察刚刚征服的土地。明妮能看到弗勒尔迫切地想要吸引她的目光,所以故意不看弗勒尔那边。

"嗨。"明妮说。

"嗨。"奎因微微一笑。

"你真的不需要这样做。我没想着一个几乎不认识的人,因为我无意中打错了电话就立刻要把车借给我。"明妮挠了挠耳后压平的头发说。

"不过,真的是意外吗?"奎因慢慢地俯身,抬了抬眉毛说。明妮张了张嘴,但什么也没说出来。"开玩笑的。我正好没事。"奎因打破了沉默,"而且也不是我的车。"

弗勒尔咯咯笑起来,像个愚蠢的校园少女在傻笑。奎因宠溺地看了她一眼,眼睛里散发出赞许的光芒。意料之中的事——她可能正好是他的菜。

"顺便说一下,这是弗勒尔。"

明妮不走心地朝弗勒尔的方向挥了挥手。弗勒尔跳起来坐在前台桌子处,两条腿在前面幼稚地荡来荡去。

"奎因,你有没有注意过自己的气场?知道吗,你周围的能量真的非常强大。"弗勒尔说。

"没有。"他说。

"要不带我去看看你把车停哪儿了?"在弗勒尔鬼话连篇地把这个男人绕晕之前,明妮抢先建议道。

"你的生日后来过得怎么样?"从厨房朝街上走去的时候,奎因问。

"哦,嗯,挺好的。"明妮朝他挤出一个微笑说。

他冷酷而又戏谑地看着她,似乎已经知道她昨天过得多么悲惨绝望。她非常确定,奎因·汉密尔顿绝对不会在生日这天靠吃药入睡,试图把重要的三十大寿混过去。他可能会在快艇上与露西·多诺休共度良宵,或者做个豪华情侣温泉水疗,穿着合体的睡袍,抹上盐渍身体磨砂膏,然后在风景优美的阳台上品尝坚果沙拉。"你呢?"

"其实最后,我大部分时间都睡过去了。"奎因说,"周二那天晚上太刺激了。"他意味深长地扫了她一眼。明妮清了清嗓子,吞了下口水——是他在逗她?还是他们之间有什么心理感应?

转过拐角,明妮看到一辆巨大的黑色宾利占据了建筑物后面的大部分小路。奎因用遥控钥匙解锁的时候,车子发出两声高亢的蜂鸣声。

"这是你的车?"明妮问,"你是在逗我吗?这车我开不了。"

"为什么?"奎因把钥匙丢给她,问道。她一只手抓住钥匙,心里为自己这漂亮的一抓默默叫好。

"这辆大小跟坦克差不多了,还是辆非常贵的坦克。"

谁会开宾利啊,还是在伦敦这一片?明妮站在那里盯着那辆车,不知道下一步该做什么或者说什么。

"谁开都行,上保险了。我明天过来取车。"奎因伸出一只手断断续续地敬了个礼,然后转身要走。

"嘿,等一下,你不是说真的吧?"明妮恐慌地尖叫起来,"这车我真的开不了,我在伦敦本来就不怎么开车,就算开也是开格雷格的 Mini。"

"你男朋友开的是 Mini？"

奎因转过身面对她，眼睛里跳跃着戏谑的光。

"能不从 Mini Cooper 的谐音梗开始吗？"明妮翻了个大白眼。

奎因向她迈了一大步。明妮的身体瞬间绷紧，他自信的步态莫名地令人望而生畏。他伸出一只手，"唰"的一下从她手中拿过钥匙，手指触到了明妮的掌心。

"那我开车送你吧。"

"什么？"

"你不想开车，我正好也没什么计划，所以我送你去你要去的地方。"

明妮的嘴巴开始做出拒绝的形状，但大脑却一片空白，不知道该说什么。而且她也没有别的选择，要想把今天的事情搞定，只能如此。

奎因跟着她回到厨房，帮她收拾要送的馅饼。莱拉和贝弗还没有把所有馅饼放进盒子里，奎因兴高采烈地卷起袖子，帮忙完成了最后贴标签和打包的工作。

"闻着好香啊。"他手里拿着一个盒子，慢慢地吸了一口气说，"里面是什么？"

"这个是吉尼斯黑啤牛排的。"莱拉递给他一个标签说，"那边那些是蔬菜鸡肉的，这是我们最受欢迎的两种馅儿。"

"我怎么记得应该叫吉伦哈尔牛排和贾格尔鸡肉？"明妮说。

"不不。"莱拉摇摇头说，"我们的顾客都不喜欢那两个名字。"

奎因哈哈大笑着把一个盒子凑到鼻子边："我好像从来没有闻到过这么香的馅饼。"

"别把味儿都闻没了，那可是精华部分。"莱拉从他手上拿过盒子说。

"闻着香是因为明妮在面糊里加了黄油。"贝弗解释道，"这可是明妮的独家配方。"

"不是什么独家配方，贝弗，就是黄油而已。"明妮大笑着说，"什么东西加了黄油都香。"

"对，什么都香。"弗勒尔用中指的指肚轻轻推着下嘴唇说。明妮瞪了她一眼。莱拉两只手搭在弗勒尔的两个肩膀上把她推开，然后开始往外推明妮和奎因。

"不管怎样，你们该出发了。肯定有很多事等着你们去完成，你知道，一月一日的那些。"

莱拉和贝弗跟着他们走到汽车那儿，帮着把最后一些盒子装进后备厢。

"天哪，大家会以为我们赚大钱了。"贝弗说。

"或者以为里面是一些上等的高档馅饼。"莱拉替明妮打开副驾驶的车门说。关车门的时候，她顺势弯下腰，在车窗外默默地做了一个"情侣双胞胎"的嘴型，还用大拇指和食指比画出一个小小的爱心。

奎因把第一个收货地址输入卫星导航。明妮把手垫在屁股底下，局促地坐着，尽量避免接触漂亮的奶油色皮革的任何地方。

"你怎么会开宾利来呢？"她问。"补偿点什么？"奎因突然大笑起来。明妮感觉自己脸红了。"抱歉，我也不知道为什么会这么说。"

明妮抬头看着奎因开始发动引擎，然后驶离马路边。他笑起来的时候，眼睛里有星星。不笑的时候，有些星星似乎仍然挥之不去，好像知道很快又要出场，所以干脆不退场了。他的脸让人觉得温暖而又熟悉，虽然她也不知道这种感觉该作何解释。

"这是我妈妈的车。我可不会选这种车，是因为她不想开车了，所以就给我了。"奎因说。

他把头歪向一边，迅速地挠了下脖子。

"我过生日的时候，妈妈送给我一个测定肉内侧温度的温度计。"

明妮说。

"爸爸送给我一张卡片,上面写着'三十三岁生日快乐'。"奎因说。

"我更愿意那天收到车和写错年龄的卡片。"

明妮轻轻地坐在手上,身体上下颠了颠,她感觉浑身莫名地兴奋,好像喝了八杯咖啡似的。

"那你不为黛西小姐①开车的时候会做什么?"她问。

"夫人,"奎因假装摘下帽子行了个礼,"没有什么比拥有自己的馅饼店更有趣了。"

"你真的不是毒贩吗?这辆车感觉特别像毒贩子的车。"

奎因哈哈大笑起来:"要是毒贩的话有点太显眼了,不是,我是管理顾问。"

"这就挺像毒贩会说的话。"

明妮慢慢地眨了眨眼。奎因从喉咙里发出深沉放肆的笑声。那笑声把人不自觉带入一种不该有的亲密。听着他的笑声,明妮觉得自己好像正披着北欧的皮草大衣,坐在篝火旁喝着热酒。她并没有这样的经历,只是在她的想象中,那会是一件非常舒服的事。

他们的第一批货是送到伦敦菲尔德附近的老年社交中心。明妮说她自己跑进去,奎因可以在车上等她,但他也想一起去。中心的定期志愿者之一——门蒂斯夫人——给他们开了大门。门蒂斯夫人是一位年近七十的可爱老夫人。她戴着一副紫色的变焦眼镜,身穿一件厚实的绿色开衫,上面装饰着像刺猬一样的大纽扣。

"哦,你好,明妮,有段时间没见到你了。"她带着温柔的约克郡口音说,"平常不都是你的员工艾伦过来吗?他没什么事吧?"

门蒂斯夫人抬头看看奎因,然后把眼镜移到鼻子下面,更仔细地

---

① 黛西小姐是指电影《为黛西小姐开车》的主角。(编者注)

打量了他一番。她从口袋里掏出一条灰色手帕擦了擦鼻子。

"哦,他很好,"明妮说,"就是小货车出了点麻烦。这是奎因,今天是他帮我。"

明妮朝奎因点点头,然后脸上露出一副"这些馅饼超级重,先让我们搬到厨房好不好"的表情。门蒂斯会意地让到一边。

"走左边,奎特。"她挥舞着一只胳膊指着路说。明妮和奎因从她旁边绕过,门蒂斯夫人则一瘸一拐地跟在他们身后。门蒂斯夫人深受拇囊炎的困扰,过去几年里,明妮已经听说过很多次了。门蒂斯夫人给自己脚上的肿块取名为比利和布,每次聊起都仿佛在谈论自己的孙子孙女。

"您的脚怎么样了,门蒂斯夫人?"明妮问。

"哦,比利还不错,明妮,不过布一直闹个不停,她——不喜欢这个天气。"

社交中心的厨房狭小昏黄,有一股清洁剂和橘子酱味。米色的福米卡桌子上有几个旧咖啡杯和一堆废弃的跳棋。

"大家都喜欢馅饼日。"门蒂斯夫人打开一个盖子看了看里面说,"明妮,菜单上有吉尼斯黑啤牛排吧?"

"当然。"明妮说,"有人能帮你热一下吗?这些馅饼是今天早上现做的,不过可以放烤箱里再烤三十分钟。"

"有,大家都喜欢在馅饼日当志愿者。"门蒂斯夫人舔了舔嘴唇说。然后,她把注意力转向奎因,奎因正将盒子直接堆放在冰箱里。"哦,他很会帮忙啊。这就是艾伦说的那个男朋友吧?"

门蒂斯夫人朝奎因晃了晃手指。

"恐怕您弄错了,我只是个司机而已。"奎因说。

"你不是接替了艾伦的工作吧?"门蒂斯夫人皱了皱眉,"楼上的夫人们会很伤心的。她们喜欢跟艾伦喝一杯,而且据说——还有点小菜。不是说奎特不行，只是可能不太适合那些六十多岁的。"

"别这么快否定我啊，门蒂斯夫人，您都还没看过我打桥牌呢。"

门蒂斯夫人从喉咙里发出缓慢而沙哑的笑声。

"现在我明白你为什么会看上他了，亲爱的，有个腰身傍着确实不错，是吧？"

明妮的眼睛瞪得大大的，门蒂斯夫人总是容易不经意地用错词。明妮怀疑她是不是真的要说"腰身"这个词。

"不不，门蒂斯夫人，我没看上他。奎因就是今天过来帮忙的一个朋友而已。"

奎因悄悄地朝明妮做了一个"没看上我？"的口型，然后做出一副受伤的样子，浓黑的眉毛故作错愕地拧在一起。明妮忍不住笑了。

"那你不是那个滑稽的记者喽？"门蒂斯夫人用手指数着馅饼问。明妮开始明白，为什么艾伦每次来这里送货都要花费那么长时间了。

"那是格雷格，他曾经很滑稽，"奎因不怀好意地朝门蒂斯夫人那边一倾身子说，"不过腰身方面没我这么有天赋。"

明妮不由自主地高声哼了一声。随后又用一只手捂住嘴，把声音变成了一个没打出来的喷嚏。

"上帝保佑你，亲爱的。"门蒂斯夫人说完，再次将注意力转回奎因，"奎特，既然你都来了，不介意帮我们去看看社交室的通风口吧？晚上刮风的时候那里老是咔嗒咔嗒地响，我们够不着。你这个身形的人进去稍微弄一下应该不难。"

接下来的十二个送货地点也同样非常耗时。奎因发现自己在麦肯齐夫人的公寓里修理了不好找的天线，自愿用"好看的大线轴手"给特里夫人撑毛线，还在马奇班克斯先生家帮忙抓猫，把一个破掉的灭蚤颈圈套回猫身上。

对于所有的顾客，奎因都表现得乐于助人且充满魅力，明妮觉得自己对他的态度越来越柔和——这样的人很难让人不喜欢。然而，融洽的表面却藏着一种根深蒂固的不信任，那是奎因·汉密尔顿这个名字以及他所代表的一切激起的一种巴甫洛夫式条件反射。可是，明妮每次看到他那么友善幽默地对待她的顾客，想要不喜欢他的决心就会土崩瓦解。后来，他们再次回到宾利车上，她突然醒悟——一个人生活无忧无虑时，自然很容易变得迷人。

"你很擅长跟老人打交道啊。"站在马奇班克斯先生家外面，明妮隔着发动机罩看着他说。

"但猫肯定不行。"奎因朝她抬了抬猫抓伤的前臂说。明妮笑着打开副驾驶的车门。

"哦，小可怜，小喵咪用小爪子挠你了？"

"怎么没看到你主动帮忙？"

奎因的脸上堆起一个酒窝。

"他告诉你抓错了猫的时候，你脸上是什么表情。"明妮轻轻地哼了一声说。

"那个人根本不知道那些猫哪只是哪只。"奎因摇摇头说，"要是按照他说的，我能给隔壁的狗套上项圈。"

"奎因，马奇班克斯先生是看不见，可这并不意味着他分不出来自己的猫。他说它们都有非常独特的气味。"明妮说。

"他的公寓里确实是有非常独特的气味。"

"别那么刻薄，这个人的生活很艰难。"

奎因顿了一下，脸上玩世不恭的表情渐渐褪去。

"我知道。你为这些人做的事情真的很了不起，明妮。"

"哦，是啊，给领养老金的人做糕点——都能得诺贝尔奖了。"

明妮打开车门钻进去。奎因坐在她旁边，脸上凝重的表情一直到他盯着风挡玻璃前方时也没有消失。

"对于这些人来说,你显然是救命恩人。你所做的不仅是给他们送食物,还是——"奎因吞吞吐吐的,又转过身去对着风挡玻璃,"这一天,他们需要那种联系,需要有人来看看他们是不是过得还好。"

明妮看到他下颌的一小块肌肉开始颤动。他转身对着明妮,挤出一个微笑。"这个不需要我告诉你,这是你的辉煌事业。"

"也没有那么辉煌。"明妮叹了口气,"至少在财务上看不是。"

"哦,那以后给猫戴项圈得收钱了。"奎因再次举起自己的前臂,指着划痕说。

"啊,那你需要我帮你亲吻治疗吗?"

她可能以前这样挖苦过伊恩或者哥哥,但听到这句话的奎因却直勾勾地盯着她。仿佛有人在两个人之间按下了暂停键,明妮突然发现自己屏住了呼吸。他将目光移开,有人又按下了播放键。

"或许我们可以把这个吻留到下一次。"

明妮知道他在开玩笑,但他说这句话的时候还是让她觉得腹部深处有一种不安的悸动。那感觉就像是在她肚子里休眠的一窝小猫头鹰突然一下全醒了,开始挥动着翅膀,争前恐后地要进食。她咬紧牙关,对自己这么容易被套路而感到恼怒,每次有人像奎因这样说些暧昧不明的话,她就会变得像弗勒尔一样。

"哈哈!"她以慢速度大幅度地摇了摇头,试图压制肚子里的感觉。

"好了,爱聊天的司机先生,还有好多老人等着我们送餐呢。"明妮两手一合说。

送完一圈货,已经是下午五点了。因为找不到停车的地方,奎因把车停在了一个公共汽车站。明妮从后座上拿起最后一盒馅饼递给他。

"这是给你的。我知道开一天车得到这点报酬确实说不过去,不过考虑到你偷了我的名字,还有我一辈子的好运气,我觉得我们基本上扯平了。"

她本来应该跳出去，让他趁公交车没来之前开车走人，但她没有动。她只是坐在那里看着他，嘴角不自觉地向上弯起。他脸上的笑容跟她的一模一样。随后，他一只手搓着嘴巴，目光埋在腿间。

　　"听着……"奎因开口道，他的声音飘在空中，"如果你有时间的话……"他低头看着自己的手，十指交缠，随后又握成一个拳头。

　　"怎么了？"她鼓励地点点头。

　　"呃，我……我知道还有人可能会喜欢这个馅饼。"

　　"谁？"

　　"我，呃，我的妈妈。"

　　奎因解释说，他曾向妈妈提及她名字的故事，他的妈妈很想见见明妮。明妮感觉自己被设计了，心情立刻变得沉重。他今天主动提出当司机，就是为了逼她去见那个她妈妈一直骂不绝口的女人吗？奎因今天拯救了她，而且她现在正坐在那个女人的车上。她似乎没有理由拒绝。

债务危机

【2020年1月2日】

　　塔拉·汉密尔顿住在伦敦北部的樱草山。奎因沿着卡姆登路一路行驶时，明妮则望着窗外那些曾经那么熟悉的路标。她就是在这附近长大的。明妮人生中的大部分时间都是跟爸妈还有哥哥一起在乔克农场的一个两居室的前议会公寓里度过的，那里与樱草山只隔着一座铁路桥。他们在那里一直住到明妮十五岁，后来爸妈买了房子，搬到了更北边的地方。城市的这一小片土地上，有她童年所有的回忆。

　　当奎因驶向摄政公园路时，城市发生了变化。绿意盎然、充满上流气息的樱草山代替了卡姆登拥挤肮脏的街道。这里都是漂亮的联排别墅，前花园修剪整洁、百叶窗刷着漂亮的油漆，还可以俯瞰公园。穿着莱卡设计师款的跑步者们扎着马尾辫，嗖嗖地跑过。穿着考究的人遛着穿着考究的狗，相貌出众的绅士们身穿驼色长外套，胳膊底下夹着报纸，自信满满地走在人行道上。

　　"这里距离我长大的地方只有一英里，但感觉完全是另一个世界。"明妮望着窗外一闪而过的人和房屋说,"我好多年没回来过了。一个地方竟然可以唤起如此鲜活的童年回忆,是不是很有趣?我们以前经常去肯蒂什镇的一个青年俱乐部——要是坐夜班车下错了站,就会跑到那边的桥上。"明妮指着远处的街道说。

如果你在一个城市生活了很久,明妮想,生活中的那些过往发生的街道和地点就会像纸一样正折一下、反折一下,最后折叠起来为新的回忆腾出空间。可是,当你像拉开折痕一样故地重游时——那些回忆又会跳出来,鲜活地仿佛昨日刚把它们叠起来一样。

"好像是叫什么班伯斯。"明妮喃喃自语。

"班伯斯,"奎因笑起来,"我记着是叫班伯斯。"

"学会喝烈酒之后,班伯斯是我第一个喝到吐的地方。这家俱乐部应该感到荣幸。"明妮故作得意地说。

奎因转身看着她,脸上闪过一丝异样。他眯着眼睛,仿佛有些疑惑。他的反应让明妮觉得自己一定是说错了什么。她转身看着窗外。毫无疑问,在奎因的世界里,女孩们可不会谈论她们醉酒和喝吐的时候。

在她十岁或者十一岁的时候,明妮和最好的朋友莱西有时会在放学后走到樱草山公园。她们会编一些故事,比如谁住在那些彩色的房子里,他们都是靠什么赚钱的。

"卖奶酪刨丝器。"莱西会指着一个带磨砂窗户的黄色小楼说。

明妮则笑指着拐角处的蓝色房子说:"发明充气城堡。"每去一次公园,她们的故事就会变得更丰富。莱西给奶酪刨丝器家族编了一个完整的背景故事——显然对于刨丝器孔的最佳尺寸,刨丝器家族内部出现了分歧。

奎因把车停在街上最大的一处独栋房屋前时,明妮惊讶得下巴都掉下来了,以前她和莱西一起编过这栋房子的故事。一栋淡蓝色的五层小楼,外观看上去像极了一个大玩具屋。要是有个孩子要画伦敦最完美的房子，一定就是这个。正门两侧是整整齐齐修剪成箱形的树，白色的墙面似乎刚刚粉刷一新。房子周围是黑色的栏杆，栏杆后面种了树篱，将一层的视野与街道隔开。这是繁华市中心一片宁静的绿洲。

这栋房子是一排独立住宅中的一个，房子的颜色各不相同。明妮和她的朋友莱西曾经把这些房子称为冰淇淋屋。她本来想告诉奎因他住的是蓝莓冰淇淋屋，但转念一想，觉得他可能会把她当成奇怪的房子跟踪狂什么的，所以没说。

"你妈妈就住这儿吗？"

奎因点点头。

"我是在这里长大的。不过现在我在路那边有个公寓，但妈妈还住这儿，怪冷清的。"

他从驾驶员座上下来，绕到车这边给她开门。明妮拿起最后一份馅饼，跟随奎因走到巨大正门前面的台阶上。天渐渐暗下来，她没带外套，开始微微发抖。奎因伸出一只胳膊抱住她，搓了搓她的肩膀。这个姿势是下意识的，非常熟练，他好像突然忘了现在跟自己一起站在门口的，是一个几乎没有任何关系的陌生人，而非他的女朋友。明妮觉得他触碰过的皮肤有些刺痛。奎因的胳膊突然放下，就像刚才突然举起一样，然后在半明半暗中把两只手伸进口袋里找钥匙。

"妈！"两个人一进门，他就喊起来，"我带了朋友来见你。"

走到客厅，他们发现奎因的妈妈正坐在扶手椅上看书。她应该有六十岁了，但看上去却好像还不到五十。她的金发整洁地梳成一个发髻，皮肤洁白水润。一件宽松的淡紫色长袍系在腰间，如少女般的双脚蜷缩在身下的椅子上。对于明妮来说，她像是一个十指不沾阳春水的贵妇。

"奎因，"她合上书，小心翼翼地放在边桌上，"你没说要来吧？"

看到明妮，她眨了好几次眼，仿佛在确认那里是不是真的还有另外一个人。随后,她站起来,用手掌捋了捋头发和长袍。

"瞧我这样子。我不知道有客人要来,所以没收拾。"

她微微皱了皱眉,但还是一边朝明妮微笑,一边抱过儿子亲了亲他的面颊。她的声音平静而温柔。明妮突然好羡慕有一个这样的妈妈,她会用亲吻来问候你,用平静、亲昵的语调跟你说话。

"这是明妮。"奎因说,"我跟你提起过,就是那个本来应该叫奎因的女孩。"奎因抓住妈妈的两只手,轻轻地上下动了动,仿佛在通过物理通道向她传递信息,"明妮,这是我的妈妈塔拉。"

塔拉转过身来,伸出一只手拉住明妮的手,似乎想要通过物理方式确认。确认之后,塔拉的眼睛睁得大大的,这样专注的凝视令明妮有些局促不安。

"嗨,您好。"她轻挥着手说,"我给您带了馅饼。"

她把馅饼盒塞给塔拉。

"明妮?明妮……"塔拉仍然盯着她。

她好像并不打算去接馅饼,所以明妮把馅饼放在了桌子边上。

"不知道您喜不喜欢吃馅饼,奎因说你会喜欢的。"

"明妮,上帝啊,你真漂亮,我一直梦想着能有卷发。"塔拉说。明妮不由自主地想把自己的卷发拉直。"明妮,你能来我真的很高兴。奎因跟我说他遇到你的时候,你说的那些关于你出生时的事……我总是忍不住去想。我经常想起你的妈妈。出院以后我曾经试图寻找她,她真的帮了我很多。"

"我知道,"明妮说,"她跟我说过。她还说你偷了她想的名字。"明妮尴尬地笑了笑,然后微微耸了耸肩。她不想让塔拉以为她对这件事很生气,谁会对这样的女人生气呢?那跟生一只小猫咪的气有什么区别。

"不,不,"塔拉脸色一沉,"不是那样的,奎因,你没有告诉她到底是怎么回事吗？"

塔拉一下子变得很沮丧。她向后摸到沙发扶手，重重地坐上去。奎因在她旁边坐下，把她的一只手握在自己的两个手掌之间。

"妈妈，您别生气，"他轻声说，"我确实解释过了，不过，我觉得您可以自己告诉她。"

奎因起身去泡伯爵茶，明妮在塔拉旁边的沙发上坐下。硕大的白色沙发垫显得塔拉更加脆弱渺小，仿佛随时会掉进沙发的褶缝里再也出不来。明妮安静地坐着，等着塔拉开口。

她曾经无数次想过与这个女人见面的场景，这个她童年时代心目中的坏人，一个令妈妈恨之入骨的人，她甚至想象过如果真的遇到她要说些什么。可是现在坐在这里，明妮却什么也不想说，她只想听。

塔拉说康妮对她的帮助意义重大，分娩的时候，她觉得十分孤独，真的快要崩溃了。

"康妮给我讲了奎因这个名字的故事，它就仿佛是黑暗中的一盏灯。当时我的身体快要分裂了，只有这个名字和康妮的脸是我能够抓住的现实。"塔拉抬头望着天花板，一时陷入了沉思，"孩子出生后，我根本想不到其他名字。我也想有一个奎因——这也是向你的妈妈以及她对我的帮助致敬。我根本没想到还有什么无聊的报纸比赛，也没想过她会给你改名字不叫奎因。"

塔拉定定地看着她，等待她的回应。

"报纸上都是关于你们的报道。奎因已经不是一个普通的名字了。我爸爸觉得要是我们取一个跟报纸上的孩子一样的名字，会显得很蠢。"

"后来我试图找过康妮，可是我不记得她姓什么了。我甚至还查过出生公告，想找另一个奎因。可是医院不肯告诉我她的详细信息。我还想着也许她会联系我。"

奎因回到房间，将茶盘放在大型奥斯曼风格的茶几上。

"别太激动。"他将一只手轻轻地按在妈妈的肩膀上说。塔拉伸手按了按奎因的手，他们之间的亲密再次击中明妮。她和妈妈之间从来没有这样过。

"现在我却听说，她这么多年一直恨我偷了你的名字，你们这些年一直对我恨之入骨。我真的接受不了。"塔拉抽泣了一声，用手背压住鼻子，泪水喷涌而出。

"哦，其实准确地说，也不是恨之入骨。"明妮感到脸颊发红。她开始咬左手大拇指的指甲，然后从嘴里拉出来藏在手里。

"我很想再见见康妮，告诉她我很抱歉。一想到她会怎么想我，我就很难过。"

"只是个名字而已，我一点都不介意。"明妮伸出手来拍拍塔拉的手。

在塔拉身后，她看到奎因朝她做出"只是个名字而已？"的口型。明妮眯眼瞧着他，他一副饶有兴趣的样子。

"那你改名叫明妮·库普了。"塔拉摇了摇头，嘴唇皱了皱，"可怜的孩子。"

"其实还好。"明妮缩回手说。

"对，不然可能更难听，比如叫福特·嘉年华或者沃克斯豪尔·科萨。"奎因说。明妮特别想把茶壶砸过去。

她留了塔拉的电话，告诉她会让妈妈打电话给她。她提醒塔拉，妈妈说话可能会有些刻薄，不过她相信妈妈会听她解释。塔拉用她细细的手紧紧抓住明妮的手，轻轻地握了握，然后就借口去了趟卫生间。

"谢谢你。"房间那边的奎因轻声说。

"谢什么？"明妮问。

"谢谢你对她这么友好。"

回来之后，塔拉坚持要留明妮一起吃晚餐。塔拉说从来没有客人来看她，她想听听明妮所有的人生故事。明妮觉得这情境有点像电影《滑动门》里的情节。她是金色短发的格温妮丝·帕特洛，生活在另一个平行世界，在这里，妈妈的仇敌邀她在蓝莓冰淇淋屋里共进晚餐。而其他版本的明妮此刻可能正跟艾伦一起开着小货车送货。明妮在心里暗暗记下，下次跟莱拉一起看电影的时候一定要看《滑动门》。

他们一起朝厨房走去，奎因一边走，一边一五一十地向妈妈介绍没有硬馅，他那天遇到的人以及明妮的馅饼有多棒等。

"你一个都没吃过。"明妮说。

听到他对自己的事业赞不绝口，明妮觉得有些飘了。

"最后，我终于拿到了一个。"奎因打开烤箱，"我要做的就是一整天什么也不做，专职给你当司机带着你满伦敦转，被猫抓，修理不好找的天线，还有纠正十来年的老问题而已。也不知道什么馅饼值得我这么大力宣传。"

明妮笑了，对他皱了皱鼻子。奎因也回敬她一个微笑，四目相对的一刹那，明妮觉得周围的一切都不存在了。塔拉的目光在明妮和奎因之间来回打量，似乎有什么新发现。就在这时，明妮的电话突然响了，瞬间将她拉回现实。

"我，呃，我接个电话。"她看了一眼屏幕，是莱拉。

她回到客厅里，奎因则留在厨房继续跟妈妈聊天。

"怎么样？"莱拉说，"搞定了吗？"

莱拉的语气听起来比预想的更敷衍，明妮还以为莱拉打电话来是为了打听她和她的情侣双胞胎一起出来的情况呢。

"是的，馅饼全送到了，客户非常满意。我现在在奎因妈妈家，莱拉，她想告诉我所有关于——"明妮还没说完，莱拉就打断了她。

"听着，我本来不想在电话里跟你说的，但是我们这边遇到大麻烦了。债权人要求我们今天偿还债务。"

"可我记得下个月才需要还债啊?"明妮说。

"我本来也是这么想的。"莱拉叹了口气,"我本来想着这个月能拿到议会的补贴,然后抓紧送货,这样就能勉强应对,但补贴要二月份才有,这个月的订单也少,不够我们还债。圣诞节一过,大家都破产了。我不知道该怎么办了,明妮。"

明妮双手抱头,垂首坐在白色的豪华沙发上。这是她和莱拉付出了四年心血的事业。她们不怕苦不怕累,一周工作七十个小时,投入了自己所有的积蓄,可现在呢?她们只是关门了,让她们的员工离开,把厨房的租约交给下一个幼稚的傻瓜,他们想看着自己的梦想凋零而死?

"不能想办法拖延了吗?"明妮使劲闭上眼睛问。难道她真的要在一周内同时失去公寓和生意吗?

"明妮,我想不到任何办法。"莱拉静静地说,"每个月我都觉得像在过西班牙奔牛节一样,疯狂地四处逃窜却只能勉强活下来,还要防着被哪头发狂的银行公牛袭击。我一直尽量不让你为财务的事情发愁,但我真的坚持不下去了。"

明妮能从朋友的声音里听出她承受了很大压力。公司财务方面的事情大部分都是莱拉在管。明妮恨自己,是她想做烘焙的白日梦害她最好的朋友沦落到如此境地。"听着,我们下周一办公室见,一起商量下这件事怎么处理。这周我没时间了,明天还得去参加伊恩姐姐的婚礼。"

"要通知其他人吗?"明妮问。她们的雇员只有贝弗、艾伦和兼职的弗勒尔,所以现在来说,周一之前没人会来。

"不用了,我宁可到时候直接把坏消息一起告诉他们。我们还有一些预付款的订单要送,所以还得让他们来。"

挂了电话,明妮抬头环顾此刻自己身处的这个巨大客厅,奢华的厚奶油色地毯,毛绒亚麻抱枕完美地搭配鸭蛋花纹,巨大的土耳其茶几,茶几下面是一个架子,上面全是精美的硬装画册。她听到塔拉在厨房里笑。

"没事吧?"奎因站在门口朝客厅里喊道。

"恐怕我得回家了。"明妮缓缓地吸了一口气说。

"真的吗?我刚把馅饼放进去。"奎因一脸失望。

"我真的得走了。"明妮说,"我可以坐地铁。"

明妮突然想要远离奎因。她知道这不是他的错,也知道把两个人的生活放在一起比较多么荒谬。但她就是觉得自己更可悲,因为他们在同一天出生于同一个地方。

"我开车送你。"他说。

她摇了摇头,感觉自己的脖子正慢慢变红,这是她马上就要哭出来的征兆。

"发生什么事了吗?有没有什么我可以帮忙的?"

"好吧,我的生意要倒闭了,现在我得回去,然后周一去上班,研究一下怎么关门,所以,没有,你没有什么可以帮忙的。"

明妮的眼泪滴落在地板上,不敢抬头看他。为什么要告诉他呢?她感觉到他朝她迈了一步,好像马上就要拥抱她。因为这个预期,她的身体有一瞬间的悸动,似乎身体里的每一根纤维都在渴望他双臂的环绕。然后她的身体绷紧了,这种对拥抱的原始渴望令她对自己很生气。而且,奎因甚至都不是她的男朋友,如果她真的想投入某个人的怀抱的话(虽然她并没有这么想,不然有个手臂要可怜地沉下去了),那也应该是格雷格。唉,她真的需要给格雷格打个电话。

"可是你的馅饼不是很棒吗?大家都很喜欢,肯定会有办法——"奎因开始讲话,但明妮打断了他。

"是的,但是真实情况是,我们必须贷款创业,贷款利息很高,要是哪个月订单接得少,或者需要买个新的烤箱门,那我们就没有任何犯错的余地。"明妮咬着牙说,"不像你,你家里会给你钱,你可以完全按照自己的意愿创业,而且很可能从来也不需要跟银行打交道。我的意思是,看看这个地方!"

明妮用力挥出一只手臂佐证自己的观点。这时,她碰倒了一个陶瓷灯座,掉在桌边上,随后在地上摔得粉碎。房间里顿时鸦雀无声。明妮盯着地上的碎片。灯泡闪烁着发出轻轻的嘶嘶声,然后灭了。

"哦,坏了。"明妮屏住呼吸说。

她抬起头,发现奎因的脸色变得非常难看。塔拉跑进房间,一看地上的灯,开始使劲大喘气。

"别碰,别碰,会割伤你的!"塔拉开始挥动双手,眼睛里充满恐惧,"奎因,到处都是碎瓷片。"

奎因两大步走到她身边。"没事,我不会碰的。"他说话的语气非常奇怪,好像在哄一个孩子。塔拉颤抖着抱住头,发出一阵奇怪而又惊恐的哭声。奎因转身对明妮说:"我觉得你现在最好离开。"

"别让她碰。"塔拉大喊着。

"她不会碰的,妈妈,"奎因一边说,一边领着妈妈出了房间,"走吧,我送你上楼。"

起居室里只剩下呆若木鸡的明妮。刚刚发生了什么?她朝奎因大喊大叫,打碎了一个看起来非常昂贵的灯,然后塔拉就完全失控了。她应该留下来收拾残局吗?还是赔钱?可是她已经没什么钱。为什么要那样对奎因发怒呢?他们本来一起度过了一个非常愉快的下午,可是她的痛苦和憎恨毁了这份快乐。明妮从地上捡起书包,默默地走出了入口那扇巨大的门。

回　家

【2020年1月5日】

明妮在爸妈家灰色脱漆的正门停下，裹了裹身上的芥末黄色羊毛披肩。披肩是去年一时冲动在一家慈善商店买的，莱拉极力说服她，说这是一件"必备"的时尚单品。但很快明妮就发现，这件披肩让她看起来像个行走的香蕉，所以她总共就穿过两次（其中一次还是去参加水果主题化装派对）。现在，因为她唯一的外套已经丢了，且室外温度只有两度，她只能从衣柜底下挖出这件披肩。里面传来嗡嗡声，甚至还有从门口都能听到的嘀嗒声。她花了一点时间享受街道的平静。自从哥哥威尔和女友搬去澳大利亚之后，明妮尽量星期天都回来跟爸妈一起吃饭。她知道父母怀念威尔常伴左右的日子，他一直都是他们最喜欢的孩子。她无法填补威尔走后留下的空缺，但她认为每周回来一次也算是尽了自己的孝心。

"明妮来啦。"爸爸在楼上喊道。明妮抬头，看到他斜倚在卧室的窗户外面。"马桶堵了，我在修马桶，你妈吃了太多过了最佳赏味期的法式咸派。"

爸爸穿着自己的工作衫，上面沾了油漆和汗渍，圆圆的脸庞面色红润，但头发有些凌乱，好像一整个上午都在干活，没来得及去洗澡。他对明妮眨眨眼，明妮摇了摇头。然后就听到楼上屋里妈妈大喊起来，说对着整个该死的街道开粗鲁的玩笑一点都不好笑。

"你在外面晃悠什么呢，明妮·哞？进来呀。"爸爸朝她挥挥手说。

这座房子是二十世纪三十年代建造的一个露台的一部分。外观看去与伦敦北部布伦特十字街这条特殊的郊区街道上的大多数房屋完全一样。楼下的窗户底下堆着一些略微腐烂的木头，杂乱的荆棘和野蔷薇侵占了前院，除此之外，他们家的房子跟邻居并没有什么区别。从后花园可以看到，街边的许多人家已经扩建了厨房，或者做成了双层，但库普家的房子跟一百年前几乎没什么两样。每次明妮跟别人提起布伦特十字街的时候，他们都以为是个郊外的大购物中心，或是繁忙的高速路架桥。但对于明妮来说，布伦特十字街代表的永远都是这座房子、这条街、这个她称之为家的伦敦的一个地方。

从里面看，13号就是一座普普通通的房子，当然，如果不看墙壁的话确实很普通。钟表覆盖了墙上的每一寸地方，这是爸爸对钟表业情有独钟的证明。在过去的三十年里，他一直在收集和维修特别的钟表。他在花园里有个工作室，里面全是各种箱子和工具，他会成宿地在网上寻找别人不要的坏掉的，或者没修好的钟表。

有时候为了一座钟，他能花上一年的时间，要么等着合适的零件在网上出现，要么干脆试着自己做一个缺失的齿轮。他在每一件作品上花费的时间和精力意味着，他绝对不会丢弃其中任何一个。所以钟表大军不断壮大，嘀嗒、嘀嗒、嘀嘀嗒嗒，一进门就全是这个声音。爸妈似乎都已经习惯了这个声音。"这是房子的心跳。"爸爸曾经说，"谁会因为随时能听到自己的心跳声而烦恼呢？"

明妮认为这个类比并不是很恰当,但跟爸爸争论钟表的事没有任何意义。这嘀嘀嗒嗒的交响乐也曾是她童年的背景音乐。她和威尔曾经玩过一个游戏,就是轮流蒙住对方的眼睛,然后从墙上拿一座钟,凭声音判断是哪一个。威尔把这个游戏叫作"说出是哪座钟"——真没创意。后来,有座钟让威尔不小心摔在地上碎了,游戏不愉快地戛然而止。在那之前或从那之后,明妮从来没有见过爸爸发那么大的脾气。

明妮在走廊上遇见妈妈,她的目光立刻落在了明妮的头发上。

"你剪头发了。你不是打算留长发吗?"她伸出一只手,轻轻压了压明妮的一头卷发说。

"哦,我想改变一下。"明妮说,"你觉得不好看吗?"

"要是你想留长发的话,得花时间,得有毅力。"康妮使劲叹了口气,"你们这代人什么事都坚持不下去。"

"妈妈,我不认为剪个头发就代表我是雪花一代[1]。"

明妮脱下披肩,挂在走廊的挂钩上。

"感觉又回到了你上游泳课的时候。"

"妈妈,你不能到现在还因为我周六早上没去上游泳课而指责我——我都三十了!"

妈妈微微摇了摇头,像只淋雨的鸭子在甩头。

"我花了那么多钱送你去上课,而且你确实有天赋,明妮。可是现在呢,你至少可以拿个馅饼回来吧?"

"真的吗?"

妈妈不满地哼了一声。

---

[1] "雪花一代"指出生于20世纪90年代的青年人,他们与前几代人相比更加脆弱、敏感和难以适应社会。(编者注)

"喔，偶尔不做饭也挺好的，比如我们家有个'厨师'的时候。"说到"厨师"这个词，她还是像往常一样带着波兰口音，假装兴高采烈地挥了挥手。"你爸爸刚回来，什么忙也帮不上，我也不能连轴转。病房里还是那样，护士不够，床也不够。"

明妮跟着妈妈走到厨房，看着她坐在一张餐椅上，深深地叹了口气。"可怜的坎宁安先生被送回家了，他的身体状况根本就不适合走。"

"妈妈，很遗憾你今天过得这么糟糕。"明妮说。

"有时候我真不知道这个世界要变成什么样子，"妈妈闭上眼睛说，"为什么有的人那么有钱，医院却穷到连提供一张床，让人走得稍微体面点都做不到。"

明妮伸出一只手碰了碰妈妈的手，但她看也没看，就把手从她可以够到的桌子前面移开了。明妮转而拿起一枚纽扣。她面前有一堆等着修补的破烂东西：一个没有手柄的长柄锅、一枚写着"hot"的小纽扣，以及一个掉下来的陶瓷狗头。

"妈妈，不用那么麻烦。简单地吃点茄汁焗豆和吐司真的挺好的。我就是想过来看看你们俩。"

"好吧，照现在的情况看，应该会如你所愿。那么现在，明妮，帮我找找这个陶瓷狗的身体吧？肯定是在休息室的什么地方。"

妈妈朝前面的房间挥了挥手，明妮立刻照办。起居室里钟表的嘀嗒声稍微小了一些。这是爸爸专门设计的，为了不打扰他看电视节目。

满屋子的钟表，明妮最喜欢的只有一个。就是高傲地挂在电视机上方的那个——名叫"古吉"。那是她十六岁那年在匹克小屋的汽车后备厢促销活动中给爸爸买的。她看到的时候钟已经坏了，顶部的铃铛已经生锈，表盘上的4和7也被抠掉了。显然这座钟已经很多年没人打理也没人喜欢了，但从外观上仍然能看出某种低调的皇家气质，好像它虽然无法告诉你时间——却可以告诉你其他一些重要的事，只要它能说话。

明妮喜欢表盘上的洞,从那里可以看到后面快速运转的齿轮。每到整点就会有个小针敲响顶部的铃铛,在所有喧闹的钟声中,这个声音是明妮最不介意的。它温柔地宣告一个小时又过去了,而不是像某些更标准的钟一样,发出巨大的敲锣声。

明妮跪在地上,把手伸到沙发底下帮妈妈找那只陶瓷小狗的其他零件。楼梯上响起爸爸沉重的脚步声。

"能不能不要再讨论茄汁焗豆和吐司了——咱们直接点个外卖怎么样,亲爱的?"明妮的爸爸朝厨房的方向大叫道,然后又踏着重重的步子进了休息室。明妮只看到他大大的工靴正好在她脑袋旁边。"你趴在那儿干吗呢?"

"找陶瓷狗的另一半。"她说。

他皱了皱眉:"别让她干活了,康妮,给她弄杯喝的,然后点个中餐怎么样?"

他在破旧的棕色编织扶手椅上坐下。椅子缓缓地发出"噗"的声音,好像喘了口气。然后,他伸手去拿桌边上的遥控器。

"发现哪里变样了没,明妮·哞?"他问。明妮站起来抻了抻身上的蓝色羊毛披肩,然后开始环顾四周寻找新钟表。

"那儿。"她指着书架上方、电视机左边说。那里有一个很小的木制维也纳校准器挂钟,钟摆和表盘一样大。

"我终于找到了那个缺失的零件。那可是我花大价钱从汉堡的一个家伙手里买到的,我跟他磨了好几个月。"

"真漂亮,爸爸——看起来就跟新的一样。"

爸爸咧开嘴笑了,宽大红润的面颊像两个大苹果。看着他,你绝对无法想象比尔·库普竟然会有那个技术和耐心去修理微小的机器零件。他的手臂像树干一样粗,肩膀像牛一样壮,非常适合搬运重物。

然而，他的真正实力却在于指尖精细运动的协调性以及对古董钟表装置不可思议的兴趣。

"噢，《烘焙比赛》要开始了。你看了吗，明妮·哞？"

"第几季啊？"

"是重播——每次看都像新的一样。我觉得你的馅饼值得跟保罗·好莱坞握手。"他提高了音调，"康妮，这周是点心周哦！"随后他又转向明妮，"亲爱的，给我拿听啤酒，谢谢。"

明妮停下找陶瓷狗的工作，转身向厨房走去。嘈杂的嘀嗒声伴随着电视的声音，爸爸重新任命自己为家庭酒吧的服务生，明妮觉得自己好像从来没有离开过，真的回到了九年前。实际上，她搬出去住也不过是三年前的事——创业的时候，她不得不短暂地搬回来过。然后就是2011年她突然失业了，回来住了几个月。想到自己这一生，明妮觉得很不稳定。难道她注定要过这种模式的生活吗？搬出去、努力开始新工作、失败、搬回家，然后再从头开始。布伦特十字街的房子把她像个悠悠球一样玩弄，先甩到真实世界里，然后一旦发现她过度伸展就把她卷回来。

现在，她正要问问爸妈能不能再搬回来。想到要再次住在这里，明妮的手掌顿时变得又冷又湿。她想过跟别人合租个公寓，但考虑到好运在现在的公寓里留下的那些抓痕，也不太指望房东会退她押金。她没有钱再去付另一套公寓的定金，而且大多数人都不喜欢多一个四条腿、毛茸茸的合租伙伴。她打开冰箱门拿了两听啤酒，一听给自己，一听给爸爸。

"你生日那天发生了什么？"妈妈叉着腰问，"一般来说都会有故事发生的。"

明妮不想为妈妈滔滔不绝地讲述她生日的坏运气再加一把油，所以只是耸了耸肩。

"也没什么——去艾伦家吃了晚饭,然后去参加了一个派对。"明妮捏着一听啤酒递给爸爸,然后回到厨房打开自己那一听,"哦,妈妈,不过你可以猜猜我遇到谁了?"妈妈开始切洋葱。

"嗯?你知道我碰到谁了吗?"明妮又问了一遍。

"如果是个明星的话,我也不认识。除非是保罗·好莱坞,因为我在这个房子里只听过他的声音。"她大声说道,"你爸爸看那个节目都看入迷了。你知道他把所有的重播都看了个遍吗?"

明妮不知道先透露哪个消息更好——是她跟塔拉和奎因见面了,还是她创业失败需要搬回来。如果提起塔拉的名字,妈妈脸上的表情应该会让她有点痛快,但承认没有硬馅破产,明妮可是一点都不痛快。所以她决定选择更痛快的那一项。

"你最近跟威尔联系了吗?"妈妈突然转移话题。

"没有。"明妮的白眼翻到了天花板上。

"他说要在那边买房子,说是在邦代。在他这个年纪就买房子真是太了不起了——我们买房子的时候都四十多了。"

"哦,可能那边房价比较低吧。"明妮感觉自己在咬着牙说这句话。

"真不知道你要怎么买房子,明妮。我们攒了十八年才凑够定金。""噢,我觉得我们这一代根本就不可能买房子,不是吗?"明妮说着,拉起罐装啤酒上的拉片,在手里捏扁了。

"可是你哥哥马上就要买了。"

"奎因·汉密尔顿。我遇到了奎因·汉密尔顿。"明妮大声说。

康妮手里的刀掉在砧板上,明妮很享受这一刻——妈妈终于听她说话了。

"我还见了他的妈妈塔拉。她住在樱草山的一栋别墅里,特别优雅,像个电影明星一样。"明妮紧紧地抿住嘴唇。

"塔拉·汉密尔顿?你去了塔拉·汉密尔顿家?"妈妈问,她的声音已经完全丧失了平时的理智。

"对。"明妮又喝了一口啤酒,整个人向后靠在冰箱上,一只脚贴着冰箱门。

妈妈对她皱了皱眉,然后转身使劲地剁洋葱。

"哦,当着百万富翁,过着奢华的生活,很容易看起来像个电影明星。"

"是我在派对上无意间遇到了奎因,我还告诉了他你跟我说的塔拉偷走我名字的事。这根本不是她的本意,妈妈。她取奎因这个名字本来是为了纪念你给她的所有帮助。她也从来没想过你会不给我取奎因这个名字。"

"你说这些的目的是什么,明妮?"妈妈转过身来,皱着眉头望着明妮,"你为什么要出去跟别人说我的事?"

"那不是别人,妈妈,她是塔拉·汉密尔顿——你能相信吗?都过了这么久了?"

"我不需要你改写历史,明妮。没人想旧事重提。"

妈妈转身继续对着砧板。她从橱柜里拿出一个炖锅,麻利地把洋葱放进去,然后把锅放在炉子上。整个过程一直背对着明妮。

两个人一声不吭地站在那里。《烘焙比赛》的主题曲从隔壁房间传过来,上百根指针开始嘀嘀嗒嗒。

"你到底要不要帮我找狗?"妈妈说。

"听着,我有她的电话号码,我说你会打电话给她的。我这就写下来贴在冰箱上。"

明妮看不见妈妈的脸,但她看到妈妈的背突然一僵,然后才伸手从炉子上方的橱柜里拿了一罐腌西红柿。这个反应是明妮没有预料到的。

"好了,广告时间,咱们点什么东西吃?我想点香草和开心果千层蛋糕。"明妮的爸爸一边往厨房走，一边开心地自言自语，"这个节目真的是让人食欲大振啊！哦，康妮，你是在做饭吗？"

他拉出一张餐椅，重重地坐下。他在妻子和女儿之间来回打量，然后开始用破碎的锅把轻拍木制餐桌。"你们俩怎么看起来都不太开心？"

"没什么，都是无稽之谈。"妈妈飞快地说，"好了，谁去冰箱里帮我把奶酪拿出来。吃意面不能没有奶酪，对吧？"

晚餐的时候，明妮说了自己生意上的事，然后问她能不能搬回来住一阵子。爸爸坐在椅子上，以两条椅子腿作为支撑，前后摇晃着椅子。

"真是太可惜了，亲爱的。我一直都很喜欢你做的饭菜，一直觉得你会成为真正的赢家。"

他伸出手拍了拍明妮的后背。每次爸爸温柔地对明妮说话的时候，她都特别想像小时候一样蜷缩在他的大腿上。他们曾经一起看永远没有大结局的《星球大战》电影，爸爸还会模仿所有角色的声音。她转身看看正在有条不紊地嚼着一大口意面的妈妈。她大声地吞下意面，然后看也不看明妮，又开始用叉子卷意面。

"妈妈，您不说点什么吗？"

"我觉得这画面似曾相识。"她伸手拿了一杯水说。

"别这样，亲爱的，这么说不公平。"爸爸说，"她之前又没有创业失败过。之前可能是别的方面出差错了，但这回不一样。"

妈妈开始滔滔不绝地数落丈夫。

"我觉得她是针对你，爸爸，你的那些事。"明妮小声说。

"哦。"说完这个字，爸爸的嘴巴便停留在了尴尬的"O"字形，然后，他慢慢地把椅子落回四条腿着地。

"我说过这就是个错误，"妈妈继续说道，"我说过迟早要出大事。

你连大学都没上过,明妮,你怎么可能知道怎么算钱,怎么管账?"

"莱拉管账,妈妈,我只是没上过大学,但并不意味着我没有生意头脑。这几年,我们一直做得很好,一直努力工作,只是遇到了一个……一个大坎。"

"这些我跟你爸爸都说过。为什么就没人听我的话呢?"妈妈摇了摇头说。

"听着,我知道你们很失望。"明妮觉得自己有些哽咽,"我也很失望。你们想想,我三十岁了,我愿意破产、失业、搬家吗?你觉得这就是我对自己的人生规划吗,妈妈?"她顿了一下,"至少我尝试过了。"

"你爸爸也尝试过把我们所有的积蓄拿去搞他的事业。库普发展公司听起来可能很高级,但在市场抛弃你时,一个高级的名字屁用都没有。"

"太倒霉了,是不是。本来我能在那个房子上赚大钱的。"爸爸诙谐地说。

"有些事情不值得冒险。冒险就会有损失,这就是我们的教训。最好踏踏实实的,量力而行。"

明妮把指甲嵌入椅子底侧,随即摸到了以前自己这么做时在那里留下的熟悉的沟。

"好吧,如果你要搬回来的话,楼上可没多少地方了。"妈妈平静地说,"楼上的房间里现在全是你爸爸的钟表零件。"

"我很快就能收拾干净。"爸爸说,"或者她可以住威尔的房间。"

"那威尔回来的时候住哪儿?"妈妈说。

"他都两年没回来了,妈妈。"明妮说。

"让她休息一下吧,康妮。明妮·哞,你想在这里住多久就住多久。我今天下午就把你以前住的房间收拾出来。"爸爸伸手捏了捏明妮的肩膀说。

　　妈妈又吃了一口食物。汹涌的挫败感像海浪一样吞没了明妮。爸妈这辈子修了那么多东西，怎么就看不出来面前有什么东西破碎了呢？

明妮的遇见餐厅

【2010 年跨年夜】

"装饰之前不要碰那个牌子。"糕点厨师长罗伯在厨房那边尖叫。

明妮像烫着了一样,从服务台上迅速抽回手。她本来也没打算拿那个牌子,只是想把它摆正而已。要是别的时候,她肯定会反驳,为自己辩护,但在这个厨房里,她很快就学会了要说"好的,厨师长",然后接受任何可能的批评。

明妮在遇见餐厅已经工作六个月了。这是一家位于梅菲尔的米其林星级餐厅,与她以前工作过的地方截然不同。她一毕业就工作的维克多餐厅是位于肯蒂什镇的一家家庭式餐厅,狭窄的厨房里只有三个厨师,而在这里,经常是二十多个人一起烹饪。维克多的顾客主要是家庭聚餐和年轻食客,而遇见餐厅里则全是使用报销账户以及经常出入高档场所的城市精英。在维克多,她是可以掌勺的,可在这里,她连开烤箱的资格都没有。

离开学校时,明妮没有明确的职业计划。还是莱拉建议她去学习烹饪的。

"你对食物有种天然的鉴赏力,知道什么东西凑在一起最好吃。"莱拉说。

"那麦芽糊香肠、肉酱意面、牛奶维他麦怎么样?"明妮大笑着说。

"我是认真的,明妮,你有天赋。要是能找个合适的厨房训练一下,你肯定会做得很好。"

维克多餐厅给了她的一份工作时,明妮感到很惊讶,因为她没有任何经验,甚至连简历都没有。厨师长保罗让她做一份西班牙蛋卷,然后在看着她做的时候就录取了她。她喜欢跟保罗一起工作,喜欢那种舒适的家庭式餐厅的氛围、那些走进来的老顾客;喜欢研究食物,日复一日地提高自己的烹饪技能。最后,还是那位上了年纪的法国老板——维克多——让她离开的。

"明妮,你有天赋,但是不可能从保罗身上学会所有的东西。你得去更多的厨房工作,看看其他厨师是如何工作的。只有这样,你才能成长。"

"可是我喜欢在这里工作,我还有很多东西要学呢。"明妮抗议道。

"我们法国有句老话,叫'A chaque oiseau son nid est beau'——金窝银窝,不如自己的狗窝。你都不知道其他窝长什么样子,明妮。你必须张开翅膀,学会飞翔。"

说这话的时候,维克多布满皱纹的脸上露出一丝淡淡的微笑。那是一张生活很惬意的男人的脸,成年之后,他每天都会花很多时间在阳光下喝红酒。

于是她张开翅膀,降落在遇见餐厅。她已经来这里六个月了,她讨厌这里。这是一个庞大的团队,周围的每个初级厨师都咄咄逼人，而且嘴巴很毒。她在各个专业厨师的领导下轮岗。这个月她到了糕点厨师长这里，他是目前为止最差劲的。罗伯从明妮到这里的第一天起就一直针对她。菜单上有一道菜是配藏红花黄油酱的。明妮曾说起他们在维克多做过类似的调味料，但挤的是青柠而不是黄柠檬。罗伯在所有人面前羞辱了她，问她是否要重写米其林星级厨师设计的整个菜单。她很快学会了保留自己对食物的想法。

她想坚持一年，努力从二级厨师升为一级厨师。要是离开这里的时候能够得到很好的推荐，写在简历上会很漂亮。但是在这里的每一个小时都很难熬，这里的节奏紧张，她甚至都没觉得自己学到了什么东西。

今晚是跨年夜，餐厅里人满为患。她今晚本来不想上班的，但是这周轮到她上一周班，不能休息。她错过了跟家人一起共度圣诞节，每天要上十五个小时的班。她整个人已经疲惫到了极点，腰酸背痛。一整个星期，明妮负责的工作就是单调地将白兰地卡仕达奶油挤入迷你圣诞布丁中。这些迷你布丁是甜点之后的茶点。布丁只有核桃那么大，必须在上面小心地挖出洞，然后再填充馅料，而且一丁点馅料也不能露出来。

"不行。"

"再来。"

"不对。"

"太马虎了！"

"明妮，你在侮辱糕点师这个职业。你是在哪儿学的烘焙？格雷格斯吗？"

罗伯一整个下午都在朝她大喊大叫。明妮挤得很好，她知道，他之所以一遍遍地让她重做，只是因为他有这个权力。明妮刚做完一盘二十个漂亮的布丁，罗伯就俯身过来拿起一个检查，然后把整批布丁了打翻在地。

"奶油块都热了，打发过头了。"

罗伯的脸突然压下来，离她只有几英寸。他灰白的皮肤和难闻的呼吸让人忍不住想吐。他的眼袋延伸到了脸上，仿佛脸在融化。"你有没有尝过自己做的东西？有没有看看自己那副样子？"

明妮面无表情，努力不让自己发作。其他几个初级厨师投来同情的目光，他们知道罗伯一直跟明妮不对付。明妮到这里工作的第一周，几个人下班后一起去喝酒。罗伯有点喝多了，想要对明妮动手动脚。明妮尽可能礼貌地把他推开了，但罗伯可不是那种轻描淡写就能打发的人。他好像一直默认在厨房里工作的任何女人都是厨房里的一种原料，只要他认为合适就可以随意使用。

"要是你想多塞几磅，那可不是我的问题，明妮。"罗伯讽刺地说，"如果你要像业余爱好者那样把奶油打发过头，最好在每一批食物离开台面之前都亲自尝一下。"

明妮早就尝过了，根本就没有过头。她收拾了一地的烂摊子，又重新拿了一个裱花袋。只要再忍一个星期，就可以轮岗到别的厨师手下，到时候就可以摆脱罗伯了，那时她在这里的日子可能就会轻松很多。

"别让他逮到你。"明妮走过的时候，丹娜轻轻捏了捏她的胳膊肘小声说。丹娜在鱼区工作，几乎没跟明妮说过话。她是挪威人，像所有的挪威人一样生性冷淡且志向远大。如果连她都开始表示同情了，那情况看起来可能确实很糟糕。

从十点到午夜，明妮只在十五号桌上放了两个小布丁。在她添加最后的装饰——精美的冬青叶和可食用金粉—时，脖子上感觉到了罗伯的呼吸。

他瞪着那些东西，发出低沉的咆哮声。不过他根本挑不出任何错，而且现在太忙了，没空让他制造问题。

"上菜！"罗伯朝另一边的传菜生喊道。

明妮的工作差不多结束了，她应该一点钟下班。她需要冲个澡，睡个觉，恐怕她很长时间都不想再看到卡仕达奶油馅的迷你圣诞布丁了。

她开始清理桌台，擦拭台面，把准备清洗的器皿放到一起。正在这时，厨房那边传来罗伯的尖叫声。

"明妮，是你给十五号桌上的布丁吗？"罗伯从房间那边大步朝她冲过来，胸前还挥舞着一只手——已经攥成了拳头。

"是我……"她紧张地说道。

他张开手，指着手上剩下的布丁。里面是一小片咀嚼过的透明塑料。

"这是客人刚退回来的。你挤的馅料里有塑料。"他说得很慢，似乎每一个音节都让他很享受。

明妮低头看着他的手，脸色顿时变得苍白。那塑料片好像是从她用的裱花袋上掉下来的。可是那个怎么会掉下来呢？而且还掉进了馅料里？后来她想起自己用了个新裱花袋，在底端剪了个口子让奶油流出来。可是，底端真的剪利索了吗？

罗伯在她面前挥舞着那个小塑料片，脸上挂满了笑容。

"我一直在等一个开除你的理由。"他弯曲的前牙紧贴在下唇，压低声音说。

明妮一下蒙了。要是她让人解雇了，就不可能拿到推荐信，那这一切努力就都白费了。罗伯说过的那些卑鄙的事情——在她的脑海中闪过，她不再感到发蒙，而是感到气愤。

她开始在脑海中想象自己拿起旁边柜台上的裱花袋，对准罗伯的脸使劲挤。奶油块会完美地、持续地喷出，覆盖他的脸和头发。他会震惊，会愤怒，会目瞪口呆，当场愣住。厨房里的人都会围观到底发生了什么事，胆大的甚至会喝彩、欢呼。

"快跑，明妮！"丹娜会在后面喊。

明妮的心跳开始加速。她要伸手抓一把冬青叶，扔到罗伯头上当装饰。

"还有，别忘了要亮一点。"她会一边说，一边抓起一把金粉，使劲撒在罗伯全是奶油的脸上。"上菜！"明妮要大喊。

她会听到周围一片笑声，她会看到大家捂着嘴偷笑——她会成为一个英雄！罗伯会擦去眼睛上的奶油，灰白的皮肤此时会变成紫褐色，嘴巴也会因震惊而久久地合不拢。明妮将扯下发网，转身昂首阔步地走出厨房。她雀跃地走出这个房间时，背景音乐会以最大音量响起，那是艾瑞莎·弗兰克林的《尊重》，所有人都会目送她离开。

但现实是：没有音乐，没有喷奶油块，明妮也没有那个胆子。她简单地收拾了一下围裙，拿起帽子就走了。没有人目送她离开，那片厨房的海洋在她周围关闭了，就像水填满一条小鱼游过的地方。

存在主义危机

【2020年1月6日】

"严肃地说,听起来好像是莱拉把事情搞砸了。"格雷格说。

格雷格和明妮正在格雷格位于伊斯灵顿的公寓里吃早餐。与爸妈共进晚餐之后,明妮回到格雷格家过夜。周末的大部分时间他一直很忙,因为有一篇关于近海捕鱼的文章急着要交,文章名为《在三文鱼水域捕贻贝:这一切需要停止》。有时候明妮真的怀疑,格雷格是不是先把题目想好了,然后再决定要写什么新闻。她不知道他是否还在为跨年夜的事情生闷气,但她出现在他家门口时,他还是给了她一个急需的拥抱。

格雷格要求她不要透露任何关于她昨晚为什么不高兴的细节,因为他发现从别人那里"下载情感"之后很难入睡。所以他们就直接上床睡觉,然后现在起来吃早饭,明妮正在解释自己生意上面临的严峻形势。

"莱拉没有做错任何事。"明妮说,刚洗完澡的她坐在格雷格家狭窄的厨房柜台的吧凳上,梳理着湿头发,"很可能是因为她,我们才能坚持到现在。"

"我不同意。你负责烹饪——还有送货。她负责资金和财务——所以失败的是她。"格雷格从她手里拿过梳子,"不要在厨房里弄头发,我发现到处都是你的头发。"

明妮摇了摇头。她皱起眉毛,眉心出现了一道皱纹。

"格雷格,你的意见并不是很有帮助。这不是莱拉的错。我们一直做得很好,快垮了是因为贷款。"

"也没那么好,你不是还在最后一刻到处打电话借车吗?"

"哦,知道我在危机来临的时候还能依靠你真是太好了。"

"一切都是危机,明妮。生命就是一场危机。你知道海里还剩多少鱼吗?那才真是危机。我们可能很快就不能说'海里有很多鱼'了,因为这其实很不准确。"

格雷格摘下眼镜,从厨房抽屉里拿出一块擦镜纸。明妮坐在那里看着他。昨晚见到他的时候,他的床是如此熟悉,他的身体和气味也是如此熟悉。但今天早上,格雷格的一切似乎都不再让人感到舒适和熟悉,他变得既陌生又冷漠。在他擦拭镜片时,明妮突然意识到格雷格几乎没有正眼看过自己,他和明妮早餐时几乎没有目光接触,但此时他却如此专注地审视着自己的眼镜。明妮直直地盯着他,希望他能抬头好好地看看自己。

"话说回来,其实你需要的只是一个有钱的赞助商,或者像大多数厨师一样回餐厅上班。"

他转身对着咖啡机,开始把不同颜色的胶囊筛进旁边的金属篮里。

"克莱夫那个浑蛋从来都不知道换这些东西,我的意思是,你好,这里不是连锁酒店,房间里的咖啡也不是免费的。"

克莱夫是格雷格的室友,今年四十二岁,已婚。他在伦敦和肯特两地奔波,一周三天在伦敦,剩下的几天在肯特的家里。在明妮看来,这种情况对于格雷格来说很理想——克莱夫承担了一半的房租,但基本上不住。

"要是算出每个咖啡胶囊的单价,然后乘以他每个月喝的数量,你知道最后算出来是多少钱吗?"格雷格用一根手指戳着厨房柜台说。

明妮同情地点了点头,然后才意识到他正在等待答案。

"十镑?"

"七英镑二十便士。我发誓他甚至都不知道在哪里买替换装。你觉得肯特有胶囊咖啡店吗?当然没有。"

格雷格拿起两颗绿色咖啡胶囊朝明妮晃了晃,然后狠狠地砸在柜台上,开始挠他的短胡须。"只剩馥缇奇欧了。我不喜欢喝馥缇奇欧——克莱夫深知这一点。你要喝别人的咖啡,起码应该把你知道的别人不喜欢的那种喝掉吧。对不对?"

明妮点点头。格雷格瞥了一眼苹果手表,用舌头抵住牙齿发出不耐烦的嗒嗒声。

"好了,我得走了。我路上再买杯正宗的咖啡吧。你自己走?"

明妮坐公交车去上班,心里烦躁得很。是她对格雷格的期望太高了吗?她知道他也有自己的压力和担忧,可是跟爱的人在一起,双方的生活重担不是应该都会轻一些吗?不过话说回来,明妮也不知道是否真的有人能让她更轻松地面对接下来要发生的一切——告诉别人自己失业了从来就不是一件容易的事。

她走进没有硬馅的门时,听到熟悉的铃声,呼吸着空气中散发出的糕点气味,她突然感到一阵悲伤。这可能是她最后一次听到这铃声,最后一次闻到这舒服的气味了。

"明妮。"莱拉从厨房跳出来,开始现场开合跳。她穿着一套亮粉色锅炉服,戴着一副霓虹黄框眼镜。"快跟我一起跳,明妮!"

"这是什么能下钞票雨的舞吗？"明妮左右摇了摇头说。

"快点，跟我一起跳。"莱拉大叫着，伸手抓住明妮的两只手举过头顶。

"好，我们一起跳。"明妮说着，甩开莱拉的手，加入了开合跳的行列，"这是什么新风尚——跳着开会吗？内啡肽会让我必须传达的坏消息变得不那么糟糕吗？"

"恰恰相反，"莱拉咧嘴笑道，"我有个特别好的消息——值得开合跳的好消息！"

身后的铃声响起，是贝弗推门进来了。

"这是……"贝弗开口道，她的脖子疑惑地扭动着。

"快跳起来，贝弗——跟我们一起跳。"莱拉朝贝弗的方向拍拍手，嘴里发出"呜"的一声，仿佛是精神错乱的简·方达。

"不用了，"贝弗说，她的目光像是看到了两个光着身子、穿着啦啦队队裙跳舞的人，"我……我去预热一下烤箱。"

贝弗避开她们的视线侧身跑了过去，仿佛生怕一转身，她们就会拉着自己参加这古怪的仪式。莱拉和明妮都咯咯地笑起来。

"我可不太适合这个，你最好快点说是什么事。"明妮笑着说。这就是莱拉神奇的地方——即使在最糟糕的情况下，她也能让明妮笑出来。

"今天早上我们接到了一个订单，"莱拉一边说着，一边加快了开合跳的节奏，"一个特别大的订单，本月要给十五个不同的办公室送馅饼。"

明妮停止了自己的步伐。

"什么？"

"别停别停，还有呢。"

艾伦穿过门时，铃声再次响起。他在现场研究了一分钟，然后一句话也没说,就开始跟她们一起跳。虽然他的腿不好,跳得一上一下的,但节奏很好。

"而且他们全额预付。你相信吗?这些钱足够我们还贷款,还有富余。"莱拉开始朝空气挥拳,"缓期执行——死刑赦免!"

明妮开始哼起歌来,歌词是艾拉妮丝·莫莉塞特的《讽刺》。他们都开始疯狂地大笑大跳,尽情高歌。好吧,明妮和莱拉确实是在唱歌,但艾伦只是哼着奇怪的节拍式伴奏,而且听起来好像根本不知道她们唱的是什么歌。正在这时,弗勒尔也到了,她冲他们做了一个很丧的表情,还说他们这一代人真的太奇怪了。

跳着开会带来的兴奋的眩晕感消失了,明妮吻了吻脖子上戴着的四叶草银项链。她无法相信他们得到这个订单是因为运气,更何况还是在他们最需要的时候。这个时机来一个这样的订单绝对不是巧合。

她让莱拉把订单的细节拿给她看。一位女士打来电话,通过电话用信用卡付款,还给了十五家公司的名称和地址,要求在本月的不同日期送餐。没有硬馅不做企业餐,他们只为那些做不了饭且身体不好的独居老人送餐。这些企业为什么会从他们这样的公司订餐?他们是怎么发现没有硬馅的?

"哦,对了,他们要求提供可以即食的馅饼,所以我们得多买一些保温包装。"莱拉说。

明妮低头看了看莱拉给她的地址清单。她只认出其中一个——格雷格工作的报社。

"肯定是有人在帮我们。"明妮说。

"我也这么想。"莱拉说。

明妮知道格雷格没有那个财力。也许这些企业都是他们报社的附属业务?也许他通过自己的工作帮了她一个忙?她突然好爱格雷格。或许他确实还在试着减轻她的生活压力。

"呃，"明妮再次翻遍了地址列表，"可是，这并不是我们创业的初衷，对吧？我们不做企业餐，而应该给那些需要的人做馅饼——我们能得到募捐和补贴也是因为这个。"

"明妮，现在不是挑三拣四的时候，而且我们对企业的收费也要高一些，这样他们就不享受补贴了。"莱拉恼怒地瞪着明妮，"说实话，我根本不关心这些馅饼是匈奴王阿提拉买了用来养一群烧杀劫掠的土匪，还是一个小丑学校买了做用脸接饼练习——他们付钱，我们做东西，就这样。"莱拉眯眼瞧了瞧明妮，飞快地摇了摇头，"我要去给银行打电话了。"

莱拉转过身去，踏着重重的步子走到厨房后面的窄木桌前，桌上放着她的笔记本电脑。明妮拿出手机，给格雷格发了个信息："今天早晨，有没有可能是你从我们这儿订购了'价值数千英镑'的馅饼？！爱你哦。"

"是格雷格救了我们吗？"弗勒尔问。

"不知道。"明妮说。

"我能猜到，这是一个认为自己需要挽救局势的男人所为。"弗勒尔假装打了个哈欠，"更重要的是，跟我们说说你上周跟那个火辣的奎因发生了什么？还有，要是你不打算甩了格雷格跟他在一起的话，我可以追他吗？"

盯着屏幕的莱拉抬头瞥了一眼。周六的时候，明妮已经通过电话向她汇报了奎因那边的情况。哦，或许不是全部的情况。她说过见到塔拉，打破灯的事。她说奎因是个很好的伙伴，但他对每个人都很友好。她没有提"肚子里的猫头鹰醒来"的那种感觉，也没有说他总是突然出现在她的脑海中。

"他非常乐于助人。"明妮说，"但没有谁要甩了谁。对了，他有一个非常漂亮而且事业有成的女朋友。"

"说实话吧,其实可能没我漂亮。"弗勒尔两手捧着脸,朝明妮忽闪着眼睫毛说。

这时,前台的电话响了。

"弗勒尔,能接下电话吗?"莱拉喊道。

弗勒尔叹了口气,脚尖一转,愤愤地回去做她唯一且枯燥的工作。

厨房里很快一切如常。空气中弥漫着面糊的香气和乐观的气息。艾伦打开货车的锁,出去送餐。弗勒尔给客户打电话,确认后面几周的订单。

"所以,情侣双胞胎没有后续了吗?"等其他人都听不见了,莱拉立刻小声问道。她对奎因的好奇心显然胜过看到明妮对馅饼订单的反应时的恼怒。

"希望你不要再那样叫他了。根本就不是那么回事。"

"哦,肯定就是那么回事,相信我。"

"听着,他人很好,帮了我们,把车借给我们,就这样。"

难道不是吗?他们之间的关系尴尬地结束了。周六她给奎因发了一条信息,再次感谢他的帮助,并为打破他妈妈的灯表示歉意。他过了好几个小时才回复"没关系"。就三个字:没关系。这是什么意思?帮个忙没关系?还是她因为某些跟他毫无关系的事,冲他发脾气没关系?明妮本来以为自己已经过了喜欢研究男人文字信息的阶段,但显然没有。

"你不是整个周末都在想怎样才能再见到他吧?"莱拉一副洞察一切的样子。

"莱拉,你不是有很多 Excel 表要做吗?"明妮生气地瞪着她说。

"对,马上做。"莱拉拿起笔记本,啪的一声关上,"我去街角的咖啡店工作,这里让人分心的开心事太多了。"

莱拉一走,明妮就过去帮贝弗把一盒原料打开放在工作台上。

这些事情的发生让明妮有些心不在焉，所以一开始没太注意到贝弗的样子——她看上去很糟糕。眼睛下面是乌青的黑眼圈，身体弯作一团，仿佛肩负着整个世界的重担。

"贝弗，你还好吗？"

明妮停下手里的活，一只手放在贝弗的手臂上。贝弗用疲倦而沉重的眼睛朝她眨了眨眼。"跟你的健忘或者生态焦虑有关吗？我很担心你，贝弗。"明妮轻声说，"要是你想找人聊聊的话，我就在这里。"

"要是你听了我的解释，肯定会以为我疯了。"贝弗低头对着厨房柜台轻声说。

"说说看。"

贝弗缓缓地长舒一口气。

"这一切是从几周前开始的，当时我正在看BBC播放的布莱恩·考克斯主持的一个节目。"

明妮鼓励地点点头。她怎么也想不到，贝弗的倾诉竟然会从布莱恩·考克斯开始。

"他当时讨论的是，如果宇宙的历史是一天，那么地球的历史就是一眨眼的工夫；如果一眨眼是一天，那么人类的历史大约是那一眨眼里的一眨眼。然后我就开始思考，如果人类的历史只是大约一眨眼的工夫，那么我的一生很可能只是那一眨眼里的一眨眼。"

明妮专心听着，但她已经晕了。她来回转着眼球，试图跟上贝弗。

"嗯。"她慢慢地说。

"那如果我的一生只是一眨眼，它的意义又在哪里？在事物的宏观主题下，我说什么、做什么都是徒劳。就算我解决了全球变暖问题，或者发明了可以把我们全都送到火星上去的宇宙飞船，从长远来看，这一切仍然毫无意义，对不对？更何况我还没有做这些事情，对吧？我也就是在家里修修补补、养活家人、做做馅饼。"看到明妮迷茫的表情，贝弗的脸顿时垮下来，"我说过你会认为我疯了。"

"我绝对没有认为你疯了，贝弗，我只是，哇……这样的想法对于周一早上来说太沉重了。"

艾伦拿着一个塑料托盘回来装货，正好听到他们的最后几句话。

"你是在跟她说存在主义式的中年危机吗，贝弗？"他问。

贝弗点点头。

"她感觉很糟糕，明妮。她把谷歌地图缩得太小了，现在回不来了。"艾伦摇摇头，"她应该多看看《X音素》之类的。ITV随便什么节目都能让你跳出来，少看点BBC4吧。"

"听着，我认为我们中的任何人都不应该在事物的宏观主题下过多地关注自己的位置。"明妮说，"我敢肯定，布莱恩·考克斯的本意肯定不是让你质疑自己的正当存在。即使你没有发明飞往火星的宇宙飞船，也不能说明你的生活不富足充实。你的丈夫爱你，你的家人爱你，我们都爱你。人生中有这些还不够吗，你还想要什么？"

"说得非常好。"艾伦点点头，把馅饼盒装到托盘上，"这一生你唯一想要的就是多行善、少做恶，这也是我的座右铭。我这辈子的水手生涯里已经沉了三艘船，所以至少得让第四艘船浮起来。"

"据我所知，你在伦敦场地社交俱乐部可是让许多船都浮起来了，艾伦。"明妮朝他夸张地眨了眨眼说。

"你们在聊什么呢？"弗勒尔问。

如果弗勒尔认为他们正在厨房里聊什么有趣的事情，她就在前台坐不住了。

"贝弗的存在主义危机。"艾伦说。

"艾伦的老年崇拜者们。"明妮说。

"艾伦是天蝎座，天蝎座的人总是能得到很多关注。"弗勒尔捻着一绺头发，拉出一个凳子坐在工作台前。

"我不想这样想，"贝弗悲哀地说，她又打开一些面粉袋，堆放在柜台上，"现在我觉得我根本关不掉这个想法。比如前几天洗澡的时候，我突然看到女儿给我买的洗发水的瓶子。那是个磨砂塑料瓶，手感非常好，应该有人花了很多时间做这个瓶子。瓶子里容纳的洗发水只能用一两个月，但这个瓶子在这个星球上的停留时间可能比我还长。再有三十来年我就死了，我的孩子可能会记得我，甚至我的孙子孙女也会记得，可是之后呢？这里不会有我存在过的任何记录。可是那个洗发水瓶仍会继续存在，而且带着它的成分列表和可爱的磨砂表面。"

弗勒尔、艾伦和明妮都静静地凝视着贝弗。

"贝弗，以后洗澡时间别太长。"艾伦搬起馅饼托盘，径直出了门。

"哇，我认为应该焦虑的是我们这一代，"弗勒尔说，"社交媒体压力和对机器人会接替我们工作的恐惧消耗了我们这一代。我们将无家可归，因为你们这代人不会循环再利用，而且火腿吃得太多。"

"火腿？"明妮问。

"只有老年人才吃火腿。"弗勒尔说，仿佛这是世界上最明显的问题。

明妮回头看着贝弗。她觉得好像需要一些名人哲言，但她实在想不出什么有哲理的话。

"去参加抗议游行怎么样？你可以带上贝蒂，让她看到你很在意。"她说，"没有什么比在空中挥舞标语更能让你觉得自己在做大事了。"

贝弗好奇地抬头看着她："那我去参加什么游行？"

"不知道，就你特别有感触的那种吧。"明妮说。

"我来告诉你最近有哪些。"弗勒尔在手机上浏览一个网站说，

"呃,有第十二次气候行动、第十五次气候行动——有点普通,拯救獾等,强烈反对棕榈油,政治,政治,还是政治,拯救蜜蜂……哦,有了,三十号禁用一次性塑料用品——这个听起来适合你,贝弗。"

"去吧!"明妮高兴地说,"每个人都有惹他生气的事,对吧?"

"你真的觉得这样会有用吗?"贝弗充满期望地看着明妮说。

"没有人渺小到不能有所作为,问问格雷塔·滕伯格就知道了。"明妮说。

"一定要带个粉饼,抗议游行的时候可没地方检查妆容。对了,嗓子里含颗糖,多喝水,一直高喊'我们要这个!我们要那个!'肯定会让你嗓子冒烟的。"弗勒尔说。

"需要提前买票吗?"贝弗问。

"不用,贝弗。不需要买票。"明妮说。

"真是典型的双鱼座,"弗勒尔点点头,"帮助别人都会焦虑。"

"我不是双鱼座。"贝弗说。

"真的吗?你这绝对应该是啊。"弗勒尔眯着眼说,"既然说到星座问题,明妮,我一直在找摩羯座与哪个星座比较合得来,不过不是一个好消息。不要甩了格雷格去找你的情侣双胞胎,按照星座来说绝对不行。"

明妮皱着眉头瞧了瞧弗勒尔。她干吗要浪费时间去研究明妮跟别人合不合?而且弗勒尔宣布她跟奎因不合时,她还感到一阵莫名其妙的愤怒,这简直太荒谬了——明妮根本就不信星座。

明妮的手机"嗡"地响了一下,是格雷格回信息了。"不是我,我没订馅饼。不过,你今晚想不想去看《少年派的奇幻漂流》或者《007之海底城》?《我与长指甲》呢?《构想完美》呢?(詹妮弗·安妮斯顿演的!)"

格雷格算是詹妮弗·安妮斯顿的粉丝。明妮皱了皱眉。

"如果格雷格的生日是四月二十五号的话,那他是什么星座?"明妮问弗勒尔。

"金牛座。"弗勒尔说,"跟你非常配,明妮。"

大客户

【2020 年 1 月 14 日】

艾伦把小货车开到送货清单上的下一个地址——古街旁边的一个私家停车场。

"私家停车场，真是太棒了。"说着，艾伦把对讲机对着驾驶侧的窗户，对讲机里传出一阵嗡嗡声。

透过车窗，明妮望着外面银色的牌匾，上面列出了这幢楼里的企业名称。他们送餐的公司叫"坦地夫咨询公司"，在四层。

"哼！"明妮发出一种态度不明的声音。

"怎么了？"艾伦问。

"没什么，"明妮摇摇头，"就是这家公司的名字。我觉得借鉴了《星球大战》，里面有艘船就叫这个名字。"

"明妮，我真的认为在你漂亮的脸蛋背后，你的内心住着一个极客。"

两个人一起抬着一盘馅饼进了电梯，直奔四楼。前台一个红发女郎热情地接待了他们,好像他们是有价值的客户,而不是送午餐的。

"能麻烦你们把馅饼搬到会议室摆好吗?那儿有一张空桌子。"前台迅速眨了眨眼,露出一个茱莉亚·罗伯茨式的笑容。

坦地夫咨询公司的办公空间既智能又现代。这个地方装饰得很雅致,而且看起来也很贵。有切斯特菲尔德扶手椅,椅子由上年头的柔软皮革制成,上面铺着厚厚的绒毛毯。氛围专业、极简,却又让人感到温馨而亲切。墙上挂着带裱框的摄影作品,有的是陌生风景,有的是有趣的面孔。这些艺术品既能吸引你的注意力,又区别于这类办公室里惯常会看到的普通抽象画。

明妮和艾伦在会议室里把馅饼逐个拿出来。会议室很大,中间用房间隔板临时隔开了。桌子上铺着白色亚麻桌布,一端放着餐具和盘子。在他们打开馅饼的过程中,隔板另一侧的说话声飘了过来。

"你闻到了吗?真是太香了!"一个男人的声音。

艾伦和明妮对视一眼,露出了笑容。

"老大午餐订了馅饼。"另一个声音说。

"太好了,"第一个声音说,"我以后要多加班。"

"免费馅饼——可能是跟那只美食小鸟上床的福利吧。"第三个声音说,"自从开始跟她约会,他一直吃得跟个国王似的。"

"谁?"

"露西·多诺休啊,就是那个美食作家,你知道她是……"男人呻吟了一声,另外两个人哈哈大笑起来。

明妮僵住了。她不想偷听别人说话,但隔板这么薄,想听不到也不太可能。等理清了刚才听到的话,她顿时感觉一阵强烈的胃痉挛。这是奎因的办公室,奎因的公司,拯救他们的那个大订单是奎因给的。艾伦瞪着大大的眼睛看着她——他也猜到了。

明妮开始更快地卸馅饼。她不想继续待在这里,不想再听到他们的谈话。她只想赶快把馅饼卸完，然后离开这里。奎因为什么要这样做？他们在一起的那天结束得如此诡异，而且从那以后，他甚至没有联系过她。那他为什么要帮她？这在明妮这里说不通。她不想成为慈善帮扶对象，也不想给像房间里那个男人那样的浑蛋做馅饼。她只想给那些真正需要的人做馅饼。

和艾伦摆好最后的食物后，明妮急忙回到前台，告诉前台馅饼已经全部放好了。在明妮和艾伦身后，热乎的馅饼香气吸引了办公室的员工，他们纷纷离开工位走向会议室。

"在您离开之前，汉密尔顿先生想见一见您。"前台抬起头，朝明妮一笑，露出巨大的牙齿。她的样子确实很像茱莉亚·罗伯茨。"您跟我去下他的办公室吧？他现在有个电话。"

"我们有点着急。"明妮弱弱地说。

"既然不用我去，那我就在这里等你吧。"艾伦说着，在前台附近找了个座位坐下，拿起一本游艇杂志，"哇，是船。"

前台领着明妮穿过开放式工作区，来到最里面一个用玻璃镶板隔开的办公室。明妮不敢相信奎因竟然经营着一家这么大的公司，这里的员工起码有三十个。通过玻璃，她可以看到奎因，他穿着一件量身定制的蓝色西装，里面配一件白衬衫。他正在打电话，不过看到明妮跟着前台转过来，立马笑着招呼她进去。

前台为她开了门。明妮不由自主地开始抠指甲。为什么感觉自己像是个去校长办公室的学生呢？奎因做出"抱歉"的嘴型，然后拍了拍一个棕色大皮革扶手椅的顶部。明妮尴尬地冲他一笑，坐在了对面的沙发上。他的办公室真大。一张巨大的玻璃办公桌、一把黑色大转椅、配有四把椅子的会议桌，还有沙发、扶手椅和核桃木茶几。他一个办公室比她的整个公寓都要大。噢，天哪！也许这是《五十度灰》里的某个场景，那些馅饼只是为了将她带到这里，以向她炫耀他的大办公室和囚禁女性的秘密地牢的诡计。

明妮环顾四周,想知道哪里可能是秘密地牢的入口。房间最里头有个书架——可能拿起其中一本书,整个墙都会转过去。也许沙发上有一个拉杆,能把你翻到下面的隐藏地下室里去。不过这个更像詹姆斯·邦德,而不是克里斯蒂安·格雷。明妮发现自己的思想在游离——她在思考有没有那种专门研究如何在办公室里设计秘密地牢的建筑师。

"对,我知道。"奎因对着电话说,"但这就是我的建议。至于要不要接受我的建议,那就是您的事了。您付给我钱,让我找出贵公司发展战略中的漏洞——这些就是漏洞。"

电话那头的人说话的空当,奎因停了一下,朝明妮翻了个白眼,表示他正试图结束通话。

"这样,唐纳德,要不明天我们见个面,好好聊一聊?我办公室里来人了,我得……对,确实是比你更重要的人……收到我今天送过去的馅饼了吗?嗯,就是做那些馅饼的厨师。"

奎因在明妮对面的扶手椅上坐下,跷着二郎腿,向后靠在椅子上。明妮忍不住去看奎因的腿,他的腿上都是结实的肌肉,完美剪裁的裤子恰到好处地裹住他线条分明的大腿。

"对,我知道馅饼很好吃……呃,对,她是,但这不重要……我会把她的信息给你的,现在我得挂了。"奎因笑着挂了电话,左脸颊上的酒窝逐渐绽开,"抱歉。"

明妮紧紧握住双手。

"你不用订那些馅饼的,"她把目光转移到地板上,"我说我的生意遇到问题的时候,没想过要你……就算真的有什么,也是我欠你灯的钱。"

"请不要担心那个灯了,明妮。我妈妈的事我应该解释一下的。"

奎因缓缓地呼出一口气，寻找着合适的措辞，"她有点健康问题。就是有些事情处理不了。"

明妮抬头看着他。他语气里惯有的戏谑不见了，湛蓝的眼神蒙上了一层灰色的阴影。

"你不需要解释，也不需要救助我。"她说。

两个人之间的互动感觉已大不相同。之前一起送货的时候，他们之间是平等的，还会互相打趣开玩笑。可是现在，奎因是客户，而且是一位非常慷慨的客户。在这间足足有公寓大小的办公室里，他坐在她对面，她觉得他们之间已经不再平等了，她就像是个雇员。

"我知道。"奎因两道浓眉之间的眉头微微皱起。只是远远地望着他，看到他露出酒窝微笑和定制裤子里显露出来的结实的大长腿，明妮就觉得肚子里的猫头鹰又醒了，不停地扑棱着翅膀。

"而且，我也不需要你把我介绍给你的朋友，"她傲慢地说，"我创业的初衷可不是为阔少们服务。"

她站起来，开始在沙发后面来回走动。

"哇，"奎因将双手放在脑后，然后双腿往前一伸说，"你知道这样会让你偏离事情的重点吗？"

"什么？"

"你这是心里有刺啊。"

明妮嘴巴张得大大的，一时语塞。多年来累积的怨恨从内心深处源源不断地冒出来，耳边响起妈妈的唠叨，就像一直滴水却关不掉的水龙头。

"我心里没刺，只是想说这种临时工作不是我的本意。要是我想给西装革履的精英们服务，继续待在餐馆里不就行了。"

奎因笑了笑，用一只手拂过沙棕色的头发。

"如果这就是你跟客户的相处方式的话，那我大概知道你的生意为什么不好了。"

"什么意思?"明妮双手握拳,叉着腰说。奎因站起来,绕到面朝明妮的沙发后面。

"是这样,你的馅饼很好吃,显然也有市场,但你却没有赚钱——很明显,你有什么地方做得不对。"

"谢谢,但我不需要你向我提供管理咨询。"

"为什么不?"奎因展开双臂,夸张地耸了耸肩,"我收费可是每小时五百英镑,现在我免费给你提供建议,你不听,只能说明你纯粹是在闹脾气。"

明妮感觉自己脸红了,她扬起下巴。

"你跟你所有的客户都这样说话吗?"

奎因向她迈近一步。明妮朝墙边退了一步。那种奇怪的感觉又出现了,只是这一次更强烈:他好像要亲到她了。当然,她的大脑知道并不是这样,只是身体不听指挥,沿着血管激起一阵令她羞愤难当的眩晕。

"你不是客户。"奎因站在距离她一英尺的地方,温柔地说。他低头看着她的眼睛,唇边仍噙着一丝笑意。明妮眯眼抬头,同样直视着他。她才不会让他觉得自己胆怯了。

"你对我的业务还不够了解,所以最好不要发表评论。"

"可能吧,但是我可以看出你是一个理想主义者。你不愿意破坏自己的宗旨,即使这意味着会失去生意。"明妮感觉有一点小骄傲,但随即意识到他说这些并不是在夸她,"如果给几家公司送餐意味着可以继续社区的工作,为什么不呢?而且,你雇用的人显然也有问题——司机丢了车,厨师把馅饼烤煳了。如果想高效运营一家公司的话,就必须选择合适的人为你工作。"

奎因转过身,又开始在办公室里踱步。觉得他要亲她的异样感觉消失了，随之而去的还有关于他可能会打开书架上的某块秘密镶板，向她展示他办公室的秘密地牢入口的所有想法。奎因从书桌上拿起一支笔，开始不停地点着桌子。

"毫无疑问，你会把所有倒霉的人都开掉。"明妮双手叉在胸前说，"我的团队就像家人。他们在自己的生活中都面临各种各样的问题，这就是我雇用他们的原因。我们想给那些需要机会的人一个机会。"

"即使这意味着毁了你的生意？"

明妮眯眼瞧着他。从格雷格到她妈妈再到奎因，她已经厌倦了人们不停说她不擅长经商。

"他们不是问题。听着，如果事情的发展跟我的预期不符，那可能本来就不应该那样。"

"真像个宿命论者说的话。你得开始学着为自己的人生负责了，明妮。跨年夜丢了外套是因为你太粗心，而不是倒霉。你的生意每况愈下是因为管理者太差劲，连免费建议都不愿接受。"奎因摇摇头，两手插进口袋里。明妮感觉自己的后脖颈红得刺痛，脸颊也涨得通红。

"好吧，可能我并不需要来自富少的人生建议或帮助，温室里长大的男孩根本不知道真正的世界是什么样的。"

说完这话，明妮立刻感觉腹部有种沉重的下坠感。她也不知道自己为什么要说得这么刻薄，太无情了。她感觉自己像是只蹲在墙角的猫，冷不丁地伸出锋利的爪子突然袭击。奎因的脸色变得很不好看，眼睛里的光消失了，牙关紧咬，棱角分明的下巴上肌肉颤动。

"你对我的人生一无所知，明妮，而且这种全靠勤劳的劳动人民的陈词滥调毫无吸引力。"

"我不需要让你觉得我有吸引力。"明妮说。

"我觉得你现在最好离开。"在相识这么短的时间内，这已经是奎因第二次跟她说这句话了，"出去的时候注意不要弄坏什么东西。"

童年的千年隼

【2001 年新年】

奎因坐在楼梯底部,抠着栏杆扶手裂缝上剥落的清漆。在这栋蓝色房子里,从下到上总共有四圈半栏杆蜿蜒而上。如果躺在客厅的地板往上看,奎因是看不到栏杆的终点的。他喜欢把那些曲折的木头想象成是无限伸展的,就像杰克的豌豆[①]一样一直延伸到云上的城堡里,或者——比如在这栋房子里——延伸到阁楼。在很小的时候,他喜欢不走台阶一直爬到最顶上——地毯像岩浆流一样,扶手也很安全。他必须爬到顶去营救他的妹妹,住在阁楼里的邪恶部落抓住了妹妹,他们扬言要把她扔进可怕的火山里。

他用脚踩着细细的木栏杆努力保持平衡,然后抓住上面的栏杆往上爬,就这样一直爬到二楼,然后突然脚下一滑摔了下去,胳膊最

[①] 童话故事。杰克通过一头奶牛换的豌豆长出巨大的藤蔓爬到巨人国,利用智慧得到了财富。(编者著)

先撞上了下面的扶手。他的胳膊断了,还弄掉了一块木头。虽然只是一小块木头,但爸爸还是大发雷霆。

"这扶手可是独一无二的!是用一整块橡木雕出来的!"

"你怎么想的?你在干什么?"妈妈大叫着,蹲下来看着奎因,蓝色的眼睛闪烁着泪光,金发打了卷,几条黑线顺着脸颊流下来。眼皮上的眼影像是快要化了。

"我要去阁楼上救妹妹。"奎因抽泣着说。

妈妈的脸色瞬间变得苍白。她一只手捂住嘴巴,另一只手推开奎因,三步并作两步地逃回楼上。

那天是爸爸带他去的医院。奎因记得很清楚,因为那是他第一次坐在爸爸敞篷车的前座。爸爸搞不定妈妈的沃尔沃车里的安全座椅带,所以他们就开爸爸的车去了,爸爸的车上没有安全座椅,也没有车顶。"你的脚注意不要把皮座椅磨坏了。"爸爸警告他说。奎因没有穿鞋,因为爸爸不知道鞋放在哪儿,而奎因哭得太厉害,也没法告诉他。那已经是几年前的事了,爸爸早就不跟他们一起住在蓝色房子里了。

今天,奎因坐在楼梯上,等着妈妈下来给他送生日礼物。他已经醒好几个小时了,但他可以保持耐心——十一岁的人应该有耐心。他穿好衣服,自己做了早餐——花生酱贝果。至少现在是圣诞假期,他不用着急上学。奎因抬头看看客厅的大钟,差十分钟十点。要是他上去看看妈妈醒了没,她会生气吗?这样想着,他便爬到了三楼。

妈妈房间的门开了一道缝。窗帘是拉开的,阳光如水般洒进来。或许她早上心情不太好?有时候,妈妈早晨心情不好,奎因就得蹭威廉·格林福德家的车去上学,他们两家隔着四栋房子。有时候,妈妈一整天心情都不好,他放学后就不得不留在威廉·格林福德家,他甚至根本不喜欢威廉·格林福德。

妈妈穿着粉色的丝绸睡袍躺在床上。睡袍敞开着,带子没有系。看到妈妈里面没有穿睡衣,身上只有一条奶油色的短裤,奎因脸红了。她的四肢伸展,双臂抱在头上,脸埋在两个枕头中间,姿势根本不像在睡觉。奎因悄悄地退出房间——他不想让妈妈知道他看到妈妈没穿衣服。

也许下午妈妈会起床,会穿好衣服下楼,会自己煮咖啡,然后让他打开礼物,假装今天的心情并没有那么糟糕,只是早晨有点糟糕而已。如果妈妈能坚持到下午,也许甚至会带他去樱草山骑自行车。

奎因曾说过生日礼物想要乐高千年隼。如果妈妈可以现在把礼物给他,奎因甚至都不会那么介意她今天是不是心情不好。她不需要带奎因去任何地方,他本来也没想开个生日派对什么的。要是能开始搭建千年隼,他可以开心好几个小时。

十分钟后,奎因的房间里仍然没有任何动静。

"妈咪?"他轻声说,"妈咪,你醒了吗?"他试探性地又喊了一声。

"现在别叫我,奎因。"她的声音听起来像只垂死的鸟,"我今天心情不好。"

奎因小心翼翼地把门拉过来,铰链已经不能直接搭上了,必须把门抬一下才能关上。门已经摔了太多次——可能铰链也累了,就像妈妈一样。

奎因望着楼梯平台对面妈妈的卫生间。他不喜欢去那里。里面白色的地板砖再也不是白的了。因为太多血水渗进地板里,把美缝剂变成了灰白色。爸爸让人把所有的地板都换了,然后把客房卫生间也重新装修了一遍,好跟新地板匹配。

奎因并不记得所有的细节——当时他才六岁。他对那天的回忆就像是看了一部电影的预告片,稚嫩的头脑里只有闪现的画面和声音。

记得是楼下的尖叫声吵醒了自己。一开始他以为是电视机里传出的声音，可是那声音却一直没有停。他先是看到血迹，然后才看到妈妈。妈妈靠着马桶坐在地上的一摊水里，用力揪着自己隆起的肚子。尖叫声终于停止了。她面色苍白，连话都说不出来。她让奎因帮她把电话找来。奎因不记得自己是去找电话了，还是叫了救护车。

他当时想着肯定是浴缸溢水了，但不知道为什么水是红的。记得自己当时想，从未见过妈妈如此可怕的样子。他记得自己第二天跟爸爸一起在医院的病房外等着。爸爸一直不停地把手腕上的劳力士表带打开、合上、打开、合上。他闻到香烟和待洗衣服的气味。之后，爸爸进去看妈妈，告诉奎因在外面等着。妈妈朝爸爸歇斯底里地大喊，怪他为什么不在家。

奎因记得爸爸将他的旧婴儿床以及其他所有原本拿下来堆在空房间里的盒子都搬回了阁楼里。他记得自己走进那个房间，看到爸爸蹲在地板上，双手捂住眼睛，身体上下抖动，发出世界上最奇怪的声音。看到奎因站在门口，爸爸脱下一只鞋朝门口扔过来，正好砸在他脸上。

奎因经常想起在卫生间里的那个夜晚。如果那件事没有发生，妈妈会更像一个正常的妈妈吗？如果那天爸爸在家，还会发生那样的事吗？如果他早点下楼，会改变结果吗？学校的辅导员雅各布斯夫人说他不能那样想。雅各布斯夫人说，洗手间的意外不是他妈妈变成现在这样的唯一原因。她说，有些人就是比较焦虑，但可能发生的一些事情会让他们更焦虑，更难离开家。后来，雅各布斯夫人还提到让他去纽约跟爸爸一起生活，之后奎因就不再跟她说妈妈的事情了。

奎因站起来关上洗手间的门——他不想再想那件事了。他悄悄地下了楼，去了地下室的洗衣房，从拐角处拿起凳子，打开橱柜，橱柜里存放所有的清洁用品。他掏出一瓶漂白剂，看到后面有一个纸袋。

妈妈总是把不想让他看到的东西藏在那里。他不会打开的——他只想知道是不是千年隼。

他拉出袋子，里面有一个千年隼形状的大盒子和三个小礼物，都用一样的蓝色包装纸包着。他剥开最大的盒子的一角，立刻就知道那不是乐高。他知道乐高盒子的质地，也知道是什么颜色——这个盒子的颜色太亮太花了。他又把包装纸往下撕了一点，是对讲机。这是让他用对讲机跟谁通话？他小心翼翼地把包装纸边缘压回去，重新把袋子放回架子上。

奎因回到楼上，给自己倒了一杯柠檬果汁，然后在厨房里打开电脑。他拿起上周收到的爸爸寄来的明信片，明信片正面是一张帝国大厦的照片。他翻到背面，把爸爸写的话又读了一遍：

奎因：

  帝国大厦有一百零二层楼那么高，于一九三一年建成。建筑物的屋顶高度为一千两百五十英尺，总高度为一千四百五十四英尺。是不是很壮观！

  梅芙和我从公寓里就可以看到帝国大厦。

约翰

这是爸爸的标准明信片格式——一张照片加一些事实描述。有时他来伦敦工作，奎因也能见到他，但关于奎因去纽约的话题突然就停了，奎因也不知道为什么。今天没有收到爸爸的生日贺卡。他的贺卡一般会迟到一个星期。去年他在信封里给奎因塞了二十美元，奎因到现在还留着，因为妈妈没法去银行给他换成可以在这里花的钱。

电脑的拨号音终于接通了，奎因登录了他最喜欢的网站——一个为《星球大战》粉丝创办的聊天论坛。奎因觉得孤单的时候就会登录这个网站。跟别人在欧比旺和莱娅公主的世界里神侃可以让他暂时忘记自己这边的寂静。

他点开聊天论坛选项卡,屏幕上弹出一个小黑框:

<卢克Q进入聊天室>

绝地武士454:卢克Q,欢迎回来。过得好吗?

绝地武士454是论坛活跃用户,奎因之前跟他聊过天。

卢克Q:想乐高千年隼。

奎因回复道。他不知道绝地武士454是谁,但知道他会理解自己在说什么。

绝地武士454:粉丝女孩90正在搭这个。稍等,我来介绍一下。

一个新的聊天窗口打开,绝地武士454开始输入。

绝地武士454:粉丝女孩90,来认识一下卢克Q。他缺千年隼。她正好着陆一架。

<绝地武士454已离开聊天室>

卢克Q:你好,粉丝女孩90,你有个千年隼要搭,怎么还有时间上网呢?

粉丝女孩90:我得来这儿找说明书——我的是二手的,说明书不全!

卢克Q:你的说明书到哪儿?

粉丝女孩90:第11页,剩下的都没了。

卢克Q:给我发个图片。

粉丝女孩90:<图片>

卢克Q:哇哦,对于女孩来说很厉害啊——我猜你应该是女孩吧?

粉丝女孩90:女孩也喜欢《星球大战》。

卢克Q:我就没遇到过。

粉丝女孩90:因为她们都宅在家里,尝试在没有说明书的情况下搭建千年隼。

卢克 Q：要么干要么不干，没有尝试这一说。

粉丝女孩 90：很好！我爸爸买了个二手的给我当生日礼物，还说"这能有多难？"。我只能回答："超级难。"

卢克 Q：你爸爸听起来很酷。我本来生日也想要一个千年隼的，结果是个……对讲机。

粉丝女孩 90：啊？！

卢克 Q：嗯。

粉丝女孩 90：还好这里有很多星际战士帮我，发给我说明书的照片。

卢克 Q：真聪明。

粉丝女孩 90：祝我好运吧，卢克 Q？

卢克 Q：依我的经验来看，根本就没有好运这种东西。

粉丝女孩 90：我觉得这一点是尤达错了。

卢克 Q：尤达永远都不会错。

粉丝女孩 90：我得走了，我妈妈在朝楼上喊呢。或许可以在另一个银河系遇到你，卢克 Q。在那之前，愿原力与你同在。

屏幕上闪烁着〈粉丝女孩 90 已离开聊天室〉。

她的离开让奎因有些失落。他暗自笑笑——谁会在没有说明书的情况下尝试搭建那么复杂的东西？

单人模式

【2020年1月15日】

"所以,我来理一理,为了帮你,人家开车带你在伦敦晃悠了一天,然后把你介绍给他妈妈,又花了数千英镑来挽救你的生意——你却对他大喊大叫,还说人家是骄纵的臭小子?"莱拉问。

"算是吧。"明妮把脸埋在莱拉家一个散落的抱枕中。

她们本来是在莱拉家的前厅检查文件。

"明妮,这些自我毁灭的行为破坏了别人通过你体验另一种生活的乐趣。我真的以为到现在你可能都已经跟你的情侣双胞胎上床了,或者至少亲过脸了。"

"莱拉!我有男朋友吧?你把我当什么人了?"

"男朋友,扯淡男朋友。卫生间遗弃者根本配不上你。而且奎因显然是喜欢你。没有人会为了一个自己不想睡的人买一堆馅饼。"

明妮向后一瘫,靠在沙发扶手上。

"我不知道我是怎么了。只是他太嚣张、太烦人了,总想给我这个那个建议,跟我说我应该感谢他的建议,'因为他每小时赚五百英镑'。"明妮模仿奎因的语调说。

"或许你确实应该感谢他的建议。"莱拉合上粉红色的账目活页夹,用手掌揉着眼睛说。她的头发胡乱地在后面绾了一个髻,眼窝深陷,目光疲惫。"你知道,一个月的好订单并不能让我们一劳永逸。建立任何形式的财务缓冲都是艰难的长期任务。"

明妮瘫在沙发上,抬头望着天花板。

"我知道自己听起来很恶毒、很刻薄,我也不知道怎么会那样。你觉得我总是心里有刺吗?"

莱拉皱了一下鼻子,像兔子一样把牙齿贴在上唇。

"什么情况?"明妮撑起胳膊肘问,"你这个表情是什么意思?"

"不能说是一整根吧,至少不是厚切薯条店里的那种,可能是细细的、油炸的,"莱拉说,"有一根麦当劳的薯条。"

明妮拿起沙发抱枕朝莱拉扔过去,两个人都大笑起来。

"工作很辛苦吗?"伊恩手里拿着墨西哥卷饼,从客厅那边走过来。他穿着一件黑色T恤,上面用凌乱的白色字体印着"别长大——这是个陷阱"。

莱拉看了看手机上的时间。

"对了,"她跳起来说,"我得走了。我要去见银行经理先生。"

"你确定不用我一起去?"明妮问。

"确定,我们的银行经理很性感——我可不希望你弄碎他家的灯,或者搞什么性感荡妇辱骂游戏。"

莱拉眨眨眼跳出门外,明妮随即又一个抱枕追过来。

"谁很火辣?"伊恩咬了一口墨西哥卷饼,咕哝着说。他坐在明妮旁边的沙发上,问:"想玩双人游戏模式吗,明妮?"

明妮从地上捡起两个手柄,将其中一个递给他。

"能玩《星球大战：前线》吗？不过只能玩一把，玩完我得去烤东西。"

伊恩俯身把流汁的墨西哥卷饼往茶几上一放，然后开始在电视机下方的游戏抽屉里翻找。

"有些事我想跟你谈一谈，明妮。"伊恩一边把游戏加载到Xbox中，一边说。

"你要是准备演讲的话，那可搞错听众了。"她仰起下巴，睁大眼睛低头严肃地看着他说。伊恩往后一靠，轻轻敲了下她的小腿。

"不是，笨蛋。"

点击后游戏进入分屏，他们开始选择武器。"你总是选错武器，你的发射器需要提高攻速。"伊恩摇摇头说。

"瞄得够准就不用，你显然不行。"

"你肯定比我先死。"伊恩缩回他旁边的沙发上说。

游戏开始了。伊恩和明妮都俯身向前，两手紧紧抓住手柄，朝帝国风暴兵扫射。

"我要向莱拉求婚。"伊恩说，眼睛仍然盯着屏幕。

"什么？"明妮尖叫一声，转过来看他。

就在此时，屏幕上一片爆炸画面，一枚手榴弹击中明妮的游戏角色，那个角色炸成了无数碎片。

"我是不是说过你比我先死？"伊恩狡黠地一笑。

"这种话题就不应该在玩游戏的时候说！"明妮大叫着，一把夺下伊恩手里的手柄，"你要向她求婚？什么时候？怎么求？买戒指了吗？我真是太高兴了！"

伊恩不自在地挪到她旁边。

"是。不知道。也许吧。我不知道该怎么做，这正是我想问你的。你知道莱拉的喜好，在洗手间里跪地求婚她肯定不会高兴的。"

"对，在洗手间里求婚她肯定不会开心。"明妮说。她伸了个懒腰，然后将肘部放在膝盖上。

"她喜欢闪闪发光的东西，喜欢新鲜事物。这些我都知道，但就是不知道什么算得上新鲜事物又闪闪发光。"伊恩苦恼地挠了挠头。

明妮跳下沙发，两手一拍。

"我知道你需要做什么了。哇哦，伊恩，很高兴你来问我，这场求婚一定会很棒，我们将一起策划一场史无前例的最绚烂的求婚，她一定会喜欢的！"

伊恩笑了笑，然后又皱起眉头。

"我不想做任何涉及裸体的事情。"

"干吗要涉及裸体？"

"唱歌也不行，我不会唱歌。"

"你听说过多少涉及裸体和唱歌的求婚？听着，我已经想好了，一切交给我来策划。"明妮说，"戒指是什么情况，你说'也许'？"

"我有一枚戒指，"伊恩慢慢地摇摇头说，"可是我不知道合不合适。"

"给我看看。"明妮伸出手掌说。

伊恩神神秘秘地走到卧室，明妮听见他打开抽屉在里面翻找。明妮兴奋地握紧两个拳头。认识莱拉这么多年，她们曾经讨论过很多次遇到"那个人"，那个你知道想要跟他共度一生的人。现在，莱拉的"那个人"说他也是这样想的。

明妮觉得仿佛十六岁的自己在兴奋地尖叫。那种年少时对浪漫爱情天真无邪的向往未曾消逝。伊恩回来时，手里拿了一个蓝色天鹅绒的戒指盒回来，在她面前小心翼翼地打开。

"这是我奶奶的戒指，"他歪着身子耸了耸肩说，"奶奶去世后，妈妈就把它给我了，我也不知道为什么。"

那是一枚精致的复古金戒指，表面并排镶有五颗小钻石。看到这枚戒指，明妮感到又温暖又激动——莱拉肯定也是：独特而又经典。她会喜欢它复古的样子，喜欢这枚戒指背后的故事。

"太完美了，伊恩。就是这枚戒指了，这枚戒指绝对合适！"

明妮尖叫起来，在空中猛挥一下拳头，立马开始手舞足蹈。

"这枚戒指后面有个印记，因为奶奶有糖尿病，去世的时候手指肿得厉害，所以只能锯掉手指把戒指拿下来。我妈说奶奶最胖的时候，他们都不知道有这枚戒指，因为手指上的肉已经把戒指包住了，就像脖子上套了个啤酒罐环的小鸟那样。切断了氧气，她的手指都发紫变臭了。"

"求婚的时候，不要告诉莱拉这个故事。"明妮伸出手抓住伊恩的手腕，坚定地说，"答应我，给她戒指的时候绝对不要讲这个故事。"

伊恩轻轻摸了摸鼻子，好像在默默记下。

"还有件事。"伊恩坐在茶几上说。

"如果你们想收养我，我同意。"明妮说。

伊恩默不作声地凝视着自己的鞋子。他咔嗒一声合上戒指盒，然后把戒指盒在两手之间掂来掂去，像是一个正在热身准备投球的棒球运动员。他摩挲着戒指盒，最后紧紧把盒子攥在手里，塞回了运动服底部的口袋里。

"我希望你考虑一下放弃这个生意。"他闭着眼睛说道。

明妮想确定他是不是认真的。

"什么？为什么？"

"因为生意快折磨死她了。"伊恩再次睁开眼睛，说道，"她压力很大，明妮，成宿地睡不着觉，总是大半夜提心吊胆地醒来。为了支撑公司的运营，她把自己所有的积蓄都投进去了。我们想买个房子，明妮，或许还会有孩子。如果继续这样下去，我们永远都不可能攒够定金。"

明妮使劲叹了口气。在此之前,她从未听伊恩如此正经地说过话。

"她应该跟我说的。"

"她不会说的,"伊恩摇摇头,"她是你最好的朋友,希望你能实现自己的梦想。她宁可牺牲自己来成全你。"

"我们的梦想。"明妮纠正他说,"这个事业是我们的梦想。"

"是吗?"伊恩终于抬起头,迎上她的目光,"这是莱拉的梦想吗?还是你告诉她之后,她想要帮你实现的梦想?"

明妮摇了摇头。

"你知道她是什么样的人,她就像一只叼着老鼠摇晃的狗,不会放弃,会不停用自己的一切攻击那只老鼠,直到你说那只老鼠死了。你应该结束这个悲剧,让她继续往前走。"

"生意没有死,"明妮开始咬大拇指指甲,"那不是一只老鼠。我们只是现金流上遇到了一点问题。"

"她是这么跟你说的?"伊恩的眼睛一眨不眨,犀利地盯着她说。

明妮站起来,摇了摇头。

"她和我一样爱事业。"

"她爱你。"伊恩说。

房间里沉默了片刻。伊恩抬起双手擦了擦头皮,说:"她上周在一家时装创业公司找了一份工作。她告诉你了吗?"

"没有。"明妮说。她突然感觉自己有些站不稳,好像伊恩从她脚下拉走了毯子。为什么这些事情莱拉从来没有跟她说过呢?她们之间没有秘密的。

"你知道那才是她喜欢做的事情。可是只要你需要,她就绝对不会考虑。"伊恩垂下头,"我说这些不是为了挑拨你们的关系,明妮,我说这些只是因为我爱她,而且……就像,你知道在无敌模式下,泡泡包裹的刺猬索尼克[1]全速前进,音乐节奏越来越快,这个时候刺猬索尼克无所不能,全场畅通无阻,你明白这种感觉吗?"

"明白。"明妮缓缓地说,她不确定这个比喻是想说明什么。

"莱拉一出生就处于无敌模式,这就是她的样子,并且在这种模式下茁壮成长——随着音乐加速在一个小泡泡里飞来飞去,完全可以搞定一切。可是现在,好像有个坏蛋击中了她,让她丧失了所有的魔力环——失去了所有能量。"伊恩叹了口气,然后又缓缓说道,"我想做她的无敌泡泡。我想保护她,用尽全力保护她余生都生活在无敌模式中。"明妮感觉到自己的眼泪顺着脸颊流下来。"听起来可能完全是我胡言乱语。"伊恩把双手使劲插进口袋,说道。

"不,"明妮吸了一下鼻子,把眼泪憋回去说,"这是我听过的最浪漫的一段情话。你求婚的时候应该把刚才关于无敌模式的话再说一遍。"

明妮垂下头,感觉各种复杂的情绪一时全涌上来,让她有些上头。她喜欢伊恩,感动于伊恩对好朋友的爱,但又悲伤地意识到伊恩可能是对的。如果他是对的,那就意味着没有硬馅该结束了,大部分时间都能见到莱拉的日子要结束了,四年的辛苦全部付诸东流。伊恩伸出双手搭在明妮的肩膀上。

"明妮——我觉得你是时候玩单人模式了。"

---

[1] 刺猬索尼克是电子游戏《刺猬索尼克》的主角。(编者注)

自愿分手

【2020年1月15日】

那天晚上,她沿着上街朝格雷格的公寓走去时,伊恩的话一直在她脑中回响。明妮甚至从未想过自己会给莱拉拖后腿。她一直忙于为自己的事业担心,从来没有停下来想一想,这条路对于她的朋友是否合适。

格雷格打开家门,垮着脸。

"克莱夫在家。"他不开心地小声说。

明妮点点头。她并不讨厌克莱夫,但格雷格总是对他的室友偶尔出现在公寓里感到愤慨。他从未表露过想去她的公寓,即使那样他们就有二人空间了。

"给你出个题,我最新的文章标题——需要一个非洲谐音梗。肯尼亚(你肯)帮我吗?"

明妮抱怨了一声,把他朝身后的公寓里推去。

"我是认真的,"格雷格用手背往另一只手掌里一拍,"加纳(你他们经过厨房的时候,克莱夫正在里面用格雷格的咖啡机煮咖啡。克莱夫一头红发,脸上有雀斑,面色红润,肉嘟嘟的,总是让明妮想起《托马斯和他的朋友们》里面年轻时的胖总管。

"嘿,克莱夫,现在喝咖啡是不是有点太晚了?"格雷格说着,转身面对明妮,做出一副十分惊恐的表情,"你会兴奋得上蹿下跳的,我的朋友,这里的墙壁可都不太牢固。"

"我有个演讲稿明天要用,不会妨碍你们共度良宵的。"克莱夫说,"我会在我的房间里和幻灯片彼此深入了解一下。"

克莱夫拿起咖啡杯,慢慢踱回了自己的房间,留下一阵浓香。

"空间寄生虫,"格雷格低声嘟囔道,"对了,你看今天的报纸了吗?"

"我看了你关于老鼠迁徙的专栏,非常发人深省。别的还没机会看,我——"

格雷格打断了她。

"那你没看露西·多诺休的专栏咯?"说着,格雷格直接把一份报纸拍在她面前的餐桌上。他嘴角一弯,像柴郡猫一样咧嘴一笑,"遭遇拒绝的美食作家比地狱还可怕。"

明妮拿起报纸,瞥了一眼格雷格用手指着的那一页,然后两手抓住,迅速浏览了一遍上面的文字。

与露西·多诺休共进晚餐

这周我本来打算点评温莎的 La Côte 餐厅,《泰晤士报》说这家餐厅"只应天上有""是浪漫晚餐的理想之地""是可食用的爱"。我本来打算与我的男朋友一起享用历时约三小时的晚餐。然而,读者朋友们，这顿晚餐我是一个人吃的。我相处了一年多的男朋友决定，他的新年愿望是取消与露西·多诺休的定期晚餐约会。我觉得只有公开这一点，对 La Côte 来说才是公平的。因为这个包含七道菜的菜单，设计的初衷并不是让一人独享的，而且众所周知，心碎会抑制味蕾的敏感度。

所以，我不想给 La Côte 一个不公正的差评。作为补偿，本周我将以点评菜肴的方式点评我的前任——Q，以防有傻女孩以为他可能是她的下一道菜。

氛围：虽然 Q 比例绝佳，轮廓分明，但不要让他迷人的外表蒙蔽了你。在这家餐厅，你永远不会感到放松或舒适，因为所有的菜都放在门厅，不会进入餐厅中央。

食物：Q 家的食物初看觉得色香味俱全。但实际上会硌牙，而且冷热不均，生熟不均。（另外，Q 家的菜都有点重口，一般女孩都不习惯。）

看上去恰到好处的甜品似乎可以为这顿饭画上一个圆满的句号，但实际上吃完之后嘴里一股酸味。恐怕 Q 对这款复杂的甜品有点处理过度了，以后可能还是用小水果挞和轻盈的海绵蛋糕好点。

服务：领班服务生可能会张开双臂欢迎你，但他非常清楚，很快就会把你从客人列表上删除。Q 家丝毫不珍惜老顾客，他们只追求高翻台率——他们家华丽的外表往往让大家忽视了这家餐厅根本是没有心的。

"哇哦。"明妮读完后感叹道。看到报纸上这样公开批判奎因，她突然替奎因感到难过，随即又想，不知道这篇文章的真实度有多少，他真的是那样无情的男朋友吗？在外人看来，他和露西可是天造地设的一对啊。

"真没想到报纸竟然登出来了，"格雷格冷哼了一声，"太残忍了。"

明妮把报纸整齐地叠好，然后用双手压在柜台上。她不想跟格雷格讨论露西或者奎因。

"听着，我周末必须搬出公寓，你能来帮忙吗？我东西不多，应该一车就够了。"

格雷格的脸朝不赞成的角度倾斜。

"去网上找个小货车不就行了，他们搬东西可比我在行。"

"我不想去找个小货车，而且也没钱。我是在叫你，我的男朋友，来帮我搬家。"

"哎呀，明德瑞拉，我来付钱好了。"格雷格叹了口气，"我可不想大周末的净搬东西。"

明妮听到内心十六岁的自己在无声地咆哮，攥起拳头捶打她的胸腔内侧。格雷格可曾为了自己做什么他不愿意做的事情吗？

明妮瞪着格雷格，而他却在看吧台上露西·多诺休的署名。"你永远也不会去捍卫我的无敌模式，是不是？"她轻声说道。

格雷格没有动，他还在看露西的文章。明妮上次就忽视了格雷格毫无风度的行为。她是明德瑞拉，但他绝对不是白马王子。

"我们分手吧。"明妮说。

"哈？"格雷格抬头看了她一眼。

"我们不能再这样了。"

"哎呀，我把车借给你还不行吗，明妮！别为这点事跟个孩子似的闹脾气。"

"跟车无关，我觉得我们不合适。"

"你只是在这一秒想分手，不是吗？五分钟之前我们还挺合适，现在就不合适了？"格雷格不屑地哼了一声，朝她挥舞着报纸说，"女人真他妈暴躁。"

"不是，我本应该早就看清这一点的，只是我……"

"你知道吗,明妮,并不是说你很完美,"格雷格打断她,"如果有人问我心目中的理想女性是谁,你觉得我画的人会是你吗?不会,我会画二〇一〇年左右的詹妮弗·安妮斯顿。没有完美无缺的人!现实是你喜欢一个人就会忽略对方的缺点,现实是接受对方百分之七十的优点。"格雷格的语气缓和下来,嘴角弯出一个微笑,"听着,我可能不完美,但你必须承认我们俩在一起很愉快,对不对?我们有相同的政治立场和相同的幽默感——我们,我和你,相处得很好。"

"我从未想过勉强接受百分之七十,格雷格,我想这就是我们之间的区别。"

正在这时,克莱夫回到了厨房。

"我忘了拿吐司面包了,"他慢慢地走到吐司面包机前说,显然对刚才的对话一无所知,"我都没摁下去。"他朝天花板翻了个大白眼,对自己的健忘感到气愤。克莱夫忙着拿盘子和餐具。明妮看着格雷格的脸瞬间变得更红了,他死死地盯着克莱夫,希望他赶紧离开。

"最近过得怎么样,明妮?"克莱夫亲切地问,"生意还好吧?"

"不太好,"明妮笑着说,"实际上非常糟糕。"

"哦,天哪,不过至少还有格雷格给你加油打气。"克莱夫朝她竖起两个大拇指,"有人分担,忧愁减半,就这样。"

"其实,我们刚刚分手了。"明妮说。

"我们没有分手。" 格雷格啐了一口,"我们刚才是在讨论分手的可能。除非两个人都同意,否则就不算分手。"格雷格两手握成拳头垂在两侧。

"我好像进来得不是时候,"克莱夫飞快地在吐司上涂上黄油。然后片刻后,他又加了一句,"虽然我不确定是不是真的,格雷格。但如果明妮说你们已经分手了,那你们就是分手了,我认为这不需要双方同意。"

明妮点点头。

"没有人询问你的法律意见，克莱夫！"格雷格大喊，"马上拿着你的吐司面包滚蛋。"

克莱夫紧闭双唇，同情地朝明妮耸了耸肩。

"你不用那样跟他说话，格雷格。我这就走，我们之间已经没什么好说的了。"

明妮站起来，从椅子上拿起手提包。

"你真的觉得自己比我强吗？"格雷格咆哮道，"失业，三十岁了还住在家里——你知道吗，明妮，时代已经抛弃了你。"

"你说这些就没有必要了。"克莱夫说着，放下装着吐司面包的盘子，一只手放在明妮的手臂上安慰她。

"没关系，克莱夫。"明妮用一直颤抖的手梳理着头发说。

"不，我不会让你们这样结束的。你们都是好人——大家分手，然后继续生活，但分手并不意味着你们以后不可以像朋友一样保持联系，也不意味着要忘记曾经拥有的美好时光。过来，坐下。"

克莱夫指指餐桌旁边的两把椅子。明妮看看格雷格，格雷格双臂交叉在胸前，决绝地抬头盯着天花板。她望向窗外，窗外大雨如注。一方面她想离开这里，结束这尴尬的一幕，但另一方面又不想这样结束。这要看格雷格——她知道格雷格不是那样容易分手的人。

"坐下。"克莱夫将两把椅子从桌子底下拉出来，坚定地说。他们像受了批评的小孩一样一屁股坐在椅子上。"很好，"克莱夫说着，又拿了一把椅子坐在他们中间，"你们在一起多久了？六个月？现在，你们决定不想在一起了。"

"是她决定的。"格雷格鼻孔张开，气呼呼地说。

"不管是谁提出的，事情已经发生了。但你们曾经在对方身上发现了闪光点，所以在你们离开这里去任何地方之前，我希望你们俩能说出对方的三个优点,并且分享一段在一起时的美好回忆。"格雷格不满地"哼"了一声。

"这样可以保证你未来几个月不会在痛苦中度过,相信我。"克莱夫说。

明妮看看克莱夫充满期待的圆脸,然后又看了看格雷格。她知道这种充满恶意的愤怒只是格雷格受伤后的掩饰。她仍然很关心他,觉得如果自己可以平息这种伤痛,就应该去做。

"好吧,"明妮轻声说,"我先来。"

格雷格怒视着她,双臂仍然紧紧地交叉在胸口,鼻孔宽如洞穴,嘴巴生气地噘着。

"我一直很欣赏你对工作的热情。你真的是个好记者。"明妮说。

"棒极了!"克莱夫两手一拍,说,"格雷格,到你了。"

格雷格顿了顿。他看着明妮,目光渐渐变得柔和。

"加油,格雷格。"克莱夫轻轻地说。

"我想,你是个很不错的厨师。"格雷格朝天花板翻了个白眼说。

"很好。明妮?"克莱夫说。

"你总是说一些很傻的笑话把我逗笑。你是个很好的伙伴,知道怎么讲好一个故事,让所有人都能听进去。"

格雷格伸出下巴,稍微赞同地点了点头。

"格雷格?还有什么?"

"好吧,我想我们在卧室……里一直很不错。你非常有想象力,尤其是在——"

"好,到此为止,不用说得那么详细。我之前说过,这个公寓的墙壁没有那么厚实。"克莱夫脸红了。

"你一直称赞我对你的作品的看法,这一点我很喜欢,让我觉得自己很有价值。"明妮说,此时她已经有底气多了。

她看到格雷格的防御渐渐卸下。他转过身来面对着她,从桌子那边伸过来一只手。

"你让我想变得有趣,"他温柔地说,"你有世界上最好听的笑声。能够让你笑,我很满足。"

克莱夫两人之间来回打量了几次,然后咬下一大口吐司使劲嚼起来。

"好,现在是最美好的回忆——明妮。"克莱夫从桌子那边喷着碎屑说。

"我会永远记得我们去布莱顿写那篇专栏文章的时候,我们下海裸泳,你说你喜欢我的脚,虽然我很讨厌我的脚。"

明妮伸出手捏了捏格雷格的手,格雷格也捏了捏她。她似乎又看到了自己当初爱上的那个男人,他的伪装已经完全瓦解了。

"我会永远记得我们第一次接吻的那个晚上。我觉得自己像个少年,因为想念街头那个举着'老鼠'标志的女孩而辗转反侧,难以入眠。"

此时,明妮和格雷格直视着对方的眼睛。与对方一起回忆这些美好的时光仿佛是在唱针合上之前,用一台旧唱片机播放最喜欢的歌曲。

"现在,你们可以没有遗憾、没有痛苦地说再见了。或许将来,你们还可以做朋友。"克莱夫两手一抹嘴上的面包屑说,"还有人想吃吐司面包吗?这个维特罗斯超市的谷仓面包坚果真多。"

"再见,格雷格。"明妮说。

"再见,明妮。"格雷格说,"如果需要的话,我还能去帮你搬家吗?"

"不用了,我会叫爸爸来帮我的。"

明妮站起来拥抱了格雷格,拥抱了克莱夫,然后离开。外面的雨已经停了。她在门口停了一下,刚刚发生的事情让她有些迷茫。她今晚来找格雷格不是想跟他分手的,但这个想法早已在她心里发芽。伊恩的话好像唤醒了她心底忽略多年的浪漫情怀。她也想找一个说起自己时就像伊恩说起莱拉时那样的人，她显然不想成为任何人的百分之七十。

露西·多诺休的专栏文章在她脑海中闪过。跟格雷格分手与那篇文章没有一点关系。奎因现在是单身的事情一点也不重要，他们分手是因为格雷格无法成为她的刺猬索尼克，或者伊恩比喻的那些东西。

快到家的时候，她收到了格雷格的信息。

"我们刚刚是有意识终止情侣关系了吗？"

她笑了。"我想是的。"她回答。

"我以后就要和一头红发的男版奥普拉①一起过日子了？"

明妮大笑起来。虽然知道这个决定是对的，但她可能会想念他的笑话。格雷格是她曾试图完成的一幅拼图。她为此付出的努力就像穿着一件紧身胸衣，不挺胸收腹就穿不上。现在，她没有格雷格了，而且很快可能也要失去莱拉了。

"单人模式。"打开家门时，她轻声对自己说。

---

① 一头红发的奥普拉指的是格雷格的室友克莱夫。明妮和格雷格分手时在克莱夫的主持下谈论了彼此的感受，因此格雷格开玩笑称克莱夫为男版的电视谈话节目主持人奥普拉。

奎因的叛逆之夜

【2003 年跨年夜】

在肯特镇卡斯特哈文路的青年俱乐部,有一场派对即将举行,奎因的一些同学要去。派对可能不够好,但这是第一场不是由某人的爸妈主办的派对。

马特·丁格尔说他要带伏特加,迪帕克·帕特尔说文法学校一些打网球的女生也要去,他的同伴希夫在跟其中一个女生约会,说她们绝对会去。奎因也想去,倒不是去见什么女孩,他只是想走出这个家听到一些噪声以及和朋友们一起出去玩。

妈妈正在客厅里看电视。她蜷缩在一条柔软的粉色毯子下,那毯子本来是在空房间里的。她的头发细长柔软,身上穿着一件爸爸的旧T恤。她一直在看新闻,后来电视里开始播放什么捕鱼节目,她也懒得换台。

"妈妈,我要出去一下。"奎因走到沙发前,坐在她旁边说,"行吗?"

"你去哪儿？"她缓缓地抬头望着他说。

"去肯特镇上的青年俱乐部，叫班伯斯。今天有派对，想起来没？"他轻声说。奎因穿了一件干净的白衬衫，是他自己洗的，也是自己熨的。"我出去的时候需要叫潘妮夫人来陪你吗？"

潘妮夫人待人友好，北方人，五十来岁，住在公园附近的一个高层建筑里。她每周来一次，打扫房间，清洗床上用品，每周帮他们去食品店买一次东西。

"你都长这么大了，奎因，真帅。"她抚摸着他的脸说，"很快就得刮胡子了。"

"妈妈，明天我就十四岁了。我已经刮过胡子了。"说着，他拿起她的手放在自己脸上。

奎因坐在妈妈旁边的沙发上，看到她又把发黄的结婚相册拿了出来。这可不是个好兆头。

"妈妈，你不会又把自己弄得不开心吧？"奎因朝相册点点头，轻声说。

她拿过一个沙发抱枕把相册盖住。

"就是想回忆一下以前快乐的日子。"她毫无表情地说，目光忧郁而平静。

奎因走到她旁边，拿起相册放到他能够到的书架的最高处。

"千万不要对别人付出真心，奎因，因为付出了就再也收不回来了。"她抬头望着天花板说。

她总是跟他这样说。奎因早就暗下决心，如果爱情会把人变成这样子，他宁可不要爱。

"好的，妈妈。那我走了。"

"你带手机了吧？"妈妈的声音中有一丝焦虑，"把备用手机也带上吧，以防万一？"

"带了,好的。"奎因拍拍牛仔裤两侧说。他讨厌手机把口袋撑得鼓鼓的。

"对了,饮料别离手,现在饮料里容易被人下药。"

趁着她还没改变主意,奎因赶紧出了家门。

走上街头,奎因感觉家里压抑的气氛顿时消散在夜晚凉爽的空气中。有一瞬间,他觉得自己自由了,虽然他知道并不是这样。有时候他感觉自己好像受到软禁了。他的手机就是电子监控——他可以走出监狱的围墙,但永远都不会失联。

学校已经放假了。因为出门的理由变少,假期总是更难熬。朋友们的假期都是去滑雪,"出伦敦"。即使是那些留在镇上的人,大多数人的妈妈都为他们规划了数不尽的娱乐活动。皮特·汤普森的妈妈上周四给他们八个人组织了一次激光枪大战①,那天甚至都不是谁的生日。至少今年他可以允许独自乘坐公共交通了——这是一大改变。

奎因喜欢他们居住的那条街。他喜欢路旁各种颜色的房子和对称的树木,喜欢拐角处的面包店和飘出烤肉桂香味的书店,喜欢那个跟她猫一起坐在墙上、感觉很有趣的老太太。每次奎因经过的时候,她都会问他:"小伙子,一切还好吧?"

爸妈离婚的时候,曾经提起要卖掉蓝房子,让妈妈搬出伦敦,去一个更安静的地方。或许待在一个邻居都很热情的小村庄,她会慢慢好起来。在伦敦,如果你想特立独行,没有人会阻止你。

穿过铁路桥后,伦敦瞬间变了样,就像是穿过幕布从前台走到后台。精品店、花店和出售四种牛奶的咖啡馆不见了,路上到处都是公共汽车、噪声、涂鸦和卖报纸的街头小贩。他的大多数朋友都住在铁轨的这一侧。奎因常常觉得在这里更自在——没有人那么近地观察你,

---

① 一种游戏名称。

在这里更容易融入人群。一枚烟花在空中炸响。奎因抬起头来，看到几缕光在灰色的天空中切出一条斜线，孤独的烟花自由绽放。

奎因到的时候，班伯斯俱乐部里已经挤满了人。这里这么热闹还真让他有点受不了。一群又一群少年挤进房间，随着音乐尽情摇摆。年纪更大、喝得更醉的孩子们占领了舞池中央，他们对着彼此摇摆，高唱 ATC 乐队①的《失色天空②》。空气中弥漫着药妆店售卖的香体喷雾的气味，名字特别俗，叫"暮色诱惑"或者"午夜迷雾"之类的。除此之外还有汗味，感觉像是比赛之后闷热的更衣室。迪斯科灯光设置在最里面，在昏暗的大厅天花板上投射出四处跳动的红色、蓝色和绿色圈圈。打碟师站在吧台前面的打碟机旁边，一条画满了音符的紫色横幅从吧台上垂下来，上面写着"梅尔文音乐"。旁边有个搁板桌吧台，出售软饮料、薯片和折成两半后会发光的荧光棒。吧台通常由妈妈们经营——这些妈妈会烤纸杯蛋糕，然后用金色糖霜写上二〇〇四，来得早的妈妈会帮着挂纸旗，在可乐瓶上贴上标明 1 镑的标签。

"小奎因！"大厅那头有人在喊。奎因抬起头，看到马特正大摇大摆地向他走来。"快点，喝点这个。"

马特递给他一瓶热乎乎的可乐，闻起里面得有百分之八十是伏特加。奎因嘬了一口，努力忍住没吐出来。

"佩因特在泡妞呢。"马特用胳膊肘顶了一下奎因的肋骨说。

马特是个小矮胖子，五官突出，下巴和脸颊下半部分上有很深的痘印。他为人友善又风趣，足球踢得很好，但却没有引起女孩的太多关注，最近，他谈论的话题总是离不开女孩。"浑蛋佩因特，你瞧他

---

① ATC（A Touch of Class）是一个流行音乐组合。（编者注）
② 原文为 Around The World。（编者注）

那样儿！"马特指着保罗·佩因特说。佩因特是他们年级一个体形健硕的金发橄榄球运动员，此时正在只出售过期薯片的贩卖机旁搂着一个穿黑色天鹅绒迷你裙的女孩。

奎因感觉到口袋里的一个电话振动了一下。妈妈已经在给他发信息了。他拍拍朋友的背，把可乐还给他。

"要是喝了这个，你肯定坚持不到午夜。"奎因在屋里找了一圈，想看看还有没有熟人，"琼斯来了吗？帕特尔呢？"

"琼斯在抽烟。帕特尔说这里都是还没长大的十二岁左右的孩子，他要去酒吧试试运气，说他认识门卫，根本就是胡说八道。这个给你，我有好多呢。"马特又把可乐递回给他。

抿完第二口酒后，奎因感觉自己肩头开始放松。

他回了妈妈的信息，他已经到了——他很好。妈妈发来信息，说她考虑了一下，让奎因还是打车回家。她说已经给奎因约好了一辆，十二点十五分来接他。其实夜班公交车坐一小会儿就到铁路桥，再有五分钟就走到家了，但跟她争论这些毫无意义。

"你神经质的妈妈让你出来了？"身后传来一个声音，奎因感觉有人在他一侧的肋骨上友好地一击。他转身使劲捶了琼斯一下。"今天是你的生日，是你的生日。"琼斯哼着歌，朝奎因扭扭屁股，挥着双臂跳起舞来。

邓肯·琼斯是奎因的一个好朋友，也是为数不多的一个能开他妈妈玩笑的人。

"你让奎因博士喝酒了？"琼斯拿起奎因手中的可乐闻了闻，对马特说，"一个能看透他人心思的人可不能这样。"

"他今天晚上好不容易自由了。"马特说。

"今晚不要说我妈妈了，笨蛋。"奎因说。

"那我们就说说马特的妈妈吧。丁格尔夫人最近看起来颇熟女风啊。"琼斯"叭"地做了个飞吻,朝马特眨眨眼睛说。

"你给我闭嘴……"马特一下冲到琼斯面前,奎因赶紧插到两人中间,抬起手掌阻止马特马上要落下的拳头。

"小伙子们!"隔板桌旁的一个妈妈发出警告,"不许打架!"

夜幕降临。迪帕克·帕特尔再次出现,他没能成功混入酒吧,打碟师表现还不错,奎因和他的朋友们一起跳舞、喝酒、大笑。一度有几个女孩跳着舞蹭到他们旁边,但马特的霹雳舞吓跑了她们。

"想泡妞,你得先把那张痘痘脸扔掉。"迪帕克指着马特说。此时的马特正在舞池里摇摇晃晃,T恤上溅满了酒,声嘶力竭地唱着天命真女[1]的《性感女郎[2]》。"那些女孩显然是想接近你,但马特一直色眯眯地看着所有走近的人。"

奎因没有想过今晚要亲吻任何人。他从未试着去亲吻女孩,只是有时候他什么也没做事情就发生了。他们学校是男子学校,但每次和朋友们一起约女孩出去玩的时候,通常都是声音更大、更外向的朋友们负责所有的聊天部分,而什么都没做的奎因则成了比较安静、让人更感兴趣的那个。

房间一侧的一排塑料椅子处,一群穿着短上衣和褪色牛仔裤的女孩正在看他。她们每人手中都握着红色的一次性杯子。一个画着烈焰红唇的女孩正在对他微笑。她很漂亮,但是即使喝了伏特加,他也不知道如果自己一个人过去该说些什么。

差十分钟十二点的时候,奎因偷偷溜出舞池,躲在了厕所旁的走廊里。他不想在午夜时暴露在人群中。打碟师肯定会播放《红衣女郎》[3]或其他老土的慢舞曲。大家会尴尬地曳着舞步,试图排队与某

---

[1] 美国女子流行演唱组合。
[2] 原文为 bootylicious,形容身材性感的女子。
[3] 一首于 1986 年发布的单曲,当时在英国十分流行。(编者注)

人接吻。他的伙伴们会互相推搡，无论成功还是失败都会受到无情的嘲讽。这种压力是他应付不了的。他又给妈妈回了一条信息，已经是今晚上第四条了："新年快乐，妈妈。我真的很好，你放心睡觉去吧。"

发完信息一抬头，奎因发现有个女孩站在他对面的走廊上。她有一头金色直发，脸上长了几颗雀斑，但满面春风。

"不用管我，"她耸耸肩靠在墙上，一只脚抬起来放在身后，"我只是想躲避舞池里的那些整点报时的旅鼠。"

奎因淡淡地点了点头。

"午夜的时候，大家不管旁边站的是谁直接搂过来亲，你不觉得很讨厌吗？简直就跟肉类市场似的。我敢打赌，大多数人甚至都不知道自己亲的人叫什么名字。太恶心了。"女孩摇摇头，不满地皱了皱眉。

她脸颊泛着红光，用掌根揉了揉脖子。打碟师正在放铁娘子乐队的《两分钟到午夜》[①]——还是有点新意的。

"是的，很恶心。"奎因轻声说，然后顿了一下，"你刚才说整点报时的旅鼠？"

"旅鼠都是互相模仿，不是吗？他们从来不会自己思考。"

她不好意思地朝他笑了笑，然后看看走廊那头，把抵着墙的脚放了下来。奎因感觉她好像要走。但他不想让她走。他绞尽脑汁，想再聊点什么。

"但是显然，旅鼠分为大概三十种不同的种类。"

有那么多话题可聊，为什么要聊这个？而且他是怎么知道的？肯定是什么时候从妈妈的那些自然文献里看到的。这也正是他不敢跟女孩聊天的原因。奎因抬头看了看她的脸，十分确定她会嘲笑他。

[①] 铁娘子乐队（Iron Maiden）是英国著名重金属乐队，《两分钟到午夜》(*Two Minutes to Midnight*) 是铁娘子乐队发布于 1986 年的歌曲。（编者注）

"真博学。"她重新往墙上一靠说,"我喜欢听旅鼠的真相。"

奎因感觉自己肩头一松。

"那你觉得舞池里那些属于哪一种?"她玩弄着一绺金发问。

"可能是不太为人所知的城市种群——青少年醉汉族。"他说。

她大笑起来,那笑声像是花园里的洒水管,喷射出快乐的小水花,也给奎因注入了一丝活力。

大厅里的声音逐渐统一:"十、九、八……"

奎因突然有种强烈想要吻这个女孩的冲动。她穿着一双马汀博士牌的靴子,高领上衣,高腰牛仔裤,他的伙伴们甚至都不会注意到她,但她脸上有什么地方吸引了奎因。她漂亮得发光,但她显然没有意识到这一点。女孩的一颦一笑深深地吸引了奎因。

"六、五、四……"

他试图直视她的眼睛。有一次,他曾经在更衣室里听到托比·辛普森说这是关键,只要你的眼睛一眨不眨地看着她们足够长的时间,她们就会知道你想干吗。她也看着他,但他移开了视线。他不擅长对视游戏。奎因朝她迈出一步,假装突然对她肩膀后面墙上的什么东西非常感兴趣。他把一只手放在她头旁边的墙上,然后盯着自己的手,不知道下一步该怎么办。天哪,太尴尬了。她肯定要嘲笑他,问他在做什么。她会告诉所有的朋友这个了解旅鼠,还想在厕所旁吻她的奇怪家伙。

"三、二、一——新年快乐!"

他壮起胆子从侧面看着她。她也在看着他,瞳孔突然放大,然后眼神慌张地左顾右盼。

"呃,嗨,你好。"她说。

"你好,"他小声嘟囔着,"我能不能……可不可以……要是……"哦,上帝啊,要是她拒绝怎么办?他不知道接个吻是不是有必要这么紧张。

"可以。"她喘着粗气紧张地说,脸一下变得通红。

她闭上眼睛,然后把脸朝向他这边,而奎因也同时缩短了两人之间的距离。这个女孩柔软的唇轻柔地和奎因的唇贴在了一起,奎因感觉自己腹部一阵翻滚。

奎因之前也亲吻过女孩,但跟这次完全不一样。奎因经历过的吻潮湿又机械,在自我暗示下有快感,不知何故有点荒谬。比如那个曲棍球俱乐部的女孩,她只是伸出舌头在他嘴里来回搅动,像只蜥蜴一样。这次却是全新的体验,他身体的每一个部位都参与其中,女孩的嘴跟他的完美配合。他感觉自己的牛仔裤底下立刻硬了,赶紧退后一步,尴尬地想着她可能已经注意到了。

"哇哦,"她红着脸轻声说,"呃,新年快乐。"

"新……"

奎因甚至已经无法对她同样说一遍新年快乐,他的脑子里充满了疑惑。这就是接吻应该有的样子吗?她叫什么名字?他还能再见到她吗?现在他还能再吻她一次,而不会用他可恶的硬牛仔裤顶着她吗?

他还没来得及找出任何一个问题的答案,手机就响了,紧接着另一个手机也开始响起来。女孩低头瞥了一眼,有些不解。

"对不起。"奎因后退一步,将两个手机都从口袋里掏出来。一个是妈妈打来的,另一个是出租车公司。现在是十二点零一分。奎因背对着女孩,不想让女孩低头看到自己的牛仔裤。"我……我得接一下电话,但是请你在这里等一下,我一分钟就回来。"他满含歉意又恳求地望着女孩,从侧门退到外面的院子里。

"喂,"他接起妈妈的电话说,"妈妈,我现在有点忙……"

"奎因,"她在电话里大哭着,"我现在需要你回家。"

"妈妈,我半小时后就回,我刚才说……"

"你现在就得回来,立刻、马上。奎因,我觉得花园里有人,他快进来了。"她的声音听起来上气不接下气,充满了恐惧。

奎因无奈地缓缓叹了口气。他给出租车司机回了个电话,让他等五分钟,这个时间刚好够他问女孩要一下名字和电话。但他回到走廊里的时候,她已经走了。

待办事项

【2020年2月1日】

明妮惊慌失措地醒来。她无法呼吸。某种东西扼住了她的喉咙。她直挺挺地坐起来，大口呼吸着空气，手臂乱舞。一个灰色的毛球"喵呜"一声从她床上越过。自从上周搬回家之后，好运就养成了趴在她脸上睡觉的习惯。明妮不知道它是得了分离焦虑症，还是只是想念在冰箱顶上有个温暖地方睡觉的日子，但它差点让自己憋死。

明妮打量了一下房间，一时想不起自己在哪里。天花板太低了，窗户开在不该开的位置，还有那可怕的嘀嗒声，好像有上百个炸弹马上要爆炸一样。随后便想起来，她现在是在爸妈家，睡在铺在以前住的阁楼地上的垫子上。也没有什么炸弹，只不过是上百座钟表齐响的声音罢了。

八乘十英尺的狭小空间里堆满了各种盒子和旧皮箱。爸爸的工作台设在房间正中央，上面堆满了还没来得及搬走的工具和放大镜。她的床架被拆了，靠墙收了起来，好腾出更多的空间放盒子。

这几周,明妮感觉自己的世界逐渐瓦解,仿佛身上的羊毛被一根根拔掉,直到赤身裸体,再无舒适可言。所有定义现有生活的轨道都被封死了。明妮曾经是一个厨师,开了家馅饼店,住在埃塞克斯路,跟格雷格约会。与格雷格分手像是撕掉她最后的身份标识。

交还公寓的钥匙是件非常痛苦的事。

"这只是暂时的。"帮她把箱子搬到大厅时,莱拉安慰她说,"你不会永远住在爸妈家的。"

可是,明妮不知道她如何还能自己再去租房子。这段时间忙着搬家,跟格雷格分手,还要处理各种各样的订单,她一直没机会跟莱拉说准备关门的事。明妮一直在等待灵光乍现的那一刻,但一直没等到。

她瞥了一眼墙上的钟,想知道现在几点了,但每座钟的时间都不一样。她看看手机:晚上十一点。她是半夜醒的,最近脑子里装了太多事情。她肯定是在六点钟左右睡过去的。万千思绪又开始接踵而至,她知道要是不把这些想法一个个摘出来列一个清单,就别想安宁。她打开手机备忘录开始输入。

待办事项:

(1)为自己乱发脾气向奎因·汉密尔顿道歉。

(2)告诉莱拉我想关闭公司。

(3)想个借口——为什么要关闭公司?

(4)帮贝弗、艾伦和弗勒尔找新工作。

(5)秘密策划莱拉的完美订婚仪式。

(6)自己去找个新工作。

(7)找个住的地方。

(8)停止抱怨生活。

(9)买猫粮。

（10）帮助贝弗解决存在主义危机。

（11）搭床／收拾房间。

然后，她把第十一条移到了列表的第1条。最好以能完成的任务开始新的一天。她拿起一个侧面写着"明妮的东西"的盒子。里面有一台卡拉OK磁带录音机、一个坏了的粉色麦克风、搭了一半的乐高千年隼以及她自己画的旧猫头鹰存钱罐。她满怀期待地晃了晃，但并没有听到钱币碰撞的声音。盒子底下是一个用蓝色闪光胶装饰的粉色相册。相册上面用潦草的圆字体写的"二〇〇五年夏令营"。她郑重地一页页翻看着相册，里面全是她和莱拉初次相识的那个夏天的照片。在此之前，每一年她都会求爸妈让她参加这个夏令营，而爸妈总是说他们没有钱。放假的时候，他们会让威尔照看她。后来威尔夏天去打工了，爸爸终于大发慈悲，允许她去夏令营。

到露营地的第一天，她就看到穿着粉色紧身衣和绿色热裤的莱拉朝她走来。她是明妮在现实生活中见过的最酷的人。她走近的时候，明妮有些胆怯，她觉得像莱拉这样的人过来肯定是为了挖苦她——但她只是笑着问明妮愿不愿意跟他们一起玩水球大战。对于明妮来说，她对莱拉柏拉图式地一见钟情了。

那天，明妮大部分时间都在整理自己的卧室，童年的每一件物品都充满了回忆。最后，她满意地看到房间终于像个可以住人的样子了。她把床重新搭起来，把爸爸的盒子整齐地码在墙边，并且把自己所有的东西按照"要的旧东西""准备丢掉的旧东西"和"现在的东西"分类。她不想打开那些叫"现在的东西"的盒子，因为那代表承认她将不只是"临时"住在家里。

为了给空间添加一些亮点，她把自己唯一的艺术品靠在床脚下的一堆箱子上。那是一幅名为《自助餐厅》的印刷画，是明妮二十一岁生日时莱拉送给她的生日礼物，她一直珍藏着。画上是一个戴着帽子、穿着大衣的女人，她独自坐在一家美式餐馆里，若有所思地凝视着一杯咖啡。虽然她是一个人，但看起来似乎并不孤独，她似乎沉浸在自己的世界里，陷入了沉思。看着这幅画，让人很好奇她在想什么，来自哪里，可能要去哪里。画的背面是莱拉的留言——"做自己的好伙伴，你将永远不会孤单"。这是莱拉最大的一个梦想，自给自足。

明妮审视了一番房间，满意地点点头。把乱七八糟的房间整理干净的简单任务，使她的焦虑情绪平静了下来，而把《自助餐厅》摆出来则让这个房间感觉像家一样。她爬上刚搭好的床，靠墙盘腿坐着，然后打开了笔记本电脑。她在谷歌上输入露西·多诺休的名字——想看看大家是不是还在讨论她的那篇文章。推特上有一些相关的推文，很多人都在问能不能成为露西的下一个晚餐约会对象。明妮一声叹息——她有那么多事要做，为什么闲得在谷歌上搜索露西·多诺休？她该去透透气了。下了楼，家里没人，爸妈周六都得工作。明妮浏览了一遍手机上的列表，然后将第九条和第十条移到顶部——可实现的目标。

明妮坐地铁来到老街站附近的一家商店。她记得之前开车送货的时候看到过这家商店。那是一家打印店，橱窗里悬挂着标语，上面写着"我们赋予一切个性"。她递给柜台后面的男人一个U盘和一个之前留下来的普通磨砂塑料瓶。她的订单和别人不同。她想把贝弗的照片印在洗发水瓶子上，周围再写几个字。这么做很傻，但她希望这样可以缓解贝弗觉得自己还不如个洗发水瓶的存在主义焦虑。那人说如果她愿意等的话，一个小时就可以做好。明妮此刻并不着急回家，所以她决定在街上逛逛，观察一下其他更有趣的人是怎么生活的。

明妮喜欢研究路上的陌生人。他们可能会去哪儿？要去见谁？她在路上遇到一个高个子女人，她下身穿一条小短裤配银色裤袜，头顶非洲大圆蓬头，涂着亮蓝色眼影，上身着一件T恤，上面印着金光闪闪的"女王"二字。女人神气地走过时，明妮看到街上许多人回首驻足。

明妮从来都不是那种在街上能引起高回头率的人。她压根就没有那种让别人回头的气质。明妮知道如果有人跟她交谈，花时间适应她的样貌，通常会觉得她很耐看，但肯定没有好看到能让陌生人驻足停留的程度。跟莱拉一起走的时候会有人回头，不过通常都是因为莱拉古怪的发型和服饰。明妮不知道身着奇装异服的人获得的那种关注，与正常情况下只有特别好看的人才能得到的那种关注是否相同。但莱拉会说不必在意这些，她只是想让自己的外表匹配灵魂罢了。明妮不知道自己的灵魂长什么样。或许这就是她的问题所在——她连自己是谁都搞不清楚。

明妮一直渴望融入人群，不要引起别人的关注。关注意味着批评，意味着嘲讽。她曾经读过一篇文章，内容是说美丽的女性，尤其是模特，会发现变老是一件特别难受的事。她们早已习惯走在街上引得众人频频回头，以至于随着陌生人的目光逐渐消失，她们也失去了自我。或许从一开始就毫不起眼，到最后也不知道自己错过了什么更好吧。明妮想起了塔拉，她年轻的时候肯定是那种引得别人频频回首的人吧。与一直有点矮壮普通的妈妈相比，变老对于塔拉来说会更难接受吗？明妮感觉到塔拉的那种弱不禁风的状态是因为容颜老去导致的吗？她随即想起灯被打碎时塔拉惊恐的表情，想起塔拉眼里的恐惧。她无法想象那种痛苦是外在的什么东西引起的——背后肯定还有什么故事。

她漫无目的地溜达着，完全没有注意自己在往哪儿走。她驻足在人行道上抬头观望时，发现自己走到了坦地夫咨询公司楼下。她走到这里是巧合？还是潜意识里觉得自己该来这儿？此刻是周六下午五点，但四层的灯亮着。待办清单上的下一条是，向奎因·汉密尔顿道歉。

道　歉

【2020年2月1日】

　　明妮按下了门铃，虽然她觉得周末应该没人。这里可能是那种二十四小时灯常开，每次关灯时都用坏地球上一个灯泡的公司。也有可能奎因是那种连周末都停不下来的工作狂。她充满嘲讽地想着，随即又戳穿了自己的虚伪——她不也是那样的人吗？

　　对讲机传来了声音。

　　"你好？"她说。

　　又是一阵噪声，然后门"咔"的一下打开了，有人给她开了门。明妮踌躇地走进电梯，按下四楼的按钮，心跳便开始加速。她没打算来这儿的，本来打算打个电话跟他道歉的。这样不请自来，冒昧地出现在他公司，会让他觉得很奇怪。

　　电梯门打开了，奎因笑容灿烂地站在她面前，张开双臂欢迎她。

　　"嗨！"他说着，缩回脖子，双手垂在两边，"哦，原来是你啊。"

　　"对不起，"明妮眨眨眼睛，摇了摇头说，"我刚好路过，看到灯亮着,就想……想上来为那天的事情道个歉。要是你在等人,我无意打扰。我可以马上就走……"

"不用,没关系。"明妮站在原地抬头看了看,奎因向她露出一个复杂的笑容,"进来吧。"

他领着她走到前台区域,伸手指指一个棕皮矮椅说:"坐吧,快坐。"

在那边的玻璃墙会议室里,明妮可以看到一台打开的笔记本电脑和一大堆散落在桌子上的文件。明妮先是把手坐在屁股底下,以防止自己咬指甲。但她如坐针毡,所以决定站起来。可是又感觉很尴尬,最后决定折中一下,坐在椅子的扶手上。奎因噙着笑看她尴尬地动来动去。

"听着,让我把想说的话说完,然后我就走,不会再耽误你工作。那天我的表现很没礼貌。我也不知道为什么会对你那么生气,你其实只是在帮我。呃,反正,对不起。或许你说得对,我确实是心里有刺。"

"你不需要道歉。"他一边整理两人之间的茶几上的文件,一边说。

"不,我需要道歉。"

"好吧,可能需要吧。"

"我的生意确实做得很差——我想可能是你触到我的痛点了。"

"呃,我收到好几个客户的电话,他们都问我从哪里可以订到'馅饼小姐'的馅饼。显然有些事情你做得是对的。"

她点点头,接受了这个恭维。他坐在那里一动不动地看了她一会儿,蓝眼睛里散发出温柔却又恍惚的光芒。"不管怎样,很高兴见到你……没有冲我吼。"他笑着说。

明妮的嘴唇抽动了几下,努力忍住笑。

"正常来说,我不怎么会吼人。你把我最糟糕的一面激发出来了。"

"也没有那么糟糕。"说着，他从茶几上拿起一支笔放在手指间转起来，"你的脸性感又易怒。"

"什么？"明妮表情愤怒。

"就是这张脸，性感、易怒——这就是你的外貌特点。"奎因抬头看着她，用笔指着她说。她注意到他的头发有些凌乱。

"什……什么……"明妮有些不知所措。眼前的奎因跟那天完全不一样，好像换了个人似的。

"不管怎样，接受你的道歉。其实我早就忘得一干二净了。"最后一句话奎因像是舌头打了结，串成一串就秃噜出来了。"我想我也得道歉，抱歉让你觉得我面目可憎，自以为高人一等。"他用一种奇怪的深沉语气说道。

"你今天怎么这么奇怪？"明妮皱了皱眉。她随即就明白了——奎因目光呆滞，动作迟缓。"你是不是喝醉了？"

"我醉了？我醉了吗？"奎因使劲一抬头，身子往前一倾，然后又猛地往后一倒，靠在椅子上。他的目光飞到餐具柜那边。顺着他的目光，明妮看到上面放着一瓶打开的威士忌。

"听着，这跟我没什么关系。"明妮说，"你愿意周六下午在自己的办公室里一个人喝酒，这是你的自由。只是喝酒可以解释一些事情而已。"

"想喝一杯吗，明妮·库普？"奎因问。然后，他一下跳起来，围着前台的椅子跳了一小段舞，最后停在放有威士忌的餐具柜旁。"也有不含威士忌的饮料。"

明妮耸耸肩："好啊。"

明妮没地方去，而且她很想知道喝醉了的奎因还会说些什么。奎因给她倒了一杯加冰的威士忌。他在喷了黑漆的办公桌后面藏了一个酒水柜，里面高档的银色冰桶和冰夹一应俱全。与此同时，他也给自己倒了一杯。明妮舒服地坐回扶手椅上。此时她已经放松多了,因为知道奎因喝酒了——喝醉了的奎因没那么气势逼人、自鸣得意。她感觉自己的思想防线逐渐瓦解。

"为什么要在办公室里喝酒?为什么要一个人躲起来偷偷喝而不是找朋友一块喝?"明妮问。

"是你逼我喝的,明妮·库普——是你难以捉摸的神秘气质。"他狡猾地一笑,把杯子举到半空做出干杯的姿势。

"哈哈!"

他却一动不动地盯着明妮,样子出奇地严肃。明妮觉得自己像是进了一个突然坠落的电梯里。她一只手放在肚子上,使劲盯着冰块上的裂缝,努力找回平衡。

"你这是因为露西·多诺休的文章在借酒消愁吗?"她壮起胆子问。

"不算是,"奎因说,"不过我确实是想把伤害最小化。"

"这很难。"明妮说。

奎因耸耸肩:"宁可人恶真我,不愿人爱假我。"

"深刻。"明妮说,"这是在哪儿学的——麦片包装的背面?"

"喝下四杯威士忌后,我觉得这句话清晰明了、充满诗意。"奎因咧嘴一笑,一口气喝完了杯子里剩下的酒,"那么,明妮·库普,请你告诉我——你遇到了什么事?好笑的格雷格还能正确地戳中你的笑点吗?还是要坚持你的原则,不为我这样自大的浑蛋做馅饼呢?"奎因吸了吸鼻子,脸上浮起酒窝。

"我和格雷格分手了。"

她看着奎因的脸,等着他的反应。他缓缓地抬起一条眉毛:"格雷格没那么好笑了,是吧?"

"不是,可能是因为我现在需要的不止是笑话吧。"

"哎哟。可怜的格雷格。"奎因故作痛苦地说。

"那你甩了露西又是因为什么呢？精致的菜肴对于你来说太丰盛了？发现自己有大肚腩了？"

奎因揉揉自己搓衣板似的肚子，皱了皱眉。"我没肚子，而且我最近吃得最多的东西就是你的馅饼。"

他们坐在那里沉默了片刻。明妮后悔问他露西的事了。他显然不会再继续说下去，她觉得自己这番试探真是愚蠢至极。然后奎因又问起格雷格，她也没有主动提起太多细节。也许是他们彼此还没有熟悉到可以在这种事情上尽情畅谈，也许是因为答案承载了太多意义。

伊恩的对话让明妮意识到她跟格雷格之间有些不对劲，但如果坦白来讲，与奎因相处时心中那种猫头鹰乱飞的感觉也是分手的一个因素。从逻辑上讲，她知道猫头鹰效应是指基于信息素的一种化学反应，是一种原始的动物本能。这并不意味着奎因是当男朋友的料，也不意味着这种感觉是相互的。不，猫头鹰效应只是直白地提醒她，她与格雷格之间已经消失了的那种感觉。

所有感觉最终都会消失。在每种关系中，那种最初的颤动感都会慢慢沉寂，然后消失。她想象着自己体内活力满满的小猫头鹰逐渐变成睿智的老猫头鹰，它们戴着老花镜，再也没有精力去扑腾。爱情易逝的本质意味着你必须保持头脑清醒。选择伴侣应当基于逻辑，应当选一个彼此生活经历相似、志同道合的人。这些标准，奎因显然都不符合。

"你知道吗，事实是，我很难对任何人做出承诺。"奎因抬起头，眼神迷离地看着她。他吞了吞口水，上牙咬着下唇。"显然，我有'承诺问题'。"

他小声说出最后几个字，仿佛在吐露自己的秘密。然后他眨眨眼，调整了一下自己。

"要是你愿意的话，我们可以聊一聊？"明妮突然小声说道。

"我不知道从哪里说起，明妮。"

"试试看。"她坐在椅子上，俯身说道。

奎因似乎陷入了沉思，他的五官都静止了，像是偷偷溜走，准备从高板上跳下来。但随后，他向后朝椅子上一靠，在关键时刻停住了，起跳的机会就这样错过了。

"现在你已经知道了我的一些事情，明妮·库普，但我对你还是近乎一无所知。你得先拿些情感货币来交换。"

"好吧。"明妮将头歪向一侧，慢慢喝了一口酒。她感到温暖的威士忌让她的舌头获得了释放。"我最好的朋友的男朋友刚刚告诉我，他要求婚了。他还跟我说，工作压力快折磨死莱拉了，他希望我关门。他希望莱拉能自由地发展，他觉得如果莱拉为了没有硬馅日日彻夜难眠，就没有什么发展可言。"

明妮说话的时候，奎因专心地看着她。她话锋一转："我可能会生气他干涉我们，也可能会难过，因为他说的是对的。可是，我最大的感觉是开心，开心我的朋友找到了一个那样为她着想的人。"明妮顿了一下，接着说道："我想我是既生气又难过，但又觉得开心，还有点嫉妒。所以我决定，如果找不到一个那样的人，还不如一个人孤独终老。"明妮又停了一下，继续说，"格雷格不喜欢我不请自来。他总是让我先发信息，你能相信吗？如果你爱一个人，肯定想不预约就可以见到他。"

有一瞬间，奎因看起来特别悲伤，她看到那种悲伤从他脸上一闪而过。他那双通常似笑非笑的眼睛给人一种阴冷、毫无生气的感觉，那是一种痛到极点的悲伤。明妮说得太多了。她慢慢地坐回椅子上，"砰"的一声把手里的酒杯放在桌子边上。"好，到你了，我可是认真的。老实交代吧，汉密尔顿。你的心结是什么？该不会是像我这样对浪漫爱情执迷不悟吧？"

他用颤抖的手理了理头发，之前的眼神已经消失不见。一阵尖锐的门铃声突然响起。奎因和明妮都吓了一跳。

"是对讲机。"奎因说。

"你在等人吗？"明妮问。

奎因似乎也很困惑，随即眼睛一瞪，扇了自己一个大嘴巴子。

"糟了，"他说，"我在交友网站上找了个约会对象。"

明妮尴尬地笑了笑，感觉脸颊有些刺痛。

"我这就取消，让她走。"

"不，不行，你不能让她走。可怜的女孩！"明妮起身掸了掸褶皱的牛仔裤，"我走。"

"真是太尴尬了。"奎因皱着眉头说。

"没事，你自己的下午如何度过本来就与我无关——威士忌酒和交友网站确实是绝配。"

明妮把耳朵后面的头发撩到前面，试图掩饰自己发烫的脸颊。奎因站起来，随她一起走到电梯旁，用颤抖的手接通了对讲器。

"你好，是奎因吗？"一个女人的声音传来。

"是我，我马上下去。"他轻声说。

明妮按了电梯，门开了，两个人都走了进去。她玩弄着手指，死死地盯着慢慢关上的银色反光电梯门。

"我身上有威士忌味吗？"奎因扯动嘴角，小声问。

明妮转身看看他，然后俯身在他身上闻了闻。

"也就像是洗了个威士忌澡吧。"

他确实有一股威士忌味，但也很有男人味，让人想到圣诞节，明妮莫名其妙地想往他脖子里钻。不行，她不能这样想，奎因是个有承诺问题的玩家，而她也刚刚跟别人分手——绝对不能钻脖子。

电梯门朝街道打开了，一个女孩正等在那里。她身材高挑，一头金色长发，夸张的厚嘴唇，胸前的两座小山格外显眼。显然，奎因有自己喜欢的类型——这个女人就是更年轻、更狂野版的露西·多诺休。奎因出现时，女孩眼前一亮，但随即又看到明妮，精致的五官顿时困惑地扭成一团。

"你好，阿曼达？"奎因礼貌地吻了吻她的脸颊，算是打招呼。

"这位是……"阿曼达朝明妮露出一个提防而又坚定的微笑，用轻快的语气问道。

"这是明妮，她是……"奎因犹豫了一下。

"我谁也不是，就是个送餐的。"

奎因脸上的肌肉抽搐了一下。明妮站在两人中间，他们都面对着她。她是个电灯泡，得赶紧离开，但感觉脚却像是让胶水固定住了，无法控制自己的身体移动。

"哦，接下来你有什么计划？"阿曼达像小鸟一样撒着娇说，她绕过明妮，凑到奎因面前，"拐角那里有爱德华·霍普的展览，要不我们去看看？"

明妮呆住了。爱德华·霍普是《自助餐厅》的作者——也是明妮最喜欢的画家。阿曼达竟然是他的粉丝，真令明妮刮目相看。这也教会明妮不要以貌取人。

"你喜欢爱德华·霍普？"奎因用跟明妮脑海中一模一样的语气问道。

阿曼达脸红了。"哦，不，我不认识他，只是看你个人简介的时候，注意到你的兴趣列表里有他。我想或许你可以给我讲讲？"阿曼达冲奎因妩媚地一笑。

"我爱爱德华·霍普。"明妮不加思索地插话道。阿曼达和奎因同时转过身来看着她，脸上一副"你怎么还在这里"的表情。"抱歉，我该走了。祝你们玩得愉快,孩子们,注意安全,哈哈。"

明妮略微挥了挥手便走了。真是太痛苦了。她为什么要那样站在那里?她现在唯一想做的就是亲自去爱德华·霍普的展览,看看展出作品里有没有《自助餐厅》的原作。但显然她不能这样做,跟着奎因和他的 Tinder 约会对象去那里太诡异了,像是在跟踪他们。所以她转而返回打印店取了给贝弗的礼物,然后回到自己满是箱子、只有一幅印刷画的阁楼里,继续完成等着她的一连串可怕的工作。

"霍普怎么样?"

第二天早上,明妮躺在床上,看着自己在手机上打的字。她的拇指悬停在发送按钮上方。她在做什么?为什么会想发信息给奎因?她只是想知道他跟阿曼达怎么样了。昨天的事情感觉就像是看了电影的前半部分却没机会看结局。是这样吗?不对,她没有看完的电影有很多,但没有哪一部能让她彻夜难眠。

是猫头鹰怂恿她给他发信息的。不出意外,那些失去理智的猫头鹰会让明妮在奎因这样根本不合适的精英人士面前局促不安。明妮拉过被子蒙住头,像濒死的野兽一样哀号一声。要是她发一条信息问奎因约会怎么样,她以为会怎么回?"哦,阿曼达胸大无脑,真希望跟我约会的人是你——还记得你向我吐露心声,说不想再在爱情里妥协,想找个人激发出最好的自我吗?那时候我真希望这个人就是我,你怎么么想?"

她为什么会想这些乱七八糟的?明妮删掉了那些字。她不会发信息给他的。她刚刚跟别人分手,原因就是要开始更重视自我价值。她现在最不需要做的事情就是在奎因·汉密尔顿这样的人身上浪费自己的自尊。

梦中婚礼

【2007 年跨年夜】

"所以到底是怎么回事?"威尔问,"一个有恋鱼癖的家伙?"

"不是!"莱拉大叫着,用前臂顶了一下他的小腿。此刻,她坐在库普家起居室的地上,威尔则伸着两条腿,坐在棕色编织扶手椅上。"《现代美人鱼》!这是一个传奇爱情故事,讲的是来自不同星球的两个相爱的人不顾差异努力在一起的故事——真的非常浪漫。"

"他们属于不同的种族,这怎么可能呢?如果美人鱼长了鱼尾巴,那她肯定就没有……你懂的。"威尔做了个鬼脸说。

"别理他。"明妮说,"那个电影他早就看过了。现在只不过是因为你在这儿想要炫耀一下罢了。"明妮居高临下地坐在沙发边缘,给坐在她两腿之间地板上的莱拉编着新染的蓝头发。两个女孩都穿着短睡裤和松垮的 T 恤衫。"我看到你上次看这部电影的时候都哭了。"

"我没看过——那是女生爱看的言情片。"威尔伸手在明妮耳朵后面弹了一下说。

"喂！"明妮尖叫一声，一把拍掉他的手。

"你们三个是打算在那里坐一宿吗？"明妮的爸爸从楼上下来，走到客厅说，"今天可是跨年夜——你们不去参加派对吗？"

"我现在就出门。"威尔跳起来说，"基尔伯恩有演出。"

威尔站起来的时候，明妮突然发现他的个头已经超过爸爸了。虽然外形上跟爸爸并不像。威尔的两条腿又细又长，五官棱角分明，头发是浮夸的棕色。

"把姑娘们也带去吧，怎么样？"爸爸用胳膊肘顶了一下威尔的肋骨说。

"我已经不是她的保姆了。而且她们年龄不够，可能进不去。"威尔走到门厅，一边穿外套一边说。

"我们一点也不想去你们的垃圾派对。"明妮在他身后喊道。

"好啊，那就好好享受你们的鱼屁股电影吧，笨蛋！"威尔大喊道，随即便关上家门扬长而去。

"两个十七岁的女孩在跨年夜没有派对可去。我这是走到了哪个次元？"爸爸摇摇头说。

"如果我待在家里什么也不做，霉运就不太可能找上我。"明妮解释说，"莱拉是为了陪我。"

"噗！"爸爸笑了，"所以你以后永远都不会在新年出门，是吗？"

"如果我能控制的话，是的。"

"派对其实没那么有趣。"莱拉说，"这年头真正的酷小孩都是吃着本杰瑞牌冰淇淋一部接一部地刷电影，库普先生。"

"好吧，那我要去酒吧了。今年可是了不起的一年，得庆祝一下。"爸爸一边说，一边俯身查看棕色扶手椅的折痕，"2008年将是我们库普家发大财的一年。"

"爸爸正在建造地产帝国，"明妮解释道，"他觉得自己将成为下一个唐纳德·特朗普。"

爸爸咧嘴笑笑,同时从扶手椅深处捞出自己的家门钥匙。

"等着瞧吧,姑娘们——我们库普家马上要飞黄腾达了。"

"喔哦,库普先生,趁着您还没走,回答我一个问题吧——明年的这个时候,你希望自己在哪儿?"莱拉双手一拍,问道。

"明年的这个时候?"明妮的爸爸若有所思地用食指和拇指捏着下巴,"呃,到时候我会在家里有个新办公室来经营我的地产业务,一间放我的钟表,另一间放些杂七杂八的小物件。"

"这个有点太现实了,爸爸。"明妮说。

"好吧,那我要减重两英石①,这样洗澡的时候我就能看见自己的脚指头了。"爸爸捧着肚子咯咯地笑起来。

"爸爸!太恶心了!"明妮尖叫起来,"我不想想象那个画面。"

"好好,我走了,走了。"他大摇大摆地走回门厅,还是笑得停不下来,"对了,我跟你妈说了回来以后去找我们。你们俩确定不跟我走?今晚我请客哦。不过记着明妮,得过了午夜。我可不想让别人看到给未成年人喝酒。"他穿上外套,眨了眨眼说。

"我们很好,谢谢您,库先生。"莱拉说。

爸爸一走,明妮就从沙发下面掏出一瓶酒。其实爸妈对于她喝酒这件事并不是很介意,他们介意的是喝"他们的"酒。

"很抱歉,但是现在你爸爸和哥哥都走了,所以我能不能问一句,那些破表是怎么回事?"莱拉说着,两手飞出去,像是马上要做出一套舞蹈动作。

"我知道。"

"那个噪声真的太烦人了。"

---

① 1 英石 ≈ 6.35 千克。

"你会习惯的。"

"你爸妈是对知道时间有什么执念吗?"

"我爸爸喜欢修理旧钟表。"

"我感觉自己好像在参加一个游戏节目,然后时间一直在嘀嘀嗒嗒地流逝,有人要问我一个倒计时的谜语,但是我什么都不知道,然后我就说'不知道'。"莱拉再次懒洋洋地把头靠在明妮的大腿上,抬头望着她的脸。

"这些钟里有一半时间都不准,爸爸根本来不及给所有的钟上发条。"

"不要再把人往家里带了,明妮,会把人逼疯的。"

明妮拿起一根小皮筋扎在编好的辫子末端。

"我恐怕很难带人回家,不是吗?"明妮顿了一下说,"你真的不介意陪我待在家里吗,莱拉?我不想你因为我错过史蒂夫的派对。我们都知道丹·迪顿也会去的。"

明妮从莱拉的前头皮上又扯出一绺蓝头发。她开始后悔把辫子编得那么细了。她已经编了半个小时,但只完成了一侧头发的四分之一。

"不,如果丹·迪顿上周喜欢我,那他下周也会喜欢我。跨年夜派对并不会改变这个事实。"莱拉耸耸肩,"而且,我的头发还没弄完,我们还有好多电影要看,《风月俏佳人》《公主新娘》……多了去了。"

"但是,如果丹·迪顿在派对上跟海丝特聊上了,我会很难过。你知道海丝特也喜欢丹·迪顿,在午夜烟花的魔力下,丹·迪顿可能会忘了你比海丝特火辣得多。"

莱拉转过头面对着她的朋友,明妮不得不放下正在编的辫子。"你想让我和你一起待在家里看电影吗?"

明妮的眼珠子来回转了转,似乎在思考应该怎么回答。"想。"

"那就别再跟我提丹了！老实说，如果一点烟花、几瓶啤酒和穿了短裙的海丝特·芬利就能让他改变心意，那只能说明他根本就不配，不是吗？"

莱拉摇摇头，使劲吐了口气，然后转身去看电视。

"你确定要编成这样一排排的小辫子吗？这样能看到好多头皮。"明妮问。她专注地咬着嘴唇，正在试图寻找自己刚才放掉的那条辫子。

"我的头型很好，我可以驾驭。"

明妮的妈妈到家时，她们还在看《现代美人鱼》，正好看到汤姆·汉克斯意识到达丽尔·汉纳的双腿有些不正常的地方。

"麻烦过来帮个忙！"妈妈在家门口喊道。

莱拉和明妮立马跳了起来。妈妈两只胳膊上都挂着分量差不多的购物袋，手里还攥着一沓从毯子上捞起来的邮件。

"这是什么呀，妈妈？"明妮瞥了一眼购物袋问。

"不是你的生日午餐嘛。明天所有的商店都关门，所以我得提前准备给大家吃的东西。"妈妈把袋子往地上一放，开始翻看手里的一沓信。她突然用舌头使劲"啧"了一声。

"怎么了？"明妮问。

"没什么，就是你爸爸的新冒险快让我还不起账单了。"

"这些我们帮你拎吧，库夫人。"说着，莱拉拎起袋子搬到了厨房。

"我说过我的生日不用大张旗鼓，"明妮从门口拿起最后两个袋子，小声说，"妈妈，你的事情已经够多的了。"

"你哥哥明天要带他的新女朋友过来。我可不想用圣诞节的剩菜来招呼她。我们得给人家留下个好印象。"

她跟着莱拉进了厨房，一屁股坐在椅子上，把账单压在桌子上，然后闭上眼睛，用食指和拇指捏了捏鼻尖。

"又头疼了？你得放松，妈妈。"

"我没事，不用大惊小怪的，明妮。"

明妮开始从购物袋中取出法式咸派和盒装的起酥香肠面包，而莱拉则打开橱柜看看哪里可以放东西。

"莱拉，你对自己的秀发做了什么？你看起来好像克里斯蒂·阿奎拉·阿雷亚。"

"是克里斯蒂娜·阿奎莱拉。"明妮说。

"好吧，这要是放人群里肯定找得着，是吧？好了，继续你们的计划，想去什么派对就去吧。"

"我们就在家里。"明妮说。

"为了躲霉运。"莱拉说着，把一个空购物袋放在头上。明妮大笑着从朋友头上把袋子扯下。莱拉大喊："你抓到我了！抓到我了！"

"别拿这种事开玩笑，姑娘。"明妮的妈妈说，"你不了解事情的真相，这个说来话长。听过艾尔伯特·金的那首歌吗？《生不逢时》。我总觉得那就是明妮生日的主题曲。"

明妮的妈妈开始在厨房里来来回回，把食物放进橱柜里，嘴里还哼着歌。

"哦，我突然想起来有东西要送给你。"莱拉跑回起居室，回来的时候手里拿了一个用金丝纸包着的四方小盒。她把盒子递给明妮，明妮充满疑惑地打开了盒子。

"我的生日还没到呢。"

"我觉得你现在可能需要这个。"莱拉说。明妮打开包装纸，发现里面是一条精致的银项链，吊坠是四叶草的样子。"可以抵消任何厄运。"莱拉解释道。

"我好喜欢，谢谢你，莱拉。"明妮大叫着，张开双臂抱住她的朋友。

"想法不错，不过莱拉，就一件首饰可不够。"明妮的妈妈说。

"哦，库普夫人，既然您在这儿，正好我可以问问您——明年的这个时候，你希望自己在哪儿？"莱拉在原地转着圈说。

"做梦也得等睡着了，莱拉。"她用一袋意面拍拍莱拉的头说。

明妮和莱拉回去继续看电影的最后一段。明妮的妈妈收拾好厨房便走到休息区。此时明妮和莱拉都让电影结尾感动得泪流满面。

"你们俩怎么哭了？"妈妈问。

"哦，真是太浪漫了，库夫人。他为了跟水下的爱人在一起，放弃了在陆地上生活。"莱拉泪流满面地说。她伸手从茶几上拿了一张抽纸。

"老实说，你们有太多浪漫的想法。"妈妈不满地说。她拿起之前她们摆好的一摞DVD，一边看名字，一边开始摇头："童话故事、美人鱼和变好的妓女，我跟你们说吧，所有这些电影都在腐蚀你们的头脑。等你们见识到现实世界中发生的事情，只会感到失望。"

"那就不看爱情片了，库普夫人？"莱拉说，"来吧，跟我们一起看《公主新娘》吧？你可能会喜欢的。"

"我不看，莱拉，"明妮的妈妈开始在莱拉周围打扫起来，拍拍抱枕，捡起爆米花包装袋，"我跟你们说，找男人最重要的是他要努力工作，常伴你左右，即使生气也不会动你一根手指头，不会把自己的薪水全拿去喝酒。"她俯身从沙发的翻折处掏出一个酒瓶，"明妮，你要喝酒自己去买！对了，我得去找你爸了，免得他又要请全酒吧的人喝酒。"

她突然停下，俯身迟疑地看着明妮，脸上的表情变得很温柔。她伸手摸了摸明妮的头发，异常小心地帮明妮把头发拢到耳后。

"我想，下次再见你的时候，你就是个大人了。"

"玩得开心，妈妈。"明妮伸手捏了捏妈妈的手说。

她抓住明妮的手放回沙发上,嘴里含糊不清地"嗯"了一声,便朝门口走去。

莱拉坐在旁边的沙发上,依偎着明妮。

"你妈妈真有趣,"莱拉打着哈欠,头靠在明妮的肩膀上说,"你觉得她对爱情和事物的态度真的是这样吗?"

"不知道,"明妮说,"她嫁给了我爸爸,他跟那种典型的浪漫英雄几乎一点也不沾边,不是吗?"

两个人都咯咯笑起来。

正当她们商量接下来看什么电影时,明妮的手机响了。显示是陌生人来电。

"喂?"明妮小心翼翼地接起电话。

"是明妮吗?"

"对。"

"我是托尼。咱们是一个学校的。"

托尼·格林顿,她已经听出他的声音了。他在年级里人气很高。

托尼·格林顿为什么会给我打电话?上数学课的时候明妮就坐在他身后。她对他脖子的了解甚至多过对他本人的了解。他有一头漂亮的栗色头发,正好落在耳后,脖子最下面剃掉了,就是从这条线开始,发楂逐渐变成了浓密的头发。数学课上,她有很多时候都在想,要是用手顺着那些发楂一直摸到他头发里会是什么感觉。有一次他的手机掉了,是明妮捡起来还给了他,他当时还说了句"谢谢"。

"你好,托尼!"明妮不自觉地提高了音调,随即赶紧捂住嘴巴。

"琳恩给了我你的号码。我们是一块上数学课的,对吧?"

明妮试着暗示莱拉自己有多兴奋,莱拉的眼睛越瞪越大,最后直接跳起来坐在沙发上,轻轻地拍了一下手。之后,莱拉打手势让明妮把电话放在两人中间,这样她也可以听到。

"呃，我有一道数学题不会做，希望你能帮帮我。你数学很好，对吧？琳恩说你不会介意的。"背景很嘈杂，听起来他好像在参加派对。

"当然可以。"明妮有些不解地说。

"Mini Cooper 里面能装几个男人？"

她听到电话那头传来笑声，还有别人在听。

"最高纪录是二十八个。"另一个男生喊道。

"你想打破纪录吗？"托尼一边放肆地笑，一边唱道。

"去死吧，托尼！"莱拉大喊一声，一把从明妮手中夺过手机挂掉。

明妮的脸色一下子变得很难看。现在她早已习惯了成为这个笑话的笑柄，但还是很难受，尤其是它来自像托尼这样的人时。

"他们的话别往心里去，明，他们太幼稚了。"

莱拉摇摇头。就在这时，她自己的电话也"叮"地响了一下，她看着消息，皱了皱眉。

"怎么了？"明妮问。

莱拉把手机翻过来盖上。是丹·迪顿与比他们低一级的劳拉·克罗斯比的接吻照。

"谁发给你的？"明妮问。

她现在感觉很糟糕。如果不是因为她，莱拉就会参加那个派对。莱拉和丹并没有在一起，但他们已经接过几次吻了，而且明妮知道莱拉是真的喜欢丹。

"去死吧，都去死吧！"莱拉用两只手揉了揉眼睛说。

"你知道吗，等我遇到那个合适的人，我的意思是一个真正的男人，不是我们在学校里遇到的这些浑蛋。等我遇到那个合适的人，他会相信浪漫的爱情，会明白这很重要。生活并不只是联排酸奶，还意味着更多，对吧？"

莱拉像只受伤的小狗一样看着明妮。

"当然，"明妮说，"别听我妈妈的，她就是年纪大了，苦大仇深。"

"等那个合适的人向我求婚，我希望他能像童话故事里一样。我想要独角兽，想要鸽子，想要他妈的整个迪士尼庆典。"

"你未来的丈夫是同性恋吗？"明妮笑了。

"可能吧。"她眼睛里的哀伤已经消失不见。

莱拉站起身来，开始在房间里大摇大摆地走起来。"他会骑着独角兽而来，身着闪闪发光的骑士铠甲，有鸽子，有美人鱼，还有小兔子像《魔法奇缘》里那样高声歌唱。要有一个大规模野餐，摆上所有我最喜欢的食物，特别是能多益牌巧克力酱可丽饼，给我准备的衣服是一件超大的蓝色公主裙，我会穿上裙子，像公主一样发表演讲，我美得不可方物，然后他会说：'莱拉，我爱你，如果你想要童话，我也愿意帮你实现。'然后，我会穿着我的浑蛋公主裙吃掉那些可丽饼，然后大喊：'浑蛋，好呀！'"

明妮哈哈大笑："你知道吗？这可真离谱，跟我爸当年向我妈求婚的场景一模一样。"

关闭馅饼店

【2020年2月3日】

"美人鱼?"艾伦说。

"唱歌的兔子?"贝弗说。

"你知道这些东西都不存在吧?"弗勒尔望着明妮,缓缓地说,仿佛明妮多长了一个鼻孔似的。

"听着,我知道这听起来很奇怪,但这是我们十七岁时,她向我描绘的完美订婚仪式的样子。这些都有象征意义,相信我,她肯定会喜欢。"

此刻,明妮、弗勒尔、贝弗和艾伦正坐在馅饼店厨房里的桌子旁。明妮召开了一次秘密会议,委托他们帮助规划莱拉的完美订婚仪式。她认为,如果接下来要谈闭店的事,先谈莱拉的订婚仪式可以转移大家的注意力。

"我们的任务需要一个秘密代号,"艾伦说,"'我愿意行动'或者'独角兽行动'如何?就是我们可以随口提起但不会引起莱拉怀疑的那种代号？"

"我觉得要是我们说一些奇怪的行动名称，莱拉反而会更怀疑。"弗勒尔说。她一边说一边把葡萄干面包里的葡萄干挑出来，那些面包是贝弗给大家准备的早餐。"我的曾曾叔祖好像是潜伏在俄国的间谍，显然他差点成功暗杀斯大林，但后来他对小麦严重过敏，所以这事儿就没有下文了。我记得他的代号就是'大法棍面包'之类的东西，这个有点讽刺，因为他唯一吃不了的东西就是面包。"

"要不我们就叫'叔叔行动'？我可以说'我叔叔要动手术'之类的。这样在聊天的时候提及可能听起来更正常？"艾伦坐在吧椅上转了一圈又一圈，建议道。

"或者我可以建一个我们四个人的群，这样就完全不必大声讨论了。"明妮说。

她已经开始后悔找这么多人帮忙了——到目前为止，关于如何实现她的计划，还没有人提出任何切实可行的建议。

"我以前的尊巴舞教练在皇家莎士比亚剧团的服装部门工作——或许他可以借一些衣服给我们，"弗勒尔提议道，"哦，还有，我的占星师在里士满有匹马，如果你真的想要独角兽的话，或许我们可以把马借过来，用绳子绑个角。"

"太好了！"明妮说。她列了一张表，但对弗勒尔所说的一切都打了一个大大的问号。

"我可以负责野餐。"贝弗不是很热情地耸了耸肩，说道。

"必须要有可丽饼。"明妮说。

"我可以打扮成人鱼，"艾伦说，"我本来就是属于海上的。"

"我的指导老师兼男朋友兼驾驶教练，现在开了一家电子动画工作室。我敢打赌，他肯定能帮我们设计出会说话的奇怪动物。他欠我一个人情,还欠了我一千英镑的保释金。"弗勒尔说。

大家都一起看向弗勒尔,等着她解释一下,这句话信息量太大了。明妮得出的结论是,要么弗勒尔有撒谎强迫症,要么她在工作之外过着非常有趣的生活。弗勒尔无视他们询问的眼神,继续专注地挑葡萄干面包里的葡萄干。

"这些听起来都不错,弗勒尔。"明妮说着,在"电子动画工作室动物"旁边又打了一个大大的问号。

"你真的认为莱拉会觉得这样很浪漫吗?"弗勒尔问,她的表情就像刚刚闻到在旧鞋子里发酵了一周的卷心菜,"我感觉有点奇怪。"

"她会喜欢的,相信我,弗勒尔。"明妮说。

"我们最终都将烟消云散。"贝弗神色凄凉地喃喃道。

"哦,贝弗,你还是很沮丧吗?如果你一直感觉这么低落,是不是应该去看看全科医生?你有没有试着去参加我们说过的那些环保游行?"明妮问。

"我觉得没用,"贝弗不安地在凳子上挪了挪,低头看看自己的手,"我本来是想和贝蒂一起去的,但她那周出水痘,所以没去成。"

"好吧,好吧,如果贝蒂去不了,下回我跟你一起去。贝弗,我认为去看看外面还有多少人在乎这个世界,这对你有好处。哦,对了,我突然想起来我给你买了东西。"明妮一边说着,一边跑去拿包。

她拿出一个裹着银纸和金丝带的瓶子递给贝弗,然后两只手不停地搓着,又充满期待地压在唇边,她迫不及待地想要看到贝弗打开这个礼物时的表情。贝弗一边疑惑地看着她,一边开始撕外面的纸。打开包装后,她一下愣住了,眼睛仍然一动不动地盯着瓶子。艾伦从她身后瞧了一眼,大声读出瓶子正面印的字:

"贝弗·麦考纳蒂，五十九岁，

一个妻子、妈妈、有趣的爱人，

会烤馅饼，聪明过人，

喜欢马莎百货的袜子和布莱恩·考克斯，

一个充满奇思妙想的朋友，

现在，她将与塑料一起永存。"

然后他抬头看看明妮，摇了摇头："你为什么要在瓶子上给她做个墓碑？"

贝弗开始哭起来。"这是在提醒我，我快要死了吗？"她抽泣着。

"不是！不是！"明妮一把从她手中拿过瓶子，指着那首诗说，"你看，这些都是你的闪光点，现在贴到塑料上了，所以你会比我们所有人都存在更久，永远都不会被遗忘！"

"那不就是墓碑嘛。"艾伦摇摇头说。

弗勒尔撇着嘴，那眼神仿佛在问："你到底是怎么想的？"

"袜子和布莱恩·考克斯，大家想起我是因为这个吗？而且，你看我这张照片多显老？我真的有那么多层下巴吗？"贝弗把头靠在柜台上，吸了吸鼻子忍住眼泪说。

事情不应该变成这个样子啊。明妮本来是打算给贝弗加油打气的。有些时候，她真不知道自己到底是怎么把事情搞砸的。前台处门上的铃铛响起，随后莱拉出现在厨房门口。

"发生什么事了？"她看看正在哭泣的贝弗，又看看愁眉苦脸的弗勒尔和艾伦，"哦，很好，看来你已经告诉他们了。明妮，我还以为你会等我们一起商量好了再说呢？"

"告诉我们什么？"弗勒尔问。

"是奶酪刨丝器的事的？"艾伦问。大家都转过来看着他。"好吧，跟奶酪刨丝器无关。"

"我什么也没说,"明妮说,"贝弗是因为别的事情不高兴。"

"贝弗总是不高兴。"弗勒尔说。

大家站在那里沉默了片刻。艾伦悄悄移走众人面前柜台上的清单。莱拉不解地看了他一眼。

"我叔叔要动手术。"艾伦眨了眨眼说。

"哦,听到这个消息我很遗憾,还有,很遗憾你们都这么难过。明妮,我们能单独聊一下吗?"莱拉招呼她一起去前台,然后关上了身后的门。

"你还好吗?"明妮问,"发生什么事了?"

莱拉看上去压力很大,整个人都瘦了,头发胡乱地在后面绾成一个平平无奇的发髻,身上穿的也不是平时那些颜色的衣服——只有一条灰色运动裤和一件淡紫色的连帽衫。

"银行不会给我们的贷款延期了。在资金回笼之前,我补不上缺口了。"莱拉双手拢在胸前,"对不起,明妮,我本来以为我可以搞定的。"

明妮看看她的朋友,缓缓地叹了口气。

"或许我们可以继续给奎因介绍的那些客户送餐。他似乎认为他们会再跟我们下订单的。这或许可以帮助我们渡过难关。"明妮用拇指和食指挠了挠鼻子说。

"好。"莱拉点点头说,"那我们再给公司送几个月的餐,等慈善基金渡过难关,订单恢复正常。"

明妮望着自己的朋友,试图挤出一个笑容,表现出对她新计划的热情。但明妮知道,这是让莱拉出局的好机会。

"但我认为我们并不想这样做,不是吗?"明妮紧紧盯着朋友,等着她的反应,"我们一起创业本来应该是件有意思的事,但现在已经不那么有意思,不是吗?如果只能靠给精英人士供餐才能生存,那我完全可以回去餐厅上班,那样挣得更多。而你,如果你真的要承受这么大的压力,那也应该是为了自己真正热爱的东西。"她停了一下,接着说道,"伊恩跟我说了时装工作的事。"

莱拉抬起头,一脸惊讶。"我本来就没打算去!"莱拉头往后一靠,闭上了眼睛。

"我也没认为你会去。我只是说,或许这条路我们走到头了。或许命运在试图暗示我们什么。"

莱拉坐在店门口的小长凳上,头埋在双手间。她看起来如释重负吗?明妮希望是。随后,莱拉抬起头,怒视着明妮——如释重负可不应该是这个表情。

"就这样?"莱拉摇摇头说,"命运不想让我们成功,所以我们就完蛋了?为了这个地方,为了这个事业,我投入了四年的青春。然后现在有办法拯救它,你却连试都不想试?"

"不,不是,我只是觉得这不是我们想要的!"明妮大叫道。

"是你决定了这不是你想要的。你甚至都没有问过我!你觉得我对这个不够充满热情?有一点请你不要忘了,整件事本来就是我的主意。"

"你为什么会这么想?"明妮的眉毛惊慌地皱作一团。

"所有乱七八糟的事情都是我在做。"莱拉两只手在空中甩了一下说,"是我去应付银行,是我填所有资金申请单。你从来没说过要帮忙。"

"我说过!但我觉得你根本不想让我帮忙。什么事情都是你一手掌控。"她摇摇头,对莱拉的反应十分不解。

"所以现在也是我一手掌控,对吧?"

明妮碰碰莱拉的胳膊,她不知道怎么就这么快升级为争吵了。她让自己的声音缓和下来。

"莱拉，听听你内心的声音。你需要安稳的睡眠……对不起，但你看起来状态很差。这种程度的压力对于我们两人中的任何一个来说都不是好事，而且，我不希望你仅仅因为我而留在这里。"

莱拉站起来："不要告诉我，我需要什么。我为了这份工作呕心沥血，可是现在你一直在说'哦，很好，如果违背初衷，那我就直接关门，回到餐馆当服务员'。"

"不是服务员，我是厨师。"明妮眯眼盯着莱拉，不满地说。

"你想抛弃我们所奋斗的一切。"

"不是，我只是觉得我们应该趁着还有余力及时止损。我们想要做的事情行不通，之前觉得能行是因为太天真了。"

莱拉站起来朝明妮又走近几步，义愤填膺地用一根手指指着明妮的胸口。

"我还记得我们初次相遇的那天。在营地里，你双手抱膝坐在小凳子上，努力地抹杀自己的存在感，生怕有人会注意到。你那么拘谨，那么害怕，我都替你感到难过。这些年我们一直做朋友，我竭尽所能地想要帮你把不知道是谁从你身上夺走的自信找回来。我以为如果有人信任你，你就会从自己躲藏的小壳里出来，破茧成蝶。"莱拉气得涨红了脸。明妮从未见过她生气，更不用说生这么大的气。"或许我错了，你根本就不是害怕，而是壳里面本来就没有什么蝴蝶。"

明妮退缩了。与莱拉相识十六年，她从未对自己说过这么残忍的话。

"哦，很好，我很高兴知道我原来一直只是你的慈善项目！我不需要你帮我破茧成蝶，莱拉，对于我们俩来说，你的变化已经够大了——我累了。"

两个人互相瞪着对方，像是竞技场里随时准备冲锋或冲刺的公牛。

明妮朝门口走了一步。

"不,我走。"莱拉说,"既然你想放弃这个地方,那就自己处理吧。"说完她便走了,只留下门和铃铛相互碰撞。

新生活

【2020年2月4日】

　　明妮坐在花园的台阶上，看着手指间的香烟燃烧殆尽。她已经四年没抽过烟了，自从在餐厅工作以来就没有抽过。但是此刻，跌宕起伏的生活令她的耳朵嗡嗡作响，让她怀念起手里抓着一包烟的慰藉。怀旧比现实更有效——嘴里的烟草感觉有股霉味，她抽了几口便摁灭了。买烟的十英镑她也是拿不出来的。

　　她听到锁眼里有钥匙转动的声音，不满地抱怨了一声——她本来打算在爸妈回家之前，悄悄回楼上好好躲起来的。可是现在，妈妈肯定会闻到她身上的烟味，还会说出一些更难听的话。她在水槽下面的橱柜里扒拉了一下，想找一罐空气清新剂。最后，她找到一罐已经放了很长时间的空气清新剂，按下了黏糊糊的喷嘴。里面的气体确切地说不是喷出来，而是喷上去，直接钻进了她的鼻腔里。她呛得咳嗽了几声，然后用双手搓了搓鼻子，试图摆脱那种被灌鼻的感觉。

　　"明妮，是你吗？"妈妈喊道。

"啊,是我。"明妮一边回答,一边迅速把香烟藏进面包桶里。

"你怎么看起来鬼鬼祟祟的?"妈妈问。

"哪有。"明妮在背后拍了拍手说。

妈妈下身穿着一条黑色打底裤,上身是一件米黄色和红色图案的上衣,看上去像是在公交座位上找到的那种织物。上衣的衣缝处已经扯开了。妈妈最近又胖了,胳膊上的湿疹已经蔓延到了脖子上、发际线周围,形成一片片可怕的红色。

"你怎么不提格雷格了。"妈妈看着她拿起水壶,开始从水龙头接水,评论道。

"我和格雷格分手了。"明妮平静地说。

妈妈看看她,把水壶接过来放到架子上。

"听到这个消息我很遗憾,怎么没听你说过?"

明妮耸耸肩。妈妈噘起下嘴唇,眼睛眯成了两条缝。

"你这个表情是什么意思?"

"格雷格那孩子似乎很合适——工作稳定,自己租房子。"

明妮大声地哈了口气。妈妈紧紧盯着她,分析起来:"他把你甩了?"

"不完全是。"明妮说。

"哦,明妮,你已经不是二十一岁了。你要什么时候才能学会把一件事情坚持到底?"

明妮摇了摇头,感觉眼泪突然开始在眼眶里打转。妈妈的话又揭开了她还未愈合的伤疤,底下的皮肤像纸一样薄。

她看着妈妈像往常一样泡茶,从高处倒水,用勺子背将茶袋压在杯子一侧。看着妈妈泡茶的样子,她莫名地感到些许安慰。

"我跟莱拉也闹掰了,所以我现在真的变成孤家寡人了。"

明妮感觉自己的肩膀开始起伏,突然抑制不住地抽泣起来。换作平时，妈妈并不怎么会在她哭的时候安慰她，但意外的是，妈妈一只胳膊搂住她，将她带到客厅坐下，然后把给她自己泡的茶端了过来。

在压抑的抽泣中，妈妈了解了明妮整个悲剧的前因后果：怎么跟莱拉吵架的，跟伊恩的谈话，奎因试图通过为自己的客户订馅饼来帮助她们，但这些都不足以拯救她们的生意。

妈妈耐心地听着，只在明妮说话的间隙偶尔发出"啧"的声音。她站在窗前摆弄着网眼窗帘，确保窗帘在轨道上均匀分布。明妮一说完，她便走过来坐在了明妮旁边的沙发上。

"我听下来的感觉是，你最好彻底摆脱出来。"她叹了口气说。

明妮闭上了眼睛。她怎么会奢望妈妈会同情自己呢？

"我能跟你说些事情吗，明妮？过去我一直认为，如果你努力工作，公正对人，生活最后肯定会有所回报。我曾经认为这个世界在某种意义上是公平的。"

明妮睁开眼睛，看到空空的电视屏幕上映出妈妈凝视的目光。"你出生的时候，如果我没有帮助那个女人，我们可能会赢得那笔奖金，生活可能会更好过一些。但那笔钱偏偏给了那个女人——一个钱多到不知道该怎么花的人。我真的觉得太不公平了。"明妮静静地听着，转身望着妈妈的身影，"之后，你爸爸和我继续这么过着，努力攒钱，努力给你和你哥哥最好的生活。然后我们又变得一无所有——运气太差了，时机不对，也可能你爸冒的险太大了。我也不知道。"

"那不是爸爸的错。你不能怪他，妈妈。"明妮说。

"可能是吧，也可能不是。"妈妈终于转过来看着明妮，"永远不要去赌，这就是我想让你记住的，明妮。我不认为你的生意可能会善终，明妮，你运气不好。"她拍拍明妮的腿，"你无法改变风，该吹总要吹的。你唯一能做的就是在地上站稳脚跟。"说完，她叹了口气。

"妈妈，我一直都觉得你对我很失望。"明妮垂下头说。

"是你太敏感了，亲爱的。"妈妈伸出一只手，帮明妮把一绺头发拢到耳后说，"你一直都这样。让爸妈看着孩子辛苦挣扎太痛苦了，而你似乎比大多数人都更辛苦。我不可能一直帮你擦屁股。"明妮闭上眼睛，头埋在妈妈的肩膀上。"亲爱的，或许只是这段时间不要再去冒更大的险了。"

"好，妈妈。"明妮叹了口气说，"我要去睡觉了。"

起身往楼上走去的时候，明妮突然觉得自己此刻是几周来最冷静的时候。

"明妮，"妈妈在她身后温柔地喊道，"你和格雷格分手跟这个奎因·汉密尔顿一点关系也没有，是吧？"

"没关系，怎么了？为什么要这样问？"明妮愣了一下，听妈妈说奎因的名字太奇怪了。

"我就是对那样的人信任不起来，他只会让你失望。你需要的是一个门当户对的人，一个知道生活为何物的人。"

"我还以为你会支持我跟他结婚然后离婚，把那五万英镑夺回来呢？"明妮笑着说。

妈妈笑着抽了抽嘴巴："你不需要别人的钱，亲爱的，你会好起来的。"

奎因的遇见餐厅

【2010 年跨年夜】

二十九英镑，就一条鲷鱼，底下铺一层海蓬子和菰米，二十九英镑！奎因在心里快速计算了一下，如果点三道菜和菜单上最便宜的葡萄酒，总共要花一百五十英镑。餐厅位于酒店顶层。外面是一望无际的海德公园，在月光以及沿着又宽又长的大道整齐排列的一圈路灯的照耀下，那里显得格外美丽。蛇形湖像是一面大黑镜子，静谧地泛着光芒。城市灯光为整个公园镀上了一层粉色光晕，把那里变成了一个黑色的神秘孤岛。午夜时分，他们将会看到整个伦敦上空的烟花。

一个月前，奎因打电话来提前订座，电话一直打了一个小时才通。此刻，望着菜单上的价格他才知道，为了取悦波莉，他真的有点打肿脸充胖子了。他"啪"的一下合上菜单。现在担心账单已经没有意义了，波莉会喜欢这里的，这就够了。

"奎因，这里的洗手间比我整个公寓都大。"波莉回到餐桌前，低声兴奋地说，"等下我们可以在那里跳舞。"她咯咯笑着，从椅子上拿起餐巾，坐到了奎因对面的座位上。

波莉有一头金色短发，面容精致，五官分明。她的颧骨很高，显得整张脸像个漂亮的小精灵，但深邃的蓝眼睛却透露出坚定的睿智。

"你确定我们吃得起吗？"她抬起一只手挡着嘴巴小声说。

"今天是个特殊的日子。"他说，"我说过要好好庆祝你拿到大学奖学金。"

"哦，那我可真是受宠若惊。这顿饭我已经期待了一个月。所有的东西看起来都很好吃，奎因。"

在波莉身后，奎因看到一个年长的白发男人俯身向前坐在椅子上，捏了捏跟他在一起的女伴的手。这个动作非常自信、亲密，随后，奎因看到女人也用纯真的目光充满爱意地凝视着男人。奎因也伸出手握住了波莉的手。

"不用担心。你开心就好。"他捏了捏她的手说。

为了今天，奎因特意借了爸爸的一件旧外套来穿。那是一件剪裁得体的蓝色羊毛西装外套，是萨维尔街纯手工制作的。爸爸体形要比他瘦一点，所以奎因穿起来肩膀有些窄。伸长胳膊会迫使他整个人很不舒服地缩起来。

奎因和波莉是六个月前认识的。夏天的时候，他与大学好友迈克去巴西背包旅行。那是难得的逃离伦敦的机会，因为有姨妈从美国过来帮他照顾家里。在萨尔瓦多的一个酒吧里，他们遇到了波莉和她的朋友吉娜。两个女孩在巴西度过她们的间隔年，做慈善植树活动。那天晚上，四个人一边喝着卡皮利亚鸡尾酒，一边分享旅途中的故事，酒里放了很多酸橙，大家都喝得眼泪汪汪的。从那天的第一杯卡皮利亚鸡尾酒开始，眼前这个美丽大方的有趣女孩就迷住了奎因。

"那我们该庆祝什么？"波莉举起酒杯问。

"庆祝你学业优异。"奎因说。

"要不祝你明天生日快乐吧?"波莉提议说。

"庆祝我们终于在同一个地方了,怎么样?"奎因说。

波莉八月份才从南美洲回来,同年九月份在雷丁大学就读。之前奎因会在周末的时候去看她,跟她待一天,但发现很难在那儿过夜。后来他就给她买火车票,让她来伦敦,但奎因还是住在家里,波莉很多时候都觉得跟他妈妈待在一起很尴尬。

服务生过来给他们上了主菜。波莉的是精致的鸭肉片,搭配一层厚厚的紫甘蓝和奶油焗土豆,在大白盘中间堆起了一座完美的方尖塔。奎因的是煎海鲷鱼,粗略估算了一下,大约十英镑一口。

"哇哦,真是太棒了!"波莉的眼中跳跃着兴奋的光芒,"真不想让这个夜晚结束——要不我们等下再去俱乐部吧?想想要是能在外面一直玩到四点,然后明天一整天都不下床,"波莉在桌下用脚蹭着他的腿,恋恋不舍地说,"但我不确定在你妈妈家能不能这样。"

奎因低头看了一眼自己的大腿。住在家里对于他的夜生活来说确实有诸多不便——他的卧室正好在妈妈的卧室楼上。有几次,他不惜晚上花费重金去酒店开房,就是为了不受任何限制,但带着波莉七点开房,十一点退房让他觉得自己很下流。

妈妈仿佛知道有人在讨论自己,奎因的手机开始振动。

"真是说到就到。"波莉小声说,"去吧。"

"抱歉。"他离开餐桌,走到走廊里接起电话。

跨年夜对于妈妈来说总是很煎熬。爸爸就是在这一天离开的。奎因的经验是,接电话要快,不管是什么东西让她不高兴了,都要赶紧安抚她。如果他不接电话,极有可能会惹得她全面地恐慌。

电话里,他成功安抚住了她。她又在担心落地窗上的锁是不是坏了。他很耐心地倾听,说话的语调也充满安慰,但内心里,他觉得自己一听到她的声音,就会变得越来越紧张。他盼着她快点恢复正常。

他不想回家,不想让这个夜晚草草结束。

回到餐桌旁的时候,波莉已经吃完她的主菜。

"没什么事吧?"她问,"你要走吗?"

"不用,没事,对不起。"过去的六个月里,这样的对话在他们之间重复过多少次了?他道歉过多少次了?

波莉重新把酒杯放回桌子上,摆成一个对称的图案。

"她知道我们今天在庆祝。"波莉叹了口气说。

"她不是故意的,波。这几个月太难了,我爸爸再婚了。"

坐在桌子对面的波莉不动声色地看着他,他努力挤出一个笑容。

"九月份你姨妈回家的时候,那个月也很难。"

"对,有很多个月都很难……你想让我怎么做?"他说,语气比自己预想的更尖利。

"我只是觉得这对你不公平。"波莉伸出一只手捏捏他的手说。

奎因无声地摇了摇头。"求求你,我们今晚不说这个。"他坐在椅子上,身体慢慢地前倾,"我希望这个夜晚是我们俩的,只有我和你。"

他抬起头,看到她掩去目光里的担忧。

"听着,波,我知道我们见面不容易,但自从我遇到你的那一刻起,我人生中的一切都改变了。我那天晚上说的话是认真的——我爱你。你是第一个听到我说这句话的女孩,这是我迄今为止最确定的事情。"

"我也爱你,Q。"波莉凝视他说。

奎因感觉有一股热流在整个身体里涌动。他们彼此相爱——还有什么比这更美好的吗?

甜点上完之后,厨房给加了一道菜。

"厨师为您准备了一个迷你圣诞布丁,里面的馅料是注入了白兰地的卡仕达奶油,恭祝佳节愉快。"服务生鞠了个躬说。

"真是太贴心了！非常感谢——菜品非常棒！"波莉朝服务生露出一个灿烂的笑容。她的热情太突然，服务生只能尴尬地点了点头。

正当奎因拿起勺子，一切仿佛又开始回到正轨时，他感觉自己口袋里的手机又开始振动了。与此同时，波莉开始大声作呕，他一转身，看到她把刚才囫囵吞下的布丁吐了出来。奎因一边把手放进外套口袋里，一边问："你没事吧？"

波莉整张脸痛苦地皱作一团。奎因瞥了一眼手机。不用看都知道是谁打来的。

"里面有东西，"波莉说，"太吓人了，"波莉开始用叉子把迷你布丁挑开，"我觉得是塑料。"

椅子上的奎因坐立不安，他把不停振动的手机拿出来放在大腿上，身体的每一寸肌肉都紧绷起来，屋子里的空气突然让人有种沉重压抑的感觉。波莉摇摇头，再次清了清喉咙。

"奎因，我要噎死了，你却在看手机。"

"你没有快噎死，"他弱弱地说，"你吐出来了。"

"接你的电话去吧。"她闭上眼睛说。

奎因挂掉了电话，把手机从振动模式调成静音模式，然后用颤抖的手给波莉的水杯加满水。

波莉把服务生叫过来，告诉他甜点里有塑料。她说她不喜欢投诉，但担心别人的布丁里可能也有。服务生连连道歉，拿来一瓶香槟作为补偿。奎因试着放松，但脑子里却一直忍不住去想家里会变成什么样。这种感觉，这种被迫做一个坏男朋友或坏儿子的感觉，真的太讨厌了，他觉得自己真是个浑蛋。

在遇见餐厅，没有人傻傻地倒计时。宣告新年到来的，是一片酒杯碰撞的叮叮声和"新年快乐"的轻声祝福。窗外，突然窜入的火光把黑暗的地平线撕裂了。远处烟花炸裂的声响透过厚厚的玻璃传了进来。公园那头正对面的地方,烟花似乎汇聚成了一片火光喷泉,星尘从天空中如雨般落下。

两人一言不发地坐着,望着窗外的盛景。之后,波莉缓缓地举起自己的酒杯碰了碰他的,目光中充满哀痛。

"敬我们,敬新篇章。"奎因强打精神,说道。他能感觉到自己的额头上满是汗珠。

"给她回电话吧,"波莉轻声说,"我知道你不回这个电话不会放心的。"

奎因起身出去,走到洗手间旁边的平台处。在这样的餐厅里,在餐桌上接电话太没礼貌了。他走到台阶顶部,一屁股坐在地上,盯着自己的手机,那是他的移动监狱。左边穿过两道门就是厨房,他听到里面锅子丁零当啷的响声和各种简短的对话。房间里全是匆忙沉重的脚步,让人觉得墙壁那边的餐厅像是一只轻松滑翔的天鹅。

他正要回电话,一个穿着厨师服的棕色卷发女生穿过几道门冲了出来。她正在哭,两人对视了一秒钟。她的样子正是奎因此时的感觉——被苦难压垮了。他想问问女生还好吗,但还没来及开口,她就快步下了楼梯。她在拐角处消失时,奎因看到她的厨师帽掉在了台阶上。他脑子里闪过辛德瑞拉和水晶鞋的故事。要是换个时间、换个地点,他可能会追上那个女孩把帽子还给她。但此时此刻,他可没有闲心去给别人献殷勤。他可以把帽子交给厨房。

妈妈没有接电话。他得回家。他慢慢地走回餐厅,看到公园上空绚丽的烟花依然照亮着地平线。他在座位上坐下,波莉望着窗外,没有转过头来看他。

"对不起,波莉,我得走了。"他说。

"她总是第一位的,是不是?"波莉说。

"不,并不总是。今天是新年。今天对于她来说比较难过,波莉……"

"奎因,我一直不认为自己是一个喜欢索取的人,但你让我有了这种感觉,我讨厌这样的自己。"

"波莉,你没有索取。你是我人生中唯一的美好——"

她打断了他。

"奎因,你回家吧,现在我们不讨论这个,回去做你该做的事情吧。我去霍克顿俱乐部找几个朋友。谢谢你今晚的款待。"

她吻了一下奎因的面颊,迟迟不愿离去。那个吻感觉更像是告别,而非简单的再见。然后她便走了。奎因发现那种认为自己是浑蛋的感觉开始消退,紧绷的胸口终于开始放松。

偶　遇

【2020 年 5 月 17 日】

　　明妮站在绿草茵茵的堤岸上，望着浑浊的河水。第一次来汉普斯特德水塘游泳时，明妮只有十几岁，但一看到水，那种看不到自己的手或脚时不安的感觉让明妮胆怯。而且那会儿受条件所限，她也游不快，水塘不是个适合加速的地方。游泳是明妮自孩童时就很擅长的一件事情。这是一项她可以独立完成的运动，没有人会嘲笑她。或者如果真的有人嘲笑她，她也可以一头钻进水里，不去理睬。她不记得自己为什么在二十来岁的时候放弃了这项运动——那时她的首要任务是生活和工作。几个月前，她不知被什么吸引，又回到了水里。

　　汉普斯特德水塘本来是个旧水库，现在作为泳池向公众开放。水塘分布在汉普斯特德西斯公园的边界附近——那是一个美丽的郊野公园，占据了伦敦北部约八百英亩的地方，夹在汉普斯特德与海格特之间。从公园的最高点，可以看到伦敦大部分地区，乐高乐园的建筑以及随地平线逐渐消失的一幢幢摩天大楼。

明妮一直都很喜欢这片郊野公园。这是城市风景中一块田园诗般的、未遭破坏的自然绿洲。它让那些失去个性的城市居民知道，野草和翻滚缠绕的树根长什么样子、是什么气味。明妮喜欢的不仅仅是这里的风景，还有那些熟悉的面孔。夏天，所有的伦敦人都会跑来郊野公园，然后这一年余下的时间里，你会一次又一次地见到同一批人。经常在水塘游泳的人们是一个紧密的团体，有些有毅力的人甚至全年都来，冬天甚至破冰游泳。

去年秋天，没有硬馅原来的一个老顾客简·芬妮鼓励明妮再去水塘试试。简自己也经常去那里游泳，还带着宗教般的虔诚向她说起游野泳的经历。去年明妮一直没空来。现在她终于有了自己的空闲时间和新的动力——或许拥抱冰冷的水可以让她坚强起来，无论是身体上还是心理上。她第一次来是一个月前。今天，冰冷的湖水看着依然让人却步，但她一下水，便很快就忘掉了它有多浑浊，沉浸在冷水带来的醒脑的刺痛和野泳的简单快乐中。

明妮想，如果八十六岁的简大部分时间都在坚持游泳的话，那她肯定一直在做什么正确的事。简气质沉静，坚信生活美好。"不要为五年后不会为之哭泣的事情而哭泣，"她曾经对明妮说，"还有，去游泳吧——去游泳，趁着你还游得动。"这就是她的两条人生格言。

这天早上，到处都看不到简那张亲切的顶着白色卷发的脸。明妮跳进水里，感觉每一寸皮肤都像针扎似的。她努力控制呼吸，同时身体对抗着寒冷。她屏蔽疼痛，开始快速蛙泳。明妮数着呼吸，每数二十个数，疼痛就会减弱，随后，她的身体开始放松，刺痛也变成温暖和兴奋。她浑身每一处都充满了力量，大脑也逐渐清醒过来。

游泳成了明妮的新习惯之一。她现在在餐饮公司工作，所以早上的时间完全是自己的，她感觉现在的自己是几年来身体最好的时候。她有时间做美食，锻炼身体，甚至重新开始阅读。她每周工作六个晚上，努力节俭地生活。她已经存了一笔钱准备做租房的定金，再过一两个月她就可以从爸妈家搬出去。生活更简单、更轻松、压力更小了。当然，她想念没有硬馅的厨房，想念与朋友们一起工作的日子，想念莱拉，但她努力变得更乐观，努力看到积极的一面。

三个月前的那次争吵之后，她和莱拉努力达成了和解。她们必须沟通如何结束业务，虽然大家表面上相安无事，但她们都感觉到有什么深层的东西裂掉了。解散公司执行起来比想象的更容易。卖掉厨房设备和小卡车之后，她们的钱刚好够付剩下的工资和大部分债务。一家鸡肉主题快餐连锁店想要从她们手上接过租约，并且同意以相当不错的价格买下她们的设备时，一切就更容易了。大约用了一个星期，一切便尘埃落定，明妮仿佛看着巨浪冲走了自己辛辛苦苦堆的大沙子城堡。

她现在工作的餐饮公司是一条千层酥三文鱼和香醋酱山羊奶酪挞生产线。她在不同的场所工作，为婚礼、晚宴、午宴和各种场合提供餐饮服务。她与吃她食物的人没有任何交集，甚至与上菜的人也没有多少交集。她做菜、收拾干净、领薪水，然后回家。她喜欢这种程序化的工作。她不必考虑商业模式，也不必想着别人的生计都指望她。她根本就不需要思考。

她一直与艾伦和贝弗保持联系。让他们失望是整件事中最糟糕的部分。

"我们没事的，不用担心我们。"她告诉他们公司解散时，贝弗说。

"啊，我们很快就会找到另一艘需要装备的船。"艾伦说。

结果也确实如此，鸡肉店把他们俩都留下了，他们想要几个了解这个地方的员工。艾伦负责送货，贝弗负责制作油炸食品。

弗勒尔消失了，明妮也不知道她去了哪里。也许是住在没有 WiFi 的爸妈家过着离线生活，也许终于创建了之前一直说的以星座为主题的约会应用程序。明妮惊讶地发现，自己最想念的人竟然是弗勒尔。

放弃生意就像经历一场地震。像是构造板块互相摩擦，而这次小地震恰好释放了压力，防止更严重的灾难发生。这件事情她做得很正确，这一点她是确定的。但是她想念以前的同事，想念老顾客们，想念马奇班克斯先生家的猫叫声，还有门蒂斯夫人的拇囊炎。她最最想念的是莱拉，心底对莱拉的那种思念只能用心碎来形容。

明妮和莱拉还有联系，会发消息，偶尔打电话交流一下近况。但自从上次吵架后，她们之间有什么地方已经不一样了。莱拉白天上班，明妮晚上工作。她们有几次约了周六早上一起喝咖啡，但两人之间始终保持着礼貌的距离。明妮觉得她们像是路上偶遇的老朋友，互相聊聊近况。她发现自己聊的是咖啡，这绝对不是个好兆头。假模假样地修补破碎的友谊并不能修复深层的伤痕。

所以明妮拼命工作、游泳、攒钱、再游泳。她一直低着头屏住呼吸。游泳和呼吸、生活和工作，都在等待下一次地震级的转变，把土地移到她脚下，再次纠正一切。或者把她拉下去淹死。

明妮在黑暗的冷水中憋足气游了四趟，然后又是一趟，又是一趟。她感到缺氧时肺在挣扎，将她推向水面。想要生存的欲望战胜了一切，她破水而出，使劲吸了一口气。她从水塘里出来爬上防波堤时，发现自己放在堤岸上的浴巾不见了。明妮瑟瑟发抖，四处寻找可能拿了她浴巾的人——这个季节搞这种恶作剧太残忍了。几码远的地方站着一个男人，正在用她的蓝色浴巾擦脸。

"不好意思，"她大步走到他面前说，"我想那应该是我的浴巾。"

男人从脸上拉下浴巾。是奎因。

明妮的目光不由自主地落到他那雕塑般的身体上，然后又迅速强迫自己看着他的脸。

"明妮？嗨，"他咧嘴一笑，"你怎么在这儿？"

"快冻死了，"她颤抖着说，"那是我的浴巾。"

她从他身上扯下浴巾，迅速把自己裹起来。奎因环顾四周，然后从几码外的堤岸上捡起另一条蓝色浴巾。

"确定不是这条？"他把浴巾往前一举说。

明妮看看这条浴巾，跟她刚刚抓过来的那条确实很像。现在她开始思考了，身上这条似乎比她记忆中的更松软。

"哦，"她皱着眉头说，"还给你。"她试图把浴巾换回来。

奎因笑了："嗯，现在你把我的浴巾都弄湿了。我要用你这条干的，谢谢。"

他们互相看着对方，脸上都露出了笑容。此时再次遇到奎因有种很奇怪的感觉。虽然他们只见过几次，但他的举止和肢体语言都让明妮感到非常熟悉，就像是窝在最喜欢的扶手椅上一样。

"所以，这是你周日早上的惯例吗——偷汉普斯特德水塘里的人的浴巾？"奎因问。

明妮开始用浴巾擦头发。"不，我来这儿是为了看身材火辣的裸体男人。"她朝一个七十多岁的老头点点头，老头大腹便便，穿着泳裤刚从水里出来，"哇！"

奎因笑了。他张了张嘴，想说什么但没说。他最后终于开口了。

"你现在有什么计划吗？我知道你之前拒绝过跟我一起吃早餐。"奎因开始用明妮的浴巾擦头发，明妮忍不住去看他光滑的胸膛和紧身黑色泳裤，然后下意识地用他的浴巾裹了裹身体。

"我可以跟你去吃早餐。或者至少可以喝杯咖啡，直到你的下一个 Tinder 约会对象出现。"明妮朝他抬抬眉毛，用手拢了拢湿湿的头发。奎因用舌头顶了顶腮帮子，瞳孔突然放大。明妮不知道这是清晨游泳的刺激，还是奎因喜欢她的嘲笑。

"小时候，妈妈经常带我来这里。"两个人穿好衣服并排穿过公园时,奎因说道,"她游泳,我坐在岸上看书。"

"我发现这地方全是回忆。来这种地方就像是打开了记忆的罐子。一拿掉盖子,一个地方的气味啊、声音啊就全跑出来了,脑海里深藏的记忆全都解锁了。"明妮一边走,一边甩着浴巾说。奎因没有回应,她偷偷观察着他。"对不起,听起来太做作了。"她摇摇头说。

"不,"奎因眼睛一眨不眨地凝视着她,"那正是我来到这里后的感觉——一个记忆的罐子。"

他们又默默地往前走了一段,步伐逐渐统一。

"知道吗,你在商业观上毫不妥协,却总是自我怀疑。"奎因说。

明妮没有转头,侧眼看着他。

"你说了些非常发人深省的话,然后又自我贬低,说这样太做作了。之前我就注意到你有这个问题。"

"不要试图分析我,汉密尔顿博士。"

明妮友善地皱起眉头,把湿浴巾朝他甩过去。她本来只是想拍他一下,结果手腕挥得太准了,浴巾"啪"的一声重重地打在奎因身后。奎因捂住屁股叫了一声。

"哦,对不起,我没想打这么重!"明妮大笑起来,一只手捂着嘴巴,另一只手捂着肚子。

"我的天哪,女人,你提醒了我,永远不要真的惹你生气。"奎因捂着自己受伤的半边屁股,故意一瘸一拐地说。

明妮咯咯地笑着,连路也走不了了。

"说真的,我这辈子甩毛巾都没这么准过。我也不知道怎么会打得那么重。"

"希望你不会给我留下永久的印记。"奎因偷偷瞅了一眼裤子后面,挖苦道,"否则我的臀模生涯就此终结了。"

他们一起朝汉普斯特德西斯地铁站走去。一辆移动食品车停在停车场旁边，出售早餐小面包和盛在小塑料杯里的速溶咖啡。

"哦，要不我们就在这儿吃点东西吧？"明妮建议道，"我们可以坐在山坡上吃。"

奎因看了看货车，然后转身低头看了看车站旁那排精致的咖啡店。"除非你想吃点更高档的？"明妮顺着他的视线看去，说道。

"好极了。"奎因说。

"你好啊，巴尼。"明妮朝经营食品车的大胡子男人打了个招呼，"今天怎么样？"

"还不错，明妮——今天游得怎么样？"

"挺好的。"明妮说，"给我们来两个培根卷，再来杯你这儿最棒的热饮，谢谢。"

他们带着早餐又走回山坡顶上。

"对了，你的生意怎么样了？"奎因问。

"我们关门了。"明妮说。奎因皱了皱眉。

"真可惜。"

"总是在财务上入不敷出的边缘经营太难了。不说工作了，不然你可能又要按小时收我的咨询费了。"

奎因笑了。

"画廊的约会怎么样？"明妮问，"那女孩叫什么名字来着？阿曼达？"

她说得好像不太记得这个名字似的。

"让你看到那一幕真是太尴尬了。"奎因抬起一只手捂着额头说。

"哪一部分？在办公室里喝酒还是约炮？"

"都有。"

他尴尬地皱起眉头。明妮等着他细说，但他没有，只是咬了一大口自己的培根卷。

"你妈妈怎么样了？"明妮问。

奎因花了一点时间吃完嘴里的东西，然后说："还行。"

"你不喜欢谈论她。"

"已经有很长时间没人问起我妈妈的事了。"

"我想多听听她的事情，"明妮隔着咖啡杯的边缘望着他，轻声说，"你说过她有些问题。"

奎因鼓起腮帮子吐了口气。他把杯子放在草地上，然后开始用手掌按摩另一只手腕。

"好吧，不为人知的版本是——她患有抑郁症，有时候离开家都很困难。我小时候她的病还不是很严重，但后来我爸爸走了，她的病急剧恶化。"奎因低头盯着自己的双手说。

"对不起，听起来真的很难。有没有去看医生什么的？有人帮你照顾她吗？"明妮轻声问。

"她一直在看心理治疗师，也就是医生。之前我花钱找过好几个护工，但最后都让她赶走了。她的病时好时坏。坏的时候就只见我一个人。"

"那肯定很难，"明妮说，"有人这样依赖你。"

奎因用一只手拢了拢头发，他坐起来，两个膝盖抵在胸前。

"我的故事说够了。"他再次拿起咖啡杯，"肯定很无聊吧。比我问题大的人多了去了。"

明妮注视着他，等他转过身来再次与她对视。

"我不认为别人的问题更大会让你自己的问题变得容易应对。"

奎因顿了一下，低头凝视着两人之间的草地。

"我发现最难受的是，我经常觉得自己把她变成了一个囚犯。我替她跑腿，给她订购商品，她需要什么我就跑过去。她越来越担心家里的安全，担心锁没用，或者总觉得花园里有人。每次我都会过去检查,就是为了让她不那么紧张。"奎因低头凝视着空杯子,皱了皱眉,"有一次她打电话来我没去。我直接说'不行,走出家门,自己去药房,三分钟就到了'。"奎因停了一下,"我真的受够了。"

"可以理解。"明妮说。

"然后她可怕的焦虑症发作了,摔下楼梯,扭伤了脚踝。第二天早上,是清洁女工发现了她,她还是躺在原地。天哪,我为什么跟你说这些?"

"因为我问了。"明妮伸手搭住他的肩膀。

"什么样的畜生才会把一个没有药的恐旷症患者一个人留在家里?"说着,他转过脸来看着她,目光中充满了各种煎熬的情绪。

"一个尝试了所有办法,不知道还有什么可尝试的人。"

这个自信坚定的男人似乎突然变成了一个迫切需要一个拥抱的人,但明妮不敢动。

"最糟糕的是,我再也无法同情她。我知道她控制不了,但有时候却会想'快点,试一试啊,走下楼梯!'。对待恐旷症患者,有一种治疗方式是鼓励他们直面恐惧,每次迈出一小步,开门,走到街上,走过一个街区。小宝宝每天走几步,慢慢地就能看到进步。她之前也这样做过——有几年她的情况并没有这么糟糕。可是现在,她好像甚至连尝试都不愿意。她放弃了,所以我也不管了。"

明妮顿了一下,看着他。她不知道该说些什么,所以他们沉默了。但这种沉默不是那种尴尬的沉默,而是那种不需要说话就可以交流的同伴之间的沉默。

吃完早餐,他们爬到议会山上去欣赏伦敦的景色,然后下山朝地铁站走去。两个人经过汉普斯特德西斯地铁站附近的咖啡馆和商店时,明妮用余光瞥了一眼奎因。他妈妈的问题显然比她想象的严重得多。她对奎因的第一印象怎么会错得那么离谱?她之前认定这个男人一定过着养尊处优的生活,但显然他的生活一点也不容易。明妮一直觉得自己的成长过程充满了遗憾。她后悔没有跟妈妈搞好关系,后悔觉得一切都是跟家里的斗争——为了离开斗争,为了留下斗争,为了让他们听到自己的声音斗争。然而,说起自己的家庭,可能所有人都有抱怨——但至少她的妈妈能离开家出门。

地铁站到了,明妮转过身,满怀期待地望着奎因。她不希望这个早上就这样结束。

"你接下来有什么计划?"她撩走一绺纠缠的头发说。

"本来是要去公司的。有些文件要处理。"奎因说,"我知道,我现在是'有趣的奎因'①,是不是?"他用手掌搓了搓下巴上的胡楂。

"好吧。"明妮咬着嘴唇看向别处。

"很抱歉刚才在那边跟你说了那么多,我无意让你觉得这么沉重的。我早就不跟我的朋友们谈论她了,这些年他们听我说得都快烦死了。"

"我很高兴你说了。"她说。

两个人都没有要走的意思。奎因来回踮着脚。

"我还有一件事要做。你可以帮忙吗?"

明妮一下子抬起头来看着他,脸上的笑容藏也藏不住:"哦?"

"我需要从动物园领养一只企鹅。"

明妮突然大笑起来。她想了一万种他可能要说的事,但绝对想不到这个。奎因解释说,每年他过生日的时候,妈妈都会为送他什么礼物而苦恼。后来就开始每年领养一种不同的动物。到目前为止,他已经养了一头雪豹、一只猩猩和一只稀有的智利蝙蝠。今年,她提议说

---

① 原文为"Fun Time Quinn",这个说法来自电子游戏《玩具熊的五夜后宫》的一个反派角色的名字"Fun Time Freddy"。(编者注)

养一只企鹅。奎因喜欢自己研究,所以他打算去伦敦动物园看看。

"你知道你不能真的把企鹅从动物园带回家的,对吧?"两个人一起走过检票口时,明妮说。

"真的吗?"奎因的目光警觉地飘来飘去,"我家里有个大浴缸,里面全是鱼,我还下载了《快乐的大脚》——高清版的。"

"哦,高清版,要是那样的话……知道吗,幸亏你找我帮忙,我挑选企鹅可在行了。"

"你猜怎么着,我们俩初次见面的时候,我脑子里首先想到的一件事就是——我敢打赌,如果她看到一只很棒的企鹅,肯定一眼就能认出来。"

一家人冲过来向地铁跑去,奎因一手放在明妮的腰部,拉了一把差点被撞到的她。明妮感觉自己的脊椎末梢仿佛被刺了一下,朝他身上一缩,站台上人很多,两个人之间只有几英寸的距离。扑腾翅膀的猫头鹰已经醒来,但这次却没有让她感到头晕目眩和焦虑,那些归巢的鸟儿此时仿佛一条温暖的毯子,好像柔和的氧气重新点燃了她体内某个快要熄灭的炉膛。

她要跟奎因·汉密尔顿一起去动物园。她感觉自己像个兴奋的孩子,心里不停地冒出渴望和期待的泡泡。此刻,这就是明妮最想做的事,旁边就是她最想共处的人,承认这一点,她便释然了。

企鹅的爱情

【2020年5月17日】

奎因买了两人的门票,他们便沿着动物园蜿蜒的小路去看动物了。

"这是我第一次来动物园。"明妮坦承道。

奎因有些难以置信。"可怜的孩子。你知道长颈鹿长什么样吗?"奎因指着疣猪的围墙说,"你知道这些不是长颈鹿吧?"

"哈哈哈。"明妮用胳膊肘顶了顶他的肋骨,"你果然在非洲度过了很多个童年的假期,你都变成专家了。我爸妈都是周末工作,所以一直没有时间带我去动物园。"

奎因同情地皱起了眉:"可怜的小奥利维亚·退斯特[①]——按照狄更斯的方式长大的苦孩子。"

明妮伸出舌头,假装对他怒目而视。

到达企鹅馆时,明妮兴奋地叫出了声。"哦,快看,它们太可爱

[①] 发音接近狄更斯名著《雾都孤儿》的主角奥利弗·退斯特。

了！瞧瞧它们摇摇摆摆的小脚。哦，看那边那只，它的毛太好玩了，都长到脑袋外面去了！"明妮指着其中一只企鹅叫道。奎因什么也没说。她转过身，想确认一下他还在不在，结果发现他正带着迷人的笑容低头看她。

"怎么了？"她说。

"你真可爱。"他盯着她的眼睛，轻声说。

明妮肚子里开始翻滚。

"我可不想听别人夸可爱。"说着，她转过身去继续看企鹅，两只手按在玻璃上支撑自己。

"哦，快看，那只在干吗？"明妮指着一只两脚之间放了什么东西来回倒腾的企鹅说。

"它要把石头送给自己的伴侣当礼物。"旁边的一个低沉沙哑的声音说。明妮转过身，看到一位头发花白的老人，他的鼻子很大，上面有许多黄褐斑，驼背，手里拄着一根拐杖。他抬起一根手指，颤颤巍巍地指了指那只企鹅。"它们会像人类一样互送礼物。那只企鹅想赢得母企鹅的芳心。不过母企鹅可不会轻易被打动，真的。"老人笑了，"企鹅馆里所有的石头母企鹅都看不上。"

"您对企鹅很了解啊。"明妮对那个老人说。

"我经常来这儿。以前都是我老伴儿跟我一起来。"说着，老人用拐杖在地板上轻轻敲了两次。他们静静地站在一起看着企鹅，直到老人再次开口。"知道吗，企鹅选定了伴侣就会相伴一生。"

"要是人类也像企鹅一样，或许我们的生活就容易多了。"明妮说。

"也不是所有的企鹅都那么容易。"老人摇摇头说，"东京动物园里曾经也有一只这样的洪堡企鹅，名字叫作葡萄君。有人在它的企鹅馆里放了一个画有动漫企鹅女孩的立牌——我记得是什么东西的广告。不管怎样，葡萄君爱上了立牌上的那个女孩。它每天站在那里凝视它,甚至都不舍得去吃饭,就那么充满悲伤地望着它,陷入了无望的爱情。"

"那只企鹅后来怎么样了?"站在明妮身后的奎因问道。

"死了,"男人叹了口气,"有人说是心碎而死。那么多年,那只企鹅一直望着立牌上的那个女孩,希望能得到女孩的爱,可是女孩根本不会回应它的爱。每次我看到企鹅的时候,总会想起这个故事。我觉得动物园的人一直把立牌女孩放在那儿太残忍了。不过确实吸引了不少游客,不是吗?大家都想看那只饱受爱情折磨的企鹅。"

"真是个悲伤的故事,"明妮叹了口气,转身专注地望着企鹅馆说,"奎因,我觉得你应该领养那只。"她指着那只用鳍足夹着小石子走来走去的企鹅说。

"它叫可可。"老人说。

"或许能让它多吃到点鱼什么的——或许能让这个受爱情折磨的小可怜开心一下。"

奎因和明妮又在动物园里逛了好几个小时。明妮专注地读着每种动物的所有信息。她买了冰淇淋,两个人一边走一边吃。奎因给她买了一条长颈鹿耳朵的发带,自己买了一顶大象耳的帽子。他们轻松地聊着天,什么都说,但说什么都不重要,时而犯傻,时而严肃,切换自如。明妮喜欢这个版本的奎因,喜欢他的举止、他的幽默和他身心放松的轻松感。明妮也喜欢这个版本的自己,喜欢在他旁边时的自己。此时的她没有竖起浑身的刺,她觉得开心、乐观、有趣。她几乎要认不出自己了,但是不知为何,她觉得这样才是真正的自己。

最后,他们终于看完了所有的动物。两个人站在出口处,转身面对彼此。

"哦,谢谢你。"明妮咬着嘴唇说,"我今天过得很开心。还有,我现在终于知道长颈鹿长什么样子了。"

"不客气，"奎因微微低下头说，"谢谢你帮我选了一只企鹅。"

"你戴着那个大象耳朵，我实在是没法好好跟你说话。"明妮笑了。

奎因把帽子从头上扯下来，继续看着她。

"这样好多了。"明妮伸出手，准备用食指敲他的鼻子，"想扮大象，你鼻子还不够长。"

奎因伸手拦住了她正要敲他鼻子的手，但等了好一会儿才放开。

"我不知道是不是真的能领养某只企鹅。"奎因说，视线一直追着自己刚刚放开的那只手。

"所以我偷偷把可可藏在大衣底下带出来了。"明妮凑到他面前悄声说。

他伸手抓住她的大衣领子，轻轻地把她拎过来，假装要看藏在里面的企鹅。

"你真是个宝藏女孩，明妮·库普。"他用低沉的声音轻轻地、缓缓地说。

她抬头望着他的眼睛，两个人的脸靠得非常近。他要吻自己，明妮感觉自己的心提到了嗓子眼，身体的每一寸都因期待而兴奋。随后，他的脸上突然有某种情绪一闪而过。这种情绪是怀疑还是恐惧？他紧紧抿住嘴唇，把刚才的暧昧变成了一个尴尬的拥抱。他拍拍她的背，抽身退后，然后飞快地转身朝出口走去。

这到底是什么情况？明妮有点摸不着头脑。她紧紧搂住胳膊，为自己像只狗一样被拍了拍而感到羞愤。她本来很确定他是要吻她的。难道是她一厢情愿，完全误解了他们之间的这种化学反应？

"好了，就在这里吧，我……"两个人紧挨着站在摄政公园里时，奎因说，"我真的得去公司了。"他朝右边点了点头。

"我去那边的公交站，"明妮朝左边点点头说，"我想应该说，再见。"

她无法掩饰声音里受伤的情绪。她觉得自己好像刚刚经历了人生中最完美的约会，随后却有一扇门直接拍在了她脸上。

她不敢再抬头看着他，试着去寻找刚才那一瞬间的表情，搞清楚他为什么会犹豫。两个人四目相对的那一刻，奎因闭上了眼睛。

"不要那样看着我，明妮。"

"哪样？"

"好像希望我吻你。"他说，眼睛并不敢看她。

"为什么？"明妮觉得自己的声音提到了嗓子眼。

"我觉得我们可以只是一起出来走走。我没打算……"奎因用食指和拇指捏了捏额头。最后，他终于看了看她，但随即又看向脚下。"我正在跟别人约会。我不想在这里当个浑蛋。"

这些话仿佛是有人在明妮的肚子上揍了一拳。"哦，对，"明妮轻声说，"是阿曼达？"

"不是，"奎因摇了摇头，"是别人。也不是谈恋爱，但是……"

"我明白了。真是个大忙人。"

奎因朝她走近一步，缓缓地眨了眨眼。"跟我在一起对你没好处，明妮，不是你想的那样，相信我。"

奎因的手机响了。他从口袋里掏出手机，望着屏幕，有片刻的分神。明妮紧咬牙关，努力不让自己倒下。她看着他在继续说点什么和接电话之间犹豫——肯定是某个女人打来的，不管她是谁。

"你接吧，反正我要走了。还有，我要纠正一下，我并没有像是希望你吻我一样看着你。我只是看着你而已，奎因。"

明妮大步从他身旁走过，没有片刻停留又继续往前走。她滚烫的眼泪奔涌而出。她开始奔跑。奎因在后面喊她，但她没有回头，她不能让他看到她因为他哭了。她到底是哪根筋不对？今天为什么会让他看见自己的蠢样？她在奎因毫无同感的时候，就认为自己和他有了一场美妙的初次约会。她怎么就那么看不懂人心呢?

她眨眨眼,挤落让自己双眼模糊的泪水。此刻,她最想倾诉的人只有一个,最想见的人也只有一个。她拨通了电话。

电话响了两声。

"莱拉?"

"是我。"这一声礼貌而疏远——她们的友谊如今就是这种新腔调。

"我可以过去吗?"

莱拉听到她哭了,语气立马变了。

"明,你在哪儿?我来接你。"

拒　绝

【2020 年 5 月 17 日】

虽然莱拉提出要接她，但明妮说她还是更愿意自己过去。到达莱拉家门口时，她已经停止哭泣。此刻站在这里，她突然有些紧张。虽然她们一起去镇上喝过几次咖啡，但自从上次吵架之后，她就再也没来过莱拉的公寓了。她跟伊恩也已经有三个月没见了，不过据明妮所知，伊恩还没有求婚。如果他提出了求婚，她确定还是第一个听到的人吗？

那天吵架之后，伊恩给她发了条信息，说他觉得她跟莱拉闹翻是他的责任。他说他已经把他们之前谈话的事情告诉莱拉了，他想努力让她们恢复关系。但奇怪的是，两人的争吵让人感觉不止是因为生意上的事。她们这么多年一直那么亲密，摩擦着彼此的棱角，最终还是走火了，需要发泄出来。或许这场争吵就像是森林野火烧过之后，终于有空间长出新芽了。

莱拉来打开门时，明妮的目光立刻移到了她的手上，只是想确认没有她不知道的事情。没有戒指,她感觉自己紧张的胸腔终于开始进气了。如果有戒指,如果伊恩已经求婚了,但莱拉却没告诉她——那感觉可能就像是敲响了她们友谊的丧钟。

"明,发生什么事了?"

莱拉伸出双手抱住她,明妮靠在她怀里,开始抽泣。她现在哭甚至已经无关奎因·汉密尔顿那个浑蛋了,她哭是因为朋友的拥抱,而这种拥抱的方式她已经好几个月没有体会到了。此时此刻,她才意识到自己是多么想念莱拉。

"奎因·汉密尔顿。"明妮吸着鼻子说。

"什……什么?"莱拉两手抓住明妮的肩膀,把她拽进了公寓,"我就知道,我就知道会是这样!什么时候?什么地方?怎么发生的?一五一十地告诉我。"

"什么也没有发生。我今天早上在汉普斯特德水塘遇见了他。"

"你什么时候开始去汉普斯特德水塘了?"莱拉一歪脑袋,做出一副"我真的认识你吗?"的表情。

"我以前总去那里游泳,还记得吗,就是生活变得忙碌之前。我想我可能最终还是听了简的话,想去试试。不管怎样,反正我遇到了奎因,然后我们一起吃了早饭……"明妮使劲呼出一口气,眨了眨眼,"莱拉,我们相处得很好。我不知道,他就是很平常、很有趣,还莫名地有点脆弱,不像以前那样傲慢和烦人。最后,我们去了动物园,然后——"

"动物园?"

"他想领养一只企鹅。"

"约会圣地。"

"约会圣地是什么意思?"

"动物园是约会圣地。看着那些动物交配——你也会想做爱。是他提出来的？只有你要跟一个人上床的时候，才会带她去动物园。"

"我可不认为看动物交配很浪漫。不过你说对了，是他提出来的。"

"然后呢？你让雪豹亲了？让狐猴封住了嘴唇？还是和独木舟青蛙拥抱亲热了？"

"独木舟青蛙是什么？"

"我想不出来拥抱亲热的青蛙叫什么。可能有种青蛙就叫独木舟①青蛙吧。"

明妮摇了摇头，莱拉的故事分散了她的注意力。

"反正就是，我和奎因一起游玩，度过了一个非常美好的上午，那种感觉……我感觉我们两人之间产生了奇妙的联系。后来我们准备走了，结果就发生了一件事……"

"什么事？"

"就是，我们四目相对，他正要吻我，然后……"

"然后什么？"

"然后他说，'不要那样看着我，好像希望我吻你一样——我正在和别人约会，我们之间不可能的'。"

"哈！"

"哈，我就知道。"

"不过话说回来，明，我本来期待这个故事更精彩一点的。你这勉强也就算场老少皆宜，偶尔带脏话的电影。我还以为他至少是跟你上了床又人间蒸发呢。"

明妮耸了耸肩。她此刻的情绪奇怪而复杂。一方面，她仍然因自己遭到拒绝而感到尴尬；另一方面，她很高兴又回到莱拉身边，两个

---

① 拥抱亲热（canoodle）与独木舟（canoe）发音接近。

人可以像以前一样说话，所以那种遭到拒绝带来的尴尬似乎也没有那么糟糕了。她伸出双臂，再次拥抱她的朋友。

"我好想你，莱拉。要是你觉得我不是蝴蝶，我很抱歉，对不起，我不应该因为蝴蝶对你发火。我喜欢你那个蝴蝶的比喻，我受不了自己独自做一只没有翅膀的、无聊的毛毛虫。"

莱拉笑了："你不是一只没有翅膀的、无聊的毛毛虫，我不应该那样说的。你本身已经足够好了。我当时也没意识到自己压力有多大。最后全都发泄在你身上，对不起。"

明妮仍然紧紧抱着她。

"显然奎因也觉得我是一只没有翅膀的无聊的毛毛虫。"

"别钻牛角尖。你都不知道他那边到底是什么情况。"莱拉顿了一下，睿智地眨了眨眼，"不要误解我的意思，明妮，但你真的让别人过多地影响你的自我价值感了。"

明妮用一个拳头顶住嘴唇，吞了吞口水。对于这样的评论，她通常会激动地反驳，但再次与莱拉重归于好实在让她太开心了，所以明妮只是咬住舌头，简单地问了一句："这句话是什么意思？"

莱拉深吸一口气，一边说，一边打量明妮的反应。

"呃，如果我被拒绝了，可能会沮丧一段时间，但不会太久，然后我就会想，是他配不上我莱拉完美的光芒。"明妮嘴角一翘，勉强挤出一个笑容。"但是你，明妮·库普，你就会觉得这说明你不配，你丑得吓人，然后做一些错事。"

明妮放在包里的电话响了。她拿起手机，朝莱拉晃了晃屏幕——是奎因打来的。

"你想接吗？"莱拉问。

"不想。"明妮摇了摇头，"我要变得更莱拉。"说完，她便挂断了电话。

两个人聊了一下午，把中间错过的对方的生活都补上了。莱拉很喜欢自己在时装创业公司的新工作，但也有了新敌人——一个试图在时装业绩上超越她的同事。明妮向莱拉讲述了她在餐饮公司的工作，讲述了家里无休止的钟表嘀嗒声陪伴着的生活，以及好运总是企图在她睡着的时候谋杀她。

一个下午很快过去了，伊恩到家的时候，她们仍然坐在沙发上，蘸着莎莎酱吃品客牌薯片，手里晃着一大杯灰皮诺葡萄酒。

"啊，"他用深沉的嗓音缓缓说道，"浪子一号回来了。外面怎么样，韩·索罗[①]？"

"太孤独了。"明妮叹了口气，站起来拥抱伊恩，"不过我正在学习关于自己的一切。"她回头定定地看着莱拉，紧张地笑了笑。

"好了，我得去尿尿了，我的膀胱已经涨得跟田鼠似的了。"莱拉跳起来，像喜剧演员一样夹着腿朝洗手间慢慢走去。

明妮赶紧借此机会拷问伊恩。

"你还没向她求婚？"她小声说。

"我在等你啊。我需要你搞定那些她想要的奇怪东西。"伊恩双手插进运动服的后口袋里，嘟囔着说。

"放心交给我，我保证弄好。很抱歉，事情——"

"我明白了，你离开是准备奖励关卡去了。"

[①]《星球大战》电影中的人物。

求 婚

【2020年6月13日】

"她会知道是我吗？"伊恩戴着沉重的半球形金属头盔问。弗勒尔提供的那些联系人都出人意料地靠谱。

"除了你还能是谁，赶紧走吧。"明妮说着，最后调整了一下他身上的盔甲。盔甲片做了特殊分层，所以穿的人可以骑马。那个做道具的家伙说这是《权力的游戏》里兰尼斯特军队用过的盔甲。

海德公园上空蓝得如同矢车菊。草坪上点缀着金凤花和水仙，高贵的天鹅在水库边缘整理自己的羽毛。这一切仿佛田园诗般的儿童读物插图——真是求婚的完美地点。没有硬馅全体成员回归，帮忙实现明妮的计划。明妮扮成了美人鱼，拖着一条亮眼的绿色长尾巴，头戴一顶偏分红色大卷假发，发间是闪闪发光的银色海草。她上半身穿着紧身衣，胸前是贝壳胸罩，一动就叮当响。她本来没想扮美人鱼，但是她看到供选择的那些服装，临时决定扮美人鱼最好。至少这样莱拉还能认出来。

意外的是，弗勒尔竟然搞定了她所有的联系人。一位电子动画专家带来了他的最后一部电影——《蓬蒂克里克的绵羊歌手》——里各种唱歌的动物。按照明妮的设想，绵羊有点沉重了。因为在莱拉的幻想中，她并没有特别提到绵羊。莱拉想象的是会唱歌的林地动物，就像迪士尼动画片里那些。但毫无疑问，迪士尼的什么地方肯定也有绵羊。明妮看到专门给唱歌的绵羊供电的发电机时，她就更不想埋怨什么了。

弗勒尔那个在皇家莎士比亚剧团的服装联系人拉了六个演员来，他们都很喜欢这个计划，而且还有免费野餐。弗勒尔在网上发起了众包活动，又召集了三十个人。明妮不知道弗勒尔的众包活动简介里有没有把事情说清楚，因为那些人打扮成了鬼精灵、菠萝，后面甚至还藏着《天线宝宝》里的丁丁和小波。

贝弗和明妮昨天一整天都在准备世界上最棒的野餐。干这件事花费的时间要比明妮预想的更长，因为贝弗不允许他们购买任何塑料包装食品。贝弗终于去参加了一些集会，现在为无塑料世界的理念疯狂。

贝弗今天穿了一件自己做的化装舞会裙。这套服装包括一条奇怪的绿色短裙（底下被撕了一圈），绑在肩膀上的类似枕头的东西，看起来好像是用旧泰迪熊的毛做的假发（一只耳朵上方有类似熊鼻子的什么东西），以及眉笔画多了的乌黑的妆容。明妮没有勇气去问贝弗她扮演的是迪士尼的哪个人物，但她觉得应该是"好饿好饿的毛毛虫"之类的。

"顺便说一句，衣服很棒。"贝弗带着另一篮食物抵达时，明妮朝贝弗点点头说。

"谢谢，这是我自己做的。我认为世界上已经有很多化装舞会裙可以直接进垃圾填埋场了。对了，明妮，你有没有看过我女儿给贝蒂做的下周游行的T恤？"贝弗说着，拿出了手机。明妮俯身，看到照片上一个三岁的女孩扎着长长的棕色辫子露齿而笑，女孩身上穿着一件绿色T恤，上面写着"我外婆很棒，她拒绝一次性塑料"。

"哦，贝弗，太可爱了。很高兴你参加了这些活动。"

明妮一只胳膊搂住贝弗，给了她一个拥抱，但发现自己抱着的是贝弗固定在肩膀上的枕头。

"哦，你是《巴黎圣母院》里的钟楼怪人！"她终于想到了。

"不然你以为是谁？"贝弗说。

贝弗开始把最后一篮东西摆好。她们放了一张巨大的红白格子野餐布，上面是满满的猪肉馅饼、火腿、奶酪拼盘和水果。一切仿佛是为亨利八世准备的盛宴（如果亨利八世是美人鱼、皇家莎士比亚剧团的演员、卡西莫多、一些怪异的电子动画绵羊和天线宝宝的朋友的话）。

"哇！"两个人并排站着审视整个场景时，贝弗说，"还不错呢？"

弗勒尔担任活动协调人的角色，催促大家各就各位。伊恩则汗流浃背，结实的驯马师把他推上了装扮成独角兽的马。有人扮人鱼，有人扮小精灵，还有一个雪人，一个穿着芭蕾舞裙跳舞的刺猬。明妮皱起了眉头：跳舞的刺猬是出自哪里？

"你真的认为这是梦幻迪士尼吗，贝弗？确定不是诡异的圣诞哑剧？"明妮问。

"迪士尼的片子我看得不多，所以这些我也不知道都是些什么。"贝弗摇摇头说。

贝弗的回答并没有让她足够自信，所以她的目光在人群中瞟来瞟去，想再找个人问问。她两只手抓住自己的尾巴，跳到弗勒尔跟前——两条腿绑在一起做这个动作还真是不太方便。

"弗勒尔，这可不像是梦幻迪士尼的场景，像《魔法奇缘》，是不是?"明妮说,"就那个跳舞的刺猬,还有天线宝宝——"

弗勒尔头上戴着耳麦,用一根手指摸了摸耳朵,然后伸出另一根手指示意明妮不要说话。

"大家注意,莱拉最快还有五分钟就要从地铁走出来了——五分钟!"然后,她转身朝明妮翻了个白眼,"我知道贝弗那套死熊头服装非常地不合时宜,不过我会把她藏在后面的。不用担心,莱拉肯定会喜欢所有这些疯狂的玩意儿。"

这样高效且有条理的弗勒尔真是令明妮刮目相看——在没有硬馅上班的时候她从来没有这样过。现在担心场景是否够得上迪士尼的规格为时已晚,莱拉瞅一眼就知道是怎么回事——那就够了。

所有人都围着野餐毯找好自己的位置,把伊恩和他的马挡在后面。他们的计划是让莱拉的新同事伊吉借口去参加某个共同好友的生日野餐,把莱拉带到这里。几棵树完全挡住了布景,所以只有到拐角处才能看到完整的景象。

许多游客停下来给他们照相,问他们是不是在拍电影,一群小孩开始拥抱其中一个天线宝宝。弗勒尔大声喊着让他们后退。此时围观的人已经聚集了很多,大家都掏出手机录像,等着看会发生什么。明妮环顾四周,感到肾上腺素激增。虽然他们已经不再一起工作了,但大家都来了,帮她一起为最好的朋友创造这个梦幻的仪式。这么多年了,明妮竟然能记得所有这些细节,莱拉一定会喜出望外。

最后,莱拉和伊吉终于到了。明妮看到她们绕树而行,心中的期待也开始雀跃起来。看到眼前的场景时,莱拉停下了脚步。伊吉是个二十多岁、身材苗条的褐发美女,她牵着莱拉的手,将莱拉引到野餐地毯前。

"这些狂热的疯子到底是怎么回事?"莱拉紧张地笑着问,"是我的幻觉吗?这是《这就是你的生活》真人秀吗?"莱拉的眼睛四处张望，指着她开始从人群中认出的那些面孔。

"明妮？是你吗？"她眯眼瞧着美人鱼问。

"穿上这个。"伊吉拿起整齐地叠放在野餐篮中的大号蓝色闪光灰姑娘连衣裙说。

这是弗勒尔的又一重大贡献。她有个朋友经营着一个角色扮演网站，他那里有所有电影中裙子的复制品。事实证明，弗勒尔绝对不是个谎话连篇的人——她承诺的所有事情都办到了。她那个发明海草包装的百万富翁朋友在这里扮成了仙女，塔伦蒂诺新鬼片的外景监制也在人群中的某个地方，录下这里发生的一切准备上传到弗勒尔的视频网站频道。明妮为自己曾经怀疑她而感到羞愧。

莱拉困惑地摇了摇头，环顾四周，仿佛期待着某个电视主持人突然从灌木丛中跳出来。随后人群开始分开，驯马师引着伊恩和他的"独角兽"走上前来。伊恩试图打开头盔，但眼罩一直哐哐地往下掉。莱拉一看到他就大笑起来，最后直接笑得捂着肚子起不来了。伊恩怒气冲冲地一直扶，然后一直叮叮当当，最后他决定直接放弃头盔，把头盔取下来放到草地上。

"莱拉，我全心全意爱你，你这个疯狂又性感的女人。如果你想要童话，即使是这种不可思议的童话，我也保证会每天努力满足你。莱拉·斯温，你愿意嫁给我吗？"

然后他指向闪闪发光的假金色独角兽角，祖母的戒指正在阳光下熠熠生辉，前排唱歌的绵羊开始咩咩地发出阴谋得逞般的声音："狮子今晚睡着了。"

莱拉又是哭又是笑，紧紧抓住身体两侧，深情地凝视着伊恩，与此同时，人群开始爆发出掌声和欢呼声。

"快下来吧，笨蛋。"她对他喊道。

驯马师和穿芭蕾舞裙的刺猬把穿着叮当作响的盔甲的伊恩扶下

来。伊恩笨拙地走向莱拉,途中压碎了一盘猪肉馅饼,导致贝弗不由自主地叫了一声。

"然后呢?"伊恩说,"你愿意吗?"

"当然愿意,你这个十足的疯子。"莱拉尖叫着,两只手抓住他就亲,"不过首先,以我能想象的最奇怪的旅行的名义,请给我解释一下这是怎么回事?为什么会有美人鱼、唱歌的羊还有跳芭蕾舞的刺猬?"

明妮走上前去,手上端着一份可丽饼,小心翼翼地叠放在粉红色纸碟上。

"这是你梦想中的求婚仪式,还记得吗?"她咧嘴一笑,说。莱拉显得很茫然。"快想啊!"明妮撑了撑莱拉说,"就是我们十七岁的时候,你在我家看浪漫喜剧,你说如果有个完美的男人向你求婚,就要像现在这样。哦,也不完全是这样,不过这是你想出来的——这就是你一直梦想的梦幻浪漫迪士尼!"明妮展开双臂,做了个"塔嗒"的姿势,等着莱拉恍然大悟的那一刻。

"我真的一点也不记得那次对话。"莱拉说,她闭着嘴巴忍住困惑的傻笑,然后瞪大了眼睛,一眨不眨地转身望着伊恩,"告诉我,你们该不会是根据十三年前我跟明妮一次随意的对话组织了这些吧?"

伊恩转身看着明妮,双手捂住了脸。

"我认为那是一次意义重大的谈话!"明妮喊道。

"那次谈话显然不是那么意义重大。"莱拉大笑着说。

"发生了什么事?"弗勒尔大步走过来,加入了他们的讨论。

"莱拉不记得她对订婚的幻想了。"伊恩摇摇头说。

"就是一次意义重大的谈话!"明妮上蹿下跳地大叫着。莱拉怎么能不记得了?她当时可是说得激情澎湃。

"你是在逗我吗？"弗勒尔叉着腰，瞪着明妮说。

莱拉跳入伊恩的怀抱，和伊恩一起倒在野餐毯上，人群开始起哄。莱拉和伊恩开始热吻，人群爆发出欢呼声。明妮也笑了——虽然莱拉不记得，可是她看起来很开心、很幸福。明妮的朋友与她爱的男人订婚了。此刻，连弗勒尔的眼中也泛着泪光。

明妮的美人鱼尾巴振动起来。她转身拍拍身上，她把手机放在某片鱼鳞里头了。她从人群中退出来，以接电话为由摆脱了还未发泄完怒气的弗勒尔。

"妈妈？"

"明妮，"电话那头，妈妈呼吸沉重，好像快要喘不上气来，"出了点事情，我不知道该怎么办了。"

"爸爸还好吗？你在哪儿？"明妮用一根手指堵住耳朵，走到离人群更远的地方去，以便听清楚妈妈在说什么。

"我跟塔拉·汉密尔顿在一起，在她樱草山的家里。"妈妈怎么会跟塔拉在一起？"她转了个身，然后就说她心脏病发作了，而且好像开始要喘不上气来了——我觉得她是惊恐症发作了。我觉得以防万一，应该叫辆救护车，但她大声喊着不让叫。她一定要找奎因，可是我找不到她的手机。你有奎因的电话吗？"

明妮不明白妈妈为什么会在塔拉家。都过了好几个月了，她这是最终决定要去见见塔拉，听听她怎么说当年的事吗？

"她有严重的焦虑症——可能是惊恐症发作了。我这就过去，我离那儿不远，路上我就给奎因打电话。"

明妮转身冲其他人大喊一声"我得走了"，便拉起自己的尾巴，开始朝最近的路边跑去。她在贝斯沃特路上拦下一辆出租车，让司机开快点。在车上，她给奎因打电话，他一下就接起来了。

"明妮。"他用一种近乎亲昵的口吻说出她的名字，想到上次他们如何不欢而散，而且近一个月没有说过话，这种亲昵让人觉得怪怪的。

"你妈妈可能惊恐症发作了。"明妮开门见山地说道，"我妈妈在你家，是她给我打的电话，说你妈妈快喘不上气了。她觉得可能是心脏病发作了。"

电话那头，奎因一直没有说话。明妮听着自己因为刚刚一路穿过公园跑过来而大口喘气的声音。

"我现在就过去。谢谢你通知我，明妮。"奎因的声音听起来十分沙哑。

"我现在在出租车上，马上就到了。"

椰子女侠

【2020年6月13日】

明妮乘坐的出租车在蓝房子前停下,她从侧门滑了出来。之所以滑下来,是因为她仍然穿着紧身美人鱼尾裙,每次向任何方向的移动都不会超过五英寸。她翻了个身,趴在座位上,然后腿向后滑出出租车门,这样就可以站起来,就像图腾柱上活过来的神兽一样蜿蜒前行。在公园中奔跑时,她已经拉开了尾巴侧面的拉链,但拉链只能停留在两个位置,最上面或最下面,所以她跑过去的时候,公园里的人只看到一条闪亮的粉裤子。因为走得匆忙,她也没来得及拿装了替换衣服的包,她身边只有手提包和钱包。明妮拖着鱼尾挪到前窗去付钱给出租车司机。

出租车司机是一个上了年纪的利物浦人,长长的鬓角已经花白,头上戴着一顶米色鸭舌帽。

"还以为你要去芬斯伯里公园呢。"他一咧嘴,露出满是烟熏的牙齿说。明妮困惑地摇了摇头。"鱼。"他朝她的尾巴点点头,"像不像芬斯伯里公园①?"他伸出头,慢慢地朝明妮眨了眨眼。

"哦,明白了,哈哈,非常有趣。"她说。

明妮跳上蓝房子门口的台阶,摁下门铃。妈妈过来开了门。她愣了一下,然后上下打量着明妮。她的嘴唇开始动了动,仿佛要努力说出什么话,最后只憋出来一句:"你怎么穿成这样来了?"

"说来话长。塔拉还好吗?您还愣在这里干吗?"

妈妈迅速挥挥手招呼她进去,同时眼睛左右瞟了瞟,似乎担心邻居们看到门廊上有条美人鱼。

"我们本来只是在说话,"妈妈一边小声说着,一边把明妮带到客厅,"然后不知道是什么刺激了她,她突然惊恐症发作,紧紧抓住自己的胸口。她浑身发抖,大口喘气,像是要断气一样。"

在客厅里,塔拉躺在沙发上,身子底下垫了一些抱枕。她的脸色像纸一样白。双手捂着眼睛,轻轻地来回摇着脑袋。

"我本来要叫救护车的,可是她一直求我不要叫。她喊着要吃药。我把洗手间翻了个底朝天才找到她想要的药。我猜应该是她踢进去的,因为她这样已经有十分钟了。"

明妮摘下头上的假发,以免吓到塔拉。她蹲在沙发旁,一只手放在塔拉的胳膊上。

"塔拉,我是明妮。不知道你是否还记得我。"塔拉透过指缝斜眼看了一下,"你需要什么,我该怎么做?"

"奎因。"塔拉喃喃地说。

"奎因已经在路上了,很快就到。"明妮轻轻捏了捏她的胳膊。塔拉迅速喘了口气,像呼吸的机枪一样战栗。"好的,慢慢呼吸,塔拉。现在看着我。"塔拉露出眼睛,朝明妮眨了眨眼,随即又紧紧闭上,"跟

---

① 鱼(fish)与芬斯伯里(Finsbury)发音相似。

着我一起呼吸。"

明妮缓慢地呼气,然后用鼻子大声吸气。渐渐地,塔拉开始专注地跟随明妮,模仿她的呼吸方式。

"就是这样,完美,吸气,呼气。"明妮的妈妈说。然后,她换了个语调:"你好。"

明妮转身看到奎因站在门口看着她。他一动不动,眼神有些奇怪。明妮对他笑了笑——这是一种反射,就像向日葵总是朝着太阳开放一样。然后她想起动物园的事,想起奎因拒绝了自己、想起从那天之后他再也没有联系过自己。她止住笑容,生生地把笑容改成更为敷衍的问候——略微点了点头。

奎因看着她脸上的变化,那种奇怪的眼神也消失了。他向前走去,俯身看了看她妈妈,明妮站起来,慢慢向后挪好给他让位。奎因上下打量了她一番,脸上露出戏谑的表情,仿佛在说"你这穿的到底是什么玩意儿",然后便走到明妮之前所在的位置,蹲在塔拉旁边。他拍着妈妈的手,拍得非常精准且有节奏,仿佛是在传递什么密码。明妮转过身,看到塔拉的头放松地靠在枕头上,一只手包住奎因的手。

"她吃什么药了吗?"奎因转身对着明妮和她妈妈,问道。

"这个吃了两片。"说着,明妮的妈妈上前递给奎因一个棕色药管,"我本来想叫救护车的,但她坚决不让我叫。"

明妮的妈妈十指交缠,不安地来回转着两个大拇指。

"没关系,你做得对。"奎因说,"谢谢你能过来,康妮。我知道最近这几个月妈妈一直很喜欢跟你聊天。你能来对于她来说太重要了。"

明妮困惑地望着妈妈。妈妈已经和塔拉交谈了几个月?那她为什么什么都没说?妈妈如针刺般不自在地扭了一下,瞥了一眼明妮,然后用手揉了揉后脖颈。

"我要送妈妈上楼了。"奎因说。

明妮点点头。她看着奎因轻轻地将塔拉的一只胳膊搭在他的肩膀上,将她从沙发上抱起来,好像她轻得像个孩子。看着他把她抱起来,明妮记忆中的火花一闪,那天在水库——他光着身子,水从他身上滴下。她忍不住骂醒自己,现在可不是想象把这个男人扒光的时候!

"别走。我很快就回来。"奎因一边把妈妈扶上楼梯,一边对明妮说。

他上楼之后,明妮慢慢走到妈妈跟前,揶揄道:"所以,你们已经聊过天了。为什么不告诉我?"

妈妈耸了耸肩,径直转身朝装满银色相框和装饰品的小边桌走去。她拿起一只白瓷狗仔细查看了一番。"瞧这个,跟我的一样。"

明妮看着那只狗。它与妈妈口中那个俗气的旧装饰品可以说是毫无关联。塔拉这只很有可能是一件昂贵的骨瓷收藏品,而妈妈那个则来自基尔本公路附近的杂物商店。

"有吗?"明妮双手使劲插入美人鱼臀部的鱼鳞里,再次不屑地说。

"我们就是随便聊聊。跟你没什么关系,明妮,所以我才没说。"

"跟我没关系?她的电话号码可是我给你的,是我跟你说你应该听听她怎么讲那个故事!"

妈妈再次耸了耸肩,她拿起一张放在相框里的照片,上面是小奎因坐在塔拉的大腿上——两个人在热带的某个地方一起看日出。她回头看看明妮,明妮仍然瞪大眼睛看着她,等着她回答。

"我必须以自己的方式做一些事情,明妮。我们聊聊这个,聊聊那个,她确实度过了一段艰难的时光,真的。"

明妮不明白为什么妈妈不愿意告诉她。然后她静下心来,逐渐平息了自己的愤怒。她很高兴她们一直保持联系,也许化解"偷名事件"

某种程度上可以拔掉妈妈心里的一根刺,纠正她对人性的批判。

"好吧,那你说了什么导致她……"明妮顿了一下,不确定该如何形容塔拉刚才的情况,"……出现那样的反应?"

"我什么也没说。"妈妈说。片刻之后,她又说道:"她当时正说到我没有给你起名叫奎因她很难过,说她多么难受。"妈妈摇了摇头。"她一想起当时的事就难以自拔。我说不就是个名字吗——没关系的。然后她就开始喘不上气了。"

明妮难以置信地笑了——"不就是个名字"。她看着妈妈,仿佛她在讲什么奇怪的火星语。

"笑什么?"妈妈皱起眉头,"你根本不知道是怎么回事。这个可怜的女人接连遭受重创——产后焦虑症、可怕的流产、丈夫弃她而去。难怪她总是焦躁不安。"

妈妈从边桌上的照片中拿起另一个相框。照片上是一对二十多岁的夫妇,他们站在樱草山的房子门口,怀里抱着一个婴儿。奎因的爸爸朝摄影师举起钥匙。这一定是他们刚搬进来的时候拍的。

"明妮,看到这所大房子,你会觉得他们已经拥有了一切。但有时就像糖霜太多的蛋糕——底下盖住的是易碎的底座,中间已经裂了。"

明妮将脸埋在双手间,深吸一口气。她难以相信从妈妈嘴里会说出这些话,那悲天悯人的样子完全不是她的风格。她们聊过几次了?明妮认为所有这些信息肯定不是塔拉通过几通电话就能坦露的。显然她与妈妈的对话已经进行很长一段时间了。

"你就没有惊慌失措吗?"妈妈嗅着鼻子,挑衅地噘起下唇。

楼梯上传来脚步声。两个人都转过头,看到奎因朝客厅走来。他看起来很疲惫,毫无生气。他用一只手理了理头发,肩膀靠在门框上。

"谢谢您今天过来。"他对明妮的妈妈说,"她没几个可说话的人，她不让别人进来。希望今天的事不会——"他顿了一下，思索着正确的措辞，"让您跟她断了联系。"

明妮的妈妈脸红了，然后扬了扬下巴。明妮这辈子从来没见过妈妈脸红。

"这点事还不至于让我退缩。"

三个人沉默地站了一会儿，直到明妮的妈妈开口："好了，我该走了。我可受不了一整天都在聊天。我明天早上再打电话来看看她的情况。"她的目光在奎因和明妮之间来回打量了一番，礼貌地朝奎因点了点头，然后才又朝正门大步走去。"明妮，你自己回家吧，你那身搞笑的打扮只会拖慢我的速度。"她使劲瞪了明妮一眼，似乎试图用眼神传达什么信息，虽然明妮根本不知道她想表达什么。

妈妈离开后，明妮一转身就看到奎因到了客厅里，就站在她旁边。他看起来既疲惫又孤独。

"哦，我最好也走吧。"明妮说着，开始环顾四周，寻找她的钱包和手机。

奎因长长地叹了口气，一只手搭在另一边的肩膀上。

"有什么我能帮忙的吗？"明妮朝楼梯的方向点点头说。

"不用，"他说，"我会一直待在这里等她醒来。她等下醒来吃药的时候会头昏脑涨的，可能会丢三落四。她需要我在这里。"

他的目光转而凝视地板。看着他此刻这个样子，明妮真是一点脾气也没有。不管他们之间发生过什么，此时的他都是一个在困境中挣扎的体面人。

"需要我陪你吗？"明妮轻声问道，心也提了起来。虽然这是一个如此无害的问题，但她不知道自己能否忍受再次被拒的耻辱。

他抬头看了看。"需要。"说完，他唇角一勾，露出一个微笑，"现在我们可以聊聊那个美人鱼服装了吗？客厅的假发也是其中的一部分吗？如果是的话，我想看看全套的。"

明妮跳过去，假装生气地推了他一下，但她推得有点太用力了，整个人失去平衡，跌倒在他身上。奎因两手抓住她的肩膀扶住她。她闻到了他身上的气味，那气味让她想起美好的圣诞节。猫头鹰们沸腾起来了，它们拉响彩炮，叽叽喳喳地唱着猫头鹰的圣诞歌。

"也许你可以给我找些衣服换。"明妮直起身子，一边磕磕绊绊地后退，一边说。

奎因找到一些自己的运动服和T恤给她穿。她去楼下的洗手间换了衣服。但她没有带备用文胸，所以直接把T恤套在了椰子文胸外面。一回到客厅，她便意识到这样显得她的胸又大又硬。奎因正在厨房里，她没有退回洗手间，而是决定悄悄地完成所有女孩都知道的那个魔术——就是在T恤底下把胸罩脱下来，然后从穿胳膊的洞里褪出来。但不幸的是，要处理的胸罩是两个大椰子壳，这项操作就不是那么顺利了。

奎因拿着一瓶葡萄酒回来，看到她的动作，立刻移开了视线。

"是我的T恤攻击你了吗？"奎因问道，"需要点私人空间吗？"

"没事。"明妮说。她终于从T恤下面把椰子掏了出来。哦，她怎么就没想着把要换的衣服带上呢？

奎因给自己和明妮各倒了一杯酒，她跟他说了莱拉订婚的事。说到莱拉的反应时，她捂住了脸，莱拉怎么能完全忘记了她们当初的谈话呢。奎因眼睛周围的线条皱成了深深的沟纹，他痛快地放声大笑。

"所以她根本不知道整个场景源自哪里？"

"是的，一点印象也没有。"明妮畏缩地笑了笑。

"哦，明妮，"奎因斜靠在扶手椅上笑着，"你为朋友策划这一切真是太贴心了。"

他用温暖的蓝眼睛望着她时，明妮心里的那种感觉又冒了出来，仿佛在他们相遇之前,她早就认识这个男人好久了。两个人静静地坐了一会儿,随后,奎因俯身又把她的杯子倒满。她不能再喝了,否则肯定会说什么蠢话。她肯定会提起那些他不愿谈及的敏感话题,然后再次毁了这一切。

"你最近怎么样?"她抬起头,越过酒杯的边缘看着他问,"那个叫什么阿曼达,还是阿曼达二号的女孩怎么样?你有可能浪漫而疯狂地求婚吗?"

哦,很好,她果然这么干了——她果然还是提起这件事了。为什么要提阿曼达?奎因不想跟她聊自己的爱情生活!坐在沙发上的奎因局促地向前挪了挪,然后喝了一大口酒。

"我觉得我们应该聊一聊那天在动物园发生的事情。"他说。

"都过去一个月了,奎因,你不必解释。没关系的,反正我就是想随便聊聊。你知道的,就是工作怎么样啊?天气怎么样啊?你的女朋友怎么样啊?我们根本不用聊那天的事,要是你更愿意谈论天气的话,今天的阳光很好,不是吗?"

她开始东拉西扯。

"明妮,"他打断了她,"你一走我就觉得自己真是蠢极了。"他身子往前一靠,把酒放在边桌上,然后两个胳膊肘撑在膝盖上,"我们那天真的过得很愉快,可是最后让我毁了,对不起。"

"哦,确实有人说企鹅便便是一种真正的春药。"

"你不用什么事情都拿来开玩笑,明妮。我正在试图做一件体面的事。"奎因闭上眼睛,但并没有停止说话,"我不擅长与人打交道,最后总会伤害别人。我有我自己的私事,就是我妈妈——我没有能力去照顾……任何其他的事情。"

"奎因,没关系的。就那么一会儿的事,我已经不在意了。哇哦,你每次快要亲别人的时候都会有这种顾虑吗?"奎因尴尬地笑笑,皱起了眉。"不过话说回来，为什么你会认为我需要照顾呢？"

"好吧，我知道现在你在等你那位骑着闪光的独角兽的骑士。"

明妮使劲揉了揉脸。就知道那天他在办公室喝醉的时候不应该把什么事情都告诉他。

"听着，你不必给我来全套'饱受折磨的孤僻者'的套路。"明妮朝他翻了个白眼，他嘴巴抿成了一条线，嘴角微扬。

"我有套路吗？我都不知道还有这种套路。"

"有啊，总有人这样。"明妮娇弱地拍了一下手说，"我太可怜了，我无法靠近任何人，因为我有一个痛苦的童年。"

她用嘲弄的口吻说，然后迅速朝他笑了一下。幽默是她知道的化解尴尬对话的唯一方法，也是在这种情况下挽回一些尊严的唯一方式。

"哇，好吧。很抱歉这么明显。"他用手掌搓了搓胡楂说，然后向后靠在椅子上。

"没关系，我原谅你了。只是我更希望你在这部浪漫爱情喜剧里扮演一个原创的角色。'饱受折磨的不敢做出承诺的人'太像九十年代的剧了。"

"是现在吗？"他笑道，"谁说我们在拍浪漫爱情喜剧了？我要是拍电影的话，肯定希望是一部惊悚片或动作片。"

"我可不认为管理咨询师会成为武打英雄。"明妮说。现在的话题安全多了，明妮暗暗松了一口气。敏感话题已经处理好了。现在他们可以把敏感话题装进一个大盒子里，埋在花园里，永远不再提及。大家又可以开开无伤大雅的玩笑，心平气和地聊天了。

"要是你当女主角的话会拍什么电影？"奎因问。

坐在椅子上的明妮微微跳了一下。第二杯酒已经有点上头了。"《海底总动员》，到时候我就有鱼尾巴了，不过一般来说是《美食总动员》。或许我的风格就是儿童电影。"

"《美食总动员》？"

"就是一只当上厨师的老鼠。"

"你看起来可一点都不像老鼠，我发现你比较适合超级英雄系列。"奎因又嘬了一口酒说，"他们会叫你椰子女侠，你会用那些大椰子把坏蛋的脑袋拍扁。"

奎因瞥了一眼放在两人中间沙发上的椰子胸罩。

"我可不确定我能用那玩意儿杀人。"茶几上放着一个果盘，明妮伸手拿起一根香蕉，"我觉得椰子女侠袖子里会藏一些其他水果主题的武器。"她拿着香蕉像枪一样抵住奎因的胸口，奎因举手投降。

"啊，椰子女侠，我们又见面了。你破坏了我偷走水果国的所有水果的绝妙计划。"奎因用美国口音慢吞吞地说。

"这次你逃不掉了。"明妮用自创的夸张口吻说道。

"那你太不幸了，我可以通过意念操控我的超能力，让你吃掉自己的武器。"奎因仍然沉浸在角色中。

"我可不这么认为，邪恶的坏蛋。"明妮说。

"这是我的名字吗？"奎因以旁白的声音问道，"听起来还不错。"

"你还没有报上名字。"明妮面无表情，努力让自己保持冷静，"真没礼貌！"

奎因伸手去拿香蕉，明妮抓住他的胳膊肘，然后就发生了一系列明妮只能用"嬉戏打闹"来形容的动作，最后，明妮被奎因摁在沙发上，香蕉也让他夺了去。突然，明妮无比清醒地意识到，自己没有穿胸罩。

"我不会吃的。"她继续扮演着自己的角色，"我不会向你屈服的。"

"不会吗？"奎因的声音变得更加缓慢深沉，"我说服别人的能力可是很强的。"他把香蕉皮拔掉，掰下一块送到她嘴边。明妮假装有某种超自然力量控制了身体。

"哦，不，我不吃香蕉！"她上气不接下气地喊道，躲开送到嘴边的那截香蕉。

她开始闭上眼睛吃香蕉，待她再次睁开眼时，两个人正好四目相对。他睁着大大的眼睛望着她。哦，天哪，气氛怎么突然变得这么诡异。她本来是留下喝杯酒的，结果现在却玩起了性感的水果主题角色扮演游戏。奎因清了清喉咙，慢慢移回自己那一侧的沙发上。明妮吞下嘴里的那块香蕉，然后站了起来。

"对不起，我玩过头了。"奎因尴尬地说。

"没关系。不过，我该……我该回家了。"她顿了一下，一低头才想起自己身上还穿着他的衣服，"这个我能借一下穿回家吗？我的腿到午夜就消失了，然后我就得在某个地铁站扑腾，乞求路人往我身上泼水。我可以明天给你寄回来。"

"当然可以。"奎因说，"或者我可以抽空去拿一下。"

他给明妮找了个袋子把美人鱼的服装收起来，然后给她叫了辆出租车，却在出门前站住了。

"下次见面的时候，我保证不会强迫你吃香蕉。"他说，下巴上的肌肉一松，目光凝视着脚下。

"你很走运，我喜欢吃香蕉。"明妮鼓起勇气，盯着他的眼睛说。

奎因似乎还想说点什么，但又不知道怎么开口。

"你真的是一个很好的朋友，明妮。我知道我们之前有很多不愉快，但我希望——希望我们能成为朋友。"他满怀期待地望着她说，"我的生活中需要更多欢笑。"

"宫廷小丑随时为您服务。"她双腿交叉在前，鞠了个躬说。

"我不是那个意思。"他伸手扶了一下她的胳膊说。他似乎很担心自己惹恼了她。"我只是暂时没有精力去处理其他事情。"

"当然。"她伸手拍拍他的胳膊，"任何时候都可以。"

奎因替明妮开了门，车子已经在外面等着了。她在门廊处徘徊了一会儿。为什么要徘徊呢？奎因本来以为明妮之所以徘徊，是在等自己吻她。可是他刚刚确认了明妮的身份是朋友。那她为什么还站在这儿？她磕磕绊绊地跳到了最低的那级台阶上。

"你没事吧？"他在后面喊道。

"没事，一点事也没有。再见，朋友。"她一边后退，一边说。

泳池约会

【2020 年 6 月 21 日】

　　之后的那个星期天，明妮又来到汉普斯特德水塘。她本来可以去公园更深处的"女士池"，那里更漂亮，更衣设施更完善，上午的阳光也更足。但她发现自己不知不觉进了"混合池"，她窥视着水面上一个个光溜溜的脑袋，想知道奎因是否也在这里。但显然他不可能在这里。她也一直在找简·芬妮，寻找芬妮那显眼的皱巴巴的白色泳帽。这是去水塘的人经常做的事：找自己认识的人。

　　明妮游的时间比计划的要长。她来回划动水流，仿佛自己的生活也随着水流起伏。她感觉自己变强壮了。最近几个月，她注意到自己的肩膀上出现了新的肌肉，多年来肚子第一次变得平坦，腿和胳膊好像也变长了。不好的一面是，她的头发像是狂乱的卷发炸弹。有人游泳的时候头发好看吗？也许如果她真的要认真对待游泳这件事，就应该把头发全剪掉，弄成像水獭一样。

　　等到所有的精力耗尽，她便从水里爬上来，在更衣室前的一片草地上晾干。曾经在这里发生的一切一幕幕在脑海中闪过——误拿奎因的浴巾，和奎因一起吃早餐，和奎因一起并排穿过公园时奎因露出带酒窝的笑容。她不能再想奎因了。

"你这是要走了吗？"一个声音从身后传来。

明妮转身，然后眨了眨眼，似乎不敢相信自己的眼睛。真的是他吗？还是自己太想奎因了，以至于出现了幻觉？他手拿浴巾站在那里，身上穿着牛仔裤配一件淡蓝色的衬衫，衬衫袖子挽在肘部。他的头发看起来更长了，有些不修边幅。脸上的胡子没刮，她之前从未见过他胡子拉碴的样子。这些胡楂让明妮得出结论：这肯定不是自己的幻觉。如果她潜意识里要构造一个奎因的形象，肯定会以她了解的方式去构造，而不是造出一个不刮胡子的新形象。

"嗨。"她说，感觉到自己的嘴角忍不住上扬。

"我希望能遇到你，"他说，"可惜我们不同步，不能一起游完泳去吃培根卷了。你肯定是天一亮就起床了。"

"哦，我刚游了几圈。"她撒谎道，"我可以再游一会儿，如果你……"

明妮不能再游了，她已经筋疲力尽了。

"太好了，那我们三十分钟后还在这里见？"他麻溜地脱掉衬衫说。

明妮重新沉入他身后的水中，她的身体开始抗议。明妮看着奎因匀速游过水塘。明妮真的希望在这里见到奎因吗？从上周末之后，她一直没有联系过奎因。她曾想发条信息给奎因问他妈妈的情况，但后来又不想当那个主动的人，她不想表现得太迫切。

明妮漫不经心地跟着奎因游过水塘，开始思考自己到底喜欢他什么。现在，她承认自己确实喜欢他，即使这种喜欢不会有回应。也许，奎因不想和她在一起，这本身就是他吸引力的一部分。她总是对那些与她若即若离的男人很上心。格雷格更感兴趣的是工作而不是她。她以前的男友塔里克说好听点叫自私，说难听点就是喜欢语言暴力。莱拉曾经说过，你觉得自己值得怎样的关系，就会得到什么样的关系。如果你认为自己只值得别人一部分的关注，或许你的追求也就是这样。

但不是这样的。

她跟格雷格分手是因为她想要更多，因为她知道自己值得更多。所以她现在为什么要像个傻瓜一样在这里游泳，就为了跟一个对她根本不感兴趣的男人去喝杯咖啡？她真的想跟奎因做朋友吗？这算是安慰奖吗？

奎因游完的时候，明妮的皮肤已经起皱变白。他们并排站在岸上擦干，去更衣室换了衣服，然后再次在水塘的铁门外会合。他们穿过荒野下了山，朝汉普斯特德西斯地铁站走去。奎因说还想去之前明妮带他去的那个早餐车。

"上周之后，你妈妈怎么样了？"明妮一边走，一边甩着湿湿的浴巾说。

"经常跟你妈妈聊天。"奎因说。

昨天，妈妈告诉明妮，她准备自己做个法式咸派带去樱草山。法式咸派？明妮都不记得妈妈上次从头到尾做一个法式咸派是什么时候了。

"我知道，太奇怪了。"明妮揉了揉湿湿的头发，以免看起来太贴头皮，"我妈妈从来没有过什么真正的女性朋友。反正我是一个都不知道。她总是忙于工作，根本没空社交。"

"我妈妈也是，"奎因说，"你说她们都聊什么啊？"

"在一九九〇年一月一日生孩子是什么感觉？"明妮大笑起来，"说实话，这是我唯一能想到的她们的共同点。"

"或许她们的灵魂都迷失了，"奎因若有所思地说道，"现在在对方身上看到了自己的影子。"

"听起来真像个诗人，奎因·汉密尔顿。谁也不会想到你是个无聊的管理咨询师。"明妮吮着腮帮子忍住笑。

他把卷起的湿浴巾展开，嬉笑着打了她屁股一下。"小心闪了舌头，库普。"

"你这叫用浴巾拍人吗？"明妮笑了，"太可怜了。"

"哦，我可不像你，拿浴巾打到别人流血，你上次给我留下的记号可还没消呢。"他用沙哑的声音说。

"你不是吧！"明妮用胳膊肘顶了一下他的肋骨说。

"看，现在还用胳膊肘顶我。"奎因往下一缩，仿佛受了重伤，"跟你做朋友，我肯定会鼻青脸肿。"

他们从小货车那里买了早餐卷。奎因提议走回议会山顶上，晒着太阳吃早餐。他们坐在草地上，望着伦敦的天际线，一大片建筑物在他们面前展开，中间点缀着一些起重机和摩天大楼。

"这么大一片荒野在这儿是不是挺不协调的？"奎因说。

"我喜欢。这里就像是伦敦的最后一片荒野，这里的水泥还没有盖住大自然。"

"现在是谁听起来像个诗人啊？"奎因斜眼瞧着她说。

"哦，闭嘴。"

"荒原给了很多诗人灵感：济慈、华兹华斯、柯勒律治，还有现在的库普。"奎因用高傲的英语老师的语气说。

"我当然不是诗人。"明妮吸吸鼻子，咬了一口培根。她知道他只是在开玩笑，但奎因说起这些事情的时候，明妮敏锐地意识到他上过大学，而自己却没有。

"我的心在痛，困顿和麻木，刺进了感官。"他说。

明妮转身用震惊的眼神看着他。嘴里的东西也不敢嚼了。

"济慈的《夜莺颂》。我觉得应该是在这里写的。别的都忘了。"奎因脸红了,或许是意识到明妮没有明白自己在引用诗句,"他二十五岁就死了,太可惜了。"

"你都是这样给女孩留下深刻印象的吗?引用诗句,然后去维基百科上搜一下?"明妮问道,转身继续专注地喝自己的咖啡。

"不是啊,"奎因斜倚在草丛中,用手肘撑住身体,"怎么,给你留下深刻印象了?"

"我可不应该留下什么深刻印象,这只是游泳后嚼着小圆面刀——圆面包的友好闲聊。"明妮结巴了一下,"太难说了——游泳后的圆面包闲聊。"

奎因转过身,一只手撑着脑袋,抬头看着她。"你不会认为这就是我的 modus operandi① 吧?一有机会就念诗?"

"你刚刚说了拉丁语。你想让我给你打多少分,奎因,B⁺?"

奎因躺在草地上笑了起来,笑得特别开心。

两个人聊了一个多小时——什么都聊,但其实又什么也没说。明妮重新恢复活力,心里有一种暖暖的满足感。她感觉自己很放松、很开心,对很多事情都有了兴趣,自己也变得有趣——这是她最喜欢的自己的样子。两个人沿着郊野公园旁边慢慢走到了地铁站。

"谢谢你的游泳后面包卷聊天。"站在车站外,奎因双手插在口袋里说。

"不客气。"明妮点点头,用一只手理了理卷发。

"我猜下次可能也会见到你。"奎因说。地铁呼啸着进站了。"我坐这趟,往南走。"

---

① 拉丁语,意思是"行事风格"。(编者注)

"我往北。"明妮用大拇指指了指另一侧的站台说。地铁门开了，奎因上了地铁。门关上的那一刻，他转过身来望着明妮，抬起一只手，动也不动地举在那里。两个人的目光相遇，奎因对明妮微微笑了笑。明妮在站台上看着载着奎因的那班地铁走远，两个人的目光一直紧紧盯着对方，直到消失在彼此的视线中。

只是朋友

【2020 年 8 月 8 日】

"所以你们就只是聊天？"莱拉问。

"是的，我们就是游泳，散步，聊天，吃培根三明治。"明妮说。

"中间没有发生什么？没发过短信，没发过邮件，甚至连个表情都没发过？"莱拉似乎很疑惑。

"没有，没发过表情。我发什么表情啊？游泳的人？培根？还是挥手？"

"哦，有个很可爱的小面包师的表情，每次我看到那个表情的时候都会想起你。"

明妮和莱拉坐在观众席上，这是莱拉协助制作的一场时装秀。明妮是作为她的"特殊嘉宾"来捧场的。她们坐在前排的黄金位置，看着奇装异服的模特们一个个走过。有几个模特穿着长颈鹿印花热裤，头戴一顶巨大的细长帽子，帽子顶上是长颈鹿的头。时装秀是在阿尔盖特附近的一座改建教堂里举行的。靠背长椅转向内侧，对着升高的

T台，教堂天花板上是充满活力的射灯，灯光随着DJ的音乐而跳动。整个活动都充满了非常酷的东伦敦氛围。

"这些服装全是动物主题吗？"明妮问，"我不确定我能驾驭长颈鹿头的帽子。"

"这是一种可持续的动物友好时尚——这件作品有点太直白了。"莱拉解释道。

莱拉的衣着是她惯常的淑女风格——二十世纪六十年代风格的银色丝绸鸡尾酒会礼服，搭配超级英雄风格的披肩，那披肩看起来像是粉色的棉花糖做的。她头上戴着一顶小礼帽，上面写着"这是帽子，面对现实"。这让穿着黑色牛仔裤和简单的蓝色棉衬衣的明妮显得很扎眼。

"不过，你还是多跟我说说游泳约会的事吧。像香蕉角色扮演那回那么暧昧吗？"莱拉转身对着她的朋友说。

"那不是约会，这一点很重要，我们只是朋友。"明妮解释道，"然后，没有，没有任何像上次香蕉那样诡异的事。"

自从在汉普斯特德西斯公园相遇的那个周日之后，她和奎因之间形成了新的惯例。每个星期天早上七点半，他们都会在水塘见面。他们并没有事先约好，他们只是在知道对方会去之后自己也会去。他们一般游半个小时，有时甚至会游更长时间，然后去小货车吃早餐、喝咖啡，他们一起走路、聊天，然后绕一圈回地铁站、道别。

明妮不想去质疑他们在做什么。每次到地铁站的时候，她都不想走，但也张不开口让他跟自己一起去什么地方。户外游泳是他们共同的爱好，游完泳去喝杯咖啡也是朋友之间稀松平常的事。再进一步可能就会涉及"约会"的领域了。如果他给出暗示，那当然很好，但他从没有那样做。

每一周的每一分钟，她都在期待周日早晨。每次周日下午她都会变得郁郁寡欢，因为还要等整整一个星期才能再见到他。她拒绝了所有人在周日早上做任何事的邀请。游泳是她日程表上雷打不动的项目，就像她小时候那样。

下雨的时候，明妮会担心奎因不来。毕竟谁会在雨中游泳呢？但不管怎样明妮还是去了，而奎因也在，只有他们两个人。明妮没有再打听奎因的爱情生活，奎因也从不问明妮。明妮故意避开了这个话题。也许他仍然在与某个人约会，也许他仍在与交友网站上的金发女郎约会——她不需要知道。谈论别人会破坏他们见面的性质。这些周日早晨都是装满了宝贵谈话的钟形罐。明妮不想掺杂太多外界的东西，她觉得奎因能理解，而且也是这样想的。

"那你们都聊什么？"莱拉问。

"生活、工作、爸妈、书籍——什么都聊。我们开玩笑多一点，奎因是个很有哲理的人，他很聪明，跟他在一起很轻松。我觉得我们可以一直聊好几个小时，可是早上的时间一晃就过去了，时间过得太快了。"

"啊——哦。"莱拉用节目单扇了扇风。

"啊——哦什么？"

"听起来你好像陷入爱情了。"

"哪有。"

明妮摇摇头，脸皱成一团，像是眯眼在看。T台上，一群穿着米粉色迷彩服的模特跳上舞台。

"他们在干吗？"明妮问。

"应该是穿着军队迷彩装备的火烈鸟，"莱拉说道，仿佛是在解释一件世界上最明显不过的事情，"因为我们都在为生存而战，这只是另一种战争罢了。"

明妮点点头。她不懂时尚，但前排的其他人似乎都深受触动。

"我没有爱上他,我们只是相处很融洽。"她说。

莱拉转身看着她的朋友——一副看穿一切、充满怀疑的表情。

"好吧,我知道这张脸是什么意思。"莱拉皱了皱眉,"我现在是认真的。你爱你的生日双胞胎,如果他不是以恋人的方式对你感兴趣,明,那对你来说只会意味着心痛。"

明妮"啧"了一声,跷起二郎腿,放在上面的脚快速地上下摆动。

"还有一件事很奇怪,就是我们的妈妈这段时间一直在一起。我妈妈好像把塔拉当成了她的事业。她想像爸爸修理时钟一样修好塔拉。每次我打电话回家,爸爸都会说她在塔拉那里帮忙弄园艺、购物或者做其他事情。我觉得这有点太贴心了,我不认为我妈妈曾经有很多朋友。"

"好,下面请如实回答我提出的问题。"莱拉低头看着自己的节目单,好像在从上面找问题,"你晚上睡觉时会想他吗?"

什么时候都想——明妮醒来后想到的第一个人就是他。

"不,没有每天晚上都想。偶尔会想。"明妮说。

莱拉皱眉:"最近这几个月有没有人邀请你出去,但是你拒绝了,因为对方不是奎因?"

"没有……呃,"她有没有跟莱拉说过餐饮公司那个叫帝诺的?糟糕,这个问题太难回答了,"有一个,但我拒绝他是因为他奇怪的络腮胡子,不是因为奎因。"

"嗯,可是奇怪的络腮胡子之前对你来说也不是事。好,问题三,如果他把女朋友带到你们的小游泳俱乐部去,你会介意吗?"

"你怎么知道他有女朋友?"明妮从椅子上跳起来,往她朋友身边一凑,"你看到他跟什么人在一起了吗?"她的声音显得克制而迫切。

莱拉转过身,两手摊开,像是个准备鞠躬的演员。

"我的问题问完了。"随后,她迅速伸出一只手指着T台,"哦,快看，这是一件最精彩的设计作品——你觉得怎么样？"

T台上，七个模特分别穿着一种不同的颜色，凑成了彩虹色，模特身上的长礼服看起来既有质感又优雅。"这些都是用从海上回收的塑料制成的。"莱拉解释道。

"哇，太神奇了，贝弗肯定会喜欢。"明妮说。这些衣服真的太了不起了，但她还是把注意力拉回了刚才的话题。"说真的，你到底有没有看到过他跟别人在一起？有就说，我不会介意的。"

莱拉转过身，认真地看着她的朋友。

"听听你在说什么。听着，是你自己说他承认自己有承诺恐惧症。不管是什么原因，他喜欢的是那种不需要付出太多的单次关系。也许奎因以前从未和一个很酷、很有趣的女人成为朋友，他不想把事情搞砸。难受，这个披肩太热了。"莱拉扯下棉花糖披肩塞到椅子下面，"我不穿披肩可以吗？"

莱拉问她这个问题，还不如去问一头骆驼对莫桑比克的政治局势有何看法。

"完全没问题，"明妮说，"那你觉得奎因是不是在等待时机？"

"不，我觉得他是一举两得。一方面跟你深入交流灵魂——没有承诺也没有期待，另一方面又可以随时跟 Tinder 小姐搞在一起。这样对于他来说是双赢，但对于你来说是双输。不要低价抛售自己，明妮，这就是我要说的。"

穿着设计作品的模特们在 T 台上轮流致谢，莱拉也站起来鼓掌。明妮瘫在椅子上，沮丧地拍着双手。也许莱拉是对的。明妮从来没有往那方面想过。她是奎因柏拉图式的周末女友吗？她是没有期待、没有约会，也没有义务的同伴。奎因可以直接哪个星期不出现，而明妮完全没有理由因为奎因放自己鸽子而生气。如果明妮明天不去会怎样？他们已经持续见面大概七个星期了。如果明妮不去，奎因会打电话给她吗？奎因会失望吗？奎因会把她叫出来，不止是在游泳后就着圆面包聊天吗？

第二天早上，明妮六点就醒了，但服装秀上莱拉说的话一直萦绕在她脑海中，让她有些犹豫。昨天晚上，她下定决心今天绝对不去水塘。反正她手头有很多事要做。她终于攒够了押金，并且在威利斯登找到了想租的公寓——昨天她拿到了钥匙。明天上班之前，她得把自己的东西搬出去，把公寓收拾好。

六点十五分。可是明妮好想去水塘。她无法否认与奎因的短暂会面所带来的乐趣。六点半。如果她想准时到的话，现在就得出发了。她穿好衣服，想着先往那边走，待会儿再决定去不去。反正也可以一个人去海格特喝咖啡。要是她决定不去的话，就不必走到水塘那么远。

七点半。这是在逗谁？很显然明妮是想去见奎因的。明妮走上去水塘的路，感觉自己仿佛在下沉。这样的自我测试使她意识到，她对周末的这点幸福已经如此依赖。明妮四处寻找奎因的影子，通常七点半他就到了。要是奎因这周没来怎么办？要是她这周没来，奎因也没来，奎因甚至都不知道她没来，那明妮愚蠢的测试将变得毫无意义。

"嘿！"一只手碰了下明妮的胳膊肘，她感觉仿佛触电一般。

她转过身，看到他露出酒窝，低头笑意盈盈地看着她。她的血流开始加速——像是个得偿所愿的瘾君子。

"我想着你可能不来了呢。"她紧紧盯着他说。

"我为什么不来？"奎因直视她的目光。

两个人像往常一样游泳、晾干、穿好衣服。他们在岸上晾干的某个时候，她好像看到他瞥了一眼她浴巾下的双腿。可是每次明妮看到他在看她的时候，他就会立刻转过头，然后她就会想这一切是不是自己的想象。

两个人一起走向巴尼的早餐车时,明妮用浴巾擦干了头发。

"这周怎么样?"奎因问。

"挺好的。我在威利斯登租了新房子,已经拿到钥匙了。今天下午就搬。"

"那不是再也没有嘀嘀嗒嗒的钟表了,或者我可以帮你在新房子里挂一些,那样是不是更像个家?"

奎因朝她咧嘴一笑。

"不用了,谢谢。我可是盼着上天赐我一个没有嘀嗒声的好觉呢。"她顿了一下,"不过你可以帮我搬几个箱子——要是你没什么事的话?"

她在做什么?她这是在打破两人之间不成文的规则,是在砸碎钟形罐,戳破泡沫。两个人的友谊只在汉普斯特德西斯郊野公园起作用,搬家是未知的领域。奎因歪着脑袋看着她,眼神中充满了疑问。她能看出奎因也是这样想的。明妮似乎提出了一个无伤大雅的请求,只是一个人请朋友帮自己搬家而已。但两个人都知道不是这样的。

"你确定想让我帮忙吗?"奎因的声音很小,但很严肃,"我可能反而会添麻烦。"

奎因正试图摆脱这个难题。她问出这个问题就很蠢。奎因凭什么想帮她搬家?

"就当我没问,"她说,然后给了他一个过于灿烂的笑容,脸颊挤成了紧握的婴儿拳头,"显然没有任何人愿意这样度过周日下午。"她一下跳到他前面,不想让他看到自己脸上失望的表情,"对了,今天轮到谁买圆面包了?我猜应该是你吧,朋友。"

他们往下走到巴尼的餐车,前面已经有几个人在排队了。有几分钟,奎因一言不发,而明妮则发现自己在用拇指和食指使劲掐自己的皮肤。

"如果你想让我帮忙,我就去。"奎因轻声说。和他一起在排队的明妮转身看着他。她看到他目光背后隐藏着某种情绪:是悲伤,还是无奈?她根本看不懂他。"我今天开车来的,可以送你。"

明妮正想抗议,说这是一个愚蠢的主意,她直接叫个出租车就行了,但随即忍住了。与莱拉的对话让她意识到自己对奎因的感情有多深。她不能再这样下去了,不能只为周日而活。她想打开钟形罐,把疆土拓展到荒原之外,不管那意味着什么。

于是她说:"那真是帮了大忙了,谢谢。"

"不然要朋友干吗?"

搬　家

【2020年8月9日】

带奎因去爸妈家感觉很奇怪。明妮从来没有带男人回家过。

一进屋，她就用手指堵住耳朵，像节拍器一样晃着脑袋。

"瞧，是不是很放松？"

"我不知道——太神奇了。感觉像是时间的住所。"

她朝他皱了皱鼻子。每次听到他说出什么充满诗意的话，她都会做这个表情。

"也许可以把这个当作自传的标题。"她说。

她领着奎因进了阁楼的卧室，他得弯下腰才能穿过那扇似乎给兔子窝预备的门。

"哇，我爱霍普，我公寓里有一幅《夜游者》。"奎因径直奔向《自助餐厅》说。

"不会吧，"她说，"我喜欢他的画。"显然奎因已经忘记他在办公室外跟阿曼达说话的时候她也在场了。"我上学的时候有个好朋友叫莱西,后来她在我十四岁的时候从伦敦搬走了。有段时间,我们一直给对方寄明信片。她那儿肯定有好多霍普的画,因为那些明信片上全是。霍普的画对我来说有特殊的意义——是来自故友的亲切问候。"

"她看起来很孤独,不是吗?"奎因低头看着画像,"不知道她为什么这么难过。"

"你认为她看起来很难过?我从没这样想过,我一直以为她看起来很满足。我很羡慕她——我永远都不敢一个人去喝咖啡,静静思考。"

奎因侧身看着她,手上仍然拿着那幅画。

"这个想法非常乐观。"

"那是莱拉送给我的,"明妮耸耸肩说,"或许她的世界观潜移默化影响了我。"

奎因刚把画放下,好运就从门外蹿进来,在他的两脚之间穿梭。

"这是谁?"说着,他开始俯身抚摸好运的脑袋。

"它叫好运。好运不喜欢搬家,所以我们得哄哄它,假装这是一个给猫咪的竞赛节目,它赢得了一个假期。你可以扮演魅力四射的助手。"

箱子的数量比明妮想的多出许多。要是叫出租车来搬家的话,至少得两趟。从爸妈家出发,开车往南十五分钟就能到威利斯登。新家不像她之前在东伦敦租的房子那样前卫时尚,但也很有特点,而且离地铁站不远。虽然这座房子破败还挨着喧嚣的大马路,但这是她自己能负担得起的地方。她和奎因终于成功地把所有的箱子和一只快快不乐的猫卸到了一层的新公寓客厅里。

"挺好的。"奎因伸着脖子打量着她小一居室的各个房间说。家门的右手边是没有干湿分离的卫生间,房地产经纪人说有淋浴花洒和马桶。"谁上厕所的时候不喜欢洗洗?"

"肯定没有你之前在樱草山住的房子富丽堂皇，不过这里全是我的，而且非常安静。"明妮说。好像是为了提醒她，几辆大卡车从外面的公路上呼啸而过，两个人相视一笑。

家门的右手边还有个巴掌大小的厨房，橱柜高达三层，一直顶到天花板上。厨房里有一个小梯子，应该是为了让人能够到橱柜的顶层。

"你可别把酒放那上边，"奎因指着最顶上的橱柜说，"三瓶金汤力就会让这儿变得非常危险。"他用一只手使劲砸了两下梯子。

"谢谢爸爸。"她说。

"哦，我承认这口气确实像个老爸爸。但是明妮，我要说的是，我从来没有享受过父爱，所以关于爸爸的笑话不太会让我觉得好笑。"

明妮脸色一沉，目光在他脸上游移。

"你被我骗到了吧，"他说，"你的眼神里充满担忧。"

"不，我没有。"她用一根手指点着他的脖子说，"你真有意思。"

"哇哦。"他揉揉脖子笑着说。然后他伸出手，宠溺地捏了捏她的肩膀。

他走回客厅，搬起另一个标着"厨房"的箱子。一瓶香槟从箱子里露出来。"很高兴看到你把重要的东西打包了。"他朝瓶子点点头说。

"这是莱拉送给我的乔迁贺礼，"明妮说，"我这就放冰箱里。"她停了一下，然后抬头看着他，"除非你想现在就跟我一起喝一杯？冰箱里可能有冰块。我今天是不想再开任何箱子了。"

他脸上又出现了那种神情，就是在早餐车旁时的神情，仿佛她在引诱他做什么不该做的事。

"我还得开车回去呢。"他说。

"哦，当然，这个主意太蠢了，香槟还是温的呢。"

"我可以喝一杯。"

他们把其他箱子丢在客厅里，然后一起去了客厅。公寓本来应该是配家具的，但客厅里只有一个小两座沙发和一个矩形矮茶几。客厅虽然很小，但有一扇很大的窗户正对外面的一块空地，所以光线能够照进来，与黑暗幽闭的厨房相比，显得更加温暖而诱人。他们在绿白相间的小伯兹沙发上挨着坐下。没有冰块，也没有玻璃杯，所以他们用马克杯喝香槟。奎因很快就喝完一杯，又给自己倒了一杯。

"我看到有个箱子上标的是'馅饼工具'，"他低头盯着自己杯子里的香槟说，"你觉得有一天你还会重操旧业吗？"

明妮喝了一大口香槟。

"肯定不会了，不是吗？店里所有的东西都卖了。"

"你放弃了租的门店——却没有扔掉那个箱子里的东西。"

"好吧，我也没说永远不再烤馅饼，对吧？"

"你这是在开玩笑。"

沙发太小了，他们的腿碰到了。明妮格外清晰地感觉到与他身体接触的每一寸皮肤。

"温香槟果然不好喝吧？"奎因打趣道。

"抱歉，"她喝了一大口说，"喝快一点就没那么难喝了。"

奎因有样学样地喝完，又给两人满上酒。他们在做什么？他还得开车回家呢。可是明妮不想提问，她只想让奎因留下。

"我把车放在这儿，明天再来取。"奎因仿佛看出了明妮脑子里在想什么，"我可不能留下你一个人庆祝，对吧？"他拿起自己的杯子跟明妮的碰了一下。

明妮意识到自己想喝醉，想放松一下，想无视内心一直没有停过的那个声音，那声音一直在问她在做什么，她希望发生什么。香槟可以压制那个质疑的声音，让她放松，放纵自己。她厌倦了脑海里弹幕似的一个个问题，酒精有时候是一个绝佳的静音按钮。

"所以，不烤东西了，就去餐厅？"奎因换了个舒服的姿势窝在沙发里,问道。

明妮不想谈论工作,她只想依偎在奎因肩膀下的臂弯里,感受他的身体蹭在自己脸上的温暖。她眨眨眼,已经醉了。她是不是已经大声说出想把脸埋在他的臂弯里了?

"不过,我还是认为你喜欢自己创业。你喜欢帮助那些人。"他抬头看着她,感觉到她脸上的表情可能意味着这个话题会让谈话笼罩在不愉快的氛围内,于是话锋一转,"但是那样的话,你就没时间参加野泳奥运会了,那对于大不列颠帝国来说可就太遗憾了。"

她笑了,飞快地拍了一下他的膝盖,表示很满意他换了话题。两个人静静地坐了一会儿。明妮抬眼瞧着他。她现在明白了,说什么只做朋友就满足的话不过是在骗自己。她把奎因带到这里来就已经表示打开了钟形罐的盖子——而此刻,她完全可以直接把玻璃砸碎——把之前想说但没说的话都说出来。

"那么,你觉得现在算什么?"她用手指了指他们两个人,问道。她行动了,她把两人几个月前一起埋在花园里的大盒子挖出来放在这个房间里了。

"什么意思?"他问。他的目光飞快地在房间里扫过,像一个囚犯在寻找逃生路线。她应该放弃这个话题,说点别的。

"我的意思是你和我。现在算什么?我们真的只是一起游泳的好朋友吗?"

奎因笑了笑,看起来有些怯懦。

"你杰出的游泳事业都要归功于我。"

"可是说真的,奎因,"她坚持要问个明白,"除了游泳的好朋友,你真的对我没有其他感觉吗?"

奎因在沙发上不安地动了动,然后闭上了眼睛。她得逞了。现在最后一层窗户纸也破了。

"我知道你说过不想那样,可是,"她深呼一口气,"可是我们在一起的时候,那种感觉——就像是我从来没有跟谁产生过这种联系。我做不到。"她闭上眼睛不敢看他,继续说道,"我每周的每一天都渴望见到你。我们在一起时,就感觉——感觉一切都是命中注定。难道这都是我的错觉吗?"

明妮睁开眼睛看着他。奎因抬头注视着她的目光,明妮清楚地看出:那不是她的幻觉。他俯身靠上前来,眼睛里的蓝色开始变得狂野,仿佛狂啸的大海一般一把搂住她的后脑勺把她拉过来,随后,他的嘴唇便压住了她的——他的吻霸道而又狂热,明妮惊呆了。她就知道!她就知道他也有同样的感觉!她的脑袋里响起胜利的号角。他的吻逐渐变得温柔,他用嘴唇撬开她的嘴,她压到他身上,欲望令她癫狂,恨不能把两人之间的距离变成零。他轻轻地把她推回沙发上,用自己的身体控制她的身体。在奎因怀里,她立刻敏锐地察觉到他有多强壮,宽阔的肩膀、修长的手臂,还有他坚毅的骨架。一股热流穿过她的小腹流向两腿之间,她沉沦了,陶醉了,再也感觉不到脚下坚实的土地。她抬起头再次吻他,可是沙发太小了,他们无法全身纠缠在一起。

"要不换个地方?"她喘着粗气,贴着他的脸说。

奎因迅速站直,顺手把她拎起来,轻轻地扶她站好。然后一个舞步带她转到门口的墙边,而她一个转身,直接把他压在墙上,脱下他的套头衫和衬衣,双手摩挲着他坚实的胸膛。随后,奎因搂住她的腰,轻轻地褪去她的上衣。在他触碰过的地方,她感觉自己的每一个毛孔都在兴奋地燃烧。她解开胸罩,他看着她的身体,仿佛刚刚发现了什么罕见的奇迹。他一只手轻轻地从她的脖子滑到胸骨,环上她的腰,又摸上她的背。明妮觉得自己兴奋得要爆炸,嘴巴再次抬起去寻找奎因的唇。

刺耳的声音突然响起——是门铃。

两个人的动作瞬间僵住了。她猛地抬头朝门口看去。

"是我家的门铃吗？"她气喘吁吁地说。

"我想是的。"奎因声音嘶哑，充满了被打断的痛苦。

"这里我一个人也不认识啊，可能是记错门牌号了。别管它。"

奎因两只手举到她面前，用手掌捧住她的下巴——他把她的脸轻轻地拉近，两个人深情对视，她感觉那一刻天旋地转。

哔哔哔——门铃又响了。有人在喊："有人吗？明妮？你在家吗？"是妈妈的声音。

两个人之间那天旋地转的时刻瞬间变成了恐慌，他们跳到两边，开始手忙脚乱地找衣服。

"她来这儿干吗？"明妮气呼呼地说。随后敲门声响起。"门铃可能坏了吧。"她听到妈妈说。

"马上就来！"明妮喊道，"我上厕所呢。"

她迅速把上衣从头上套回去，给了奎因一个"哦，天哪，对不起"的表情。同时她还试图用目光传达"我来搞定他们，等他们走了，我们从哪儿断的就从哪儿开始"，但这种想法很难浓缩在一个白眼里。

"嗨。"明妮打开门，发现爸妈两个人都站在门口。

"你果然在家，"爸爸说，"我们发现你趁我们出去的时候搬走了所有的箱子，所以觉得你可能需要有人搭把手收拾一下。"

妈妈拎着购物袋风风火火地越过她进了屋。

"我给你买了一些生活必需品。我可受不了你搬到一个厨房空荡荡……哦！"看到奎因从起居室里冒出来，她惊得一只手捂住胸口。

"嗨，您好，库普夫人。"奎因清了清嗓子，挥挥手说。

"奎因来帮我搬家。"明妮解释道。

"看出来了。"妈妈说着，转身对着明妮，瞪大了眼睛使劲盯着她。

"我们不会妨碍你们的。"明妮的爸爸说，"我们只是不想让你一个人待在一个没有任何食物的奇怪公寓里。"

"你爸爸觉得我们应该来查看下周围的环境。没你上一个公寓那么安静漂亮吧？"妈妈说。

"前门的锁不好用，门锁总是出毛病，这个也是。你住在一层得加双层锁。让房东给你装个新的吧。"爸爸说着，锁上又打开前门，给她演示了一下。

"这太不实用了吧！"妈妈抬头望着高高的厨房橱柜说，"好了，我们不会待太久，不过我得喘口气，你有没有打开的茶包？"

明妮的爸妈自行去查看公寓的其他地方，明妮则开始到处翻箱子找茶包。

"就这点地方？"起居室里传来妈妈的喊声，然后随着她走进卧室，一声"我的老天爷！"传出来，"这里是死过人吗？"

"你确定这里比我的更衣室好，明妮·哞？"爸爸喊道。

明妮端着一个装满茶水的托盘走进起居室。爸妈已经找了个舒服的姿势坐在沙发上，而奎因则坐在地上。把托盘放到茶几上时，明妮注意到她的黑色胸罩还在门后的地板上，便试图用脚悄悄地把它踢到沙发底下。

明妮的妈妈皱着眉头看着面前的茶水。

"你是用一个茶包泡了四杯吗？我猜你是因为现在要自己花钱买东西，所以学会节俭了。"

明妮的爸爸不舒服地在沙发上挪来挪去。

"两个人不太坐得下，是不是？"他说。

明妮看看奎因，奎因则把视线移到了窗外。

"奎因，你妈妈的花园最近是不是弄得很漂亮？她可真是个宝藏。塔拉就是个园艺天才，她又能出门走走了，你肯定很高兴吧？"明妮的妈妈自豪地说道。

明妮读不懂奎因脸上的表情,他好像突然变得拒人于千里之外。他的微笑是礼貌的假面,上面涂了一些难以辨认的东西。

"是的,康妮,您对她产生了非常积极的影响。"说着,奎因从地板上站了起来,"好了,恐怕我得走了。很高兴见到你们两位。"

"别走。"明妮转身对他摇了摇头说,"你还没喝茶呢?"她试图用目光传达她是多么不想让他走,但他根本不看她的眼睛。

"亲爱的,我可不认为这个茶水值得留下来。"爸爸皱着眉毛说。

"抱歉,我下午必须得去个地方。很高兴能帮你搬家。"说着,奎因已经走到了门廊处。

"那你的车?"

"我明天来取。"他一只脚已经出了门。

"哦,希望他不是被我们赶走的?"明妮回到起居室后,妈妈说道。

明妮感觉自己的心穿过胸膛,沉到了脚底。在那个吻代表的所有可能的结果中,这绝对不是最优结果清单上的前几项。

"明妮·哼,我们给你带了搬家礼物。"说着,爸爸从旁边的地上拎起一个提包。他从包里掏出一个用泡沫包裹的长方形盒子递给明妮。明妮剥掉塑料包装,盒子是他那些钟表里头的一个,银色指针、声音最吵的那个。

"借给你的,这样你就感觉更像在家里了。"爸爸眨眨眼说。

明妮的叛逆之夜

【2003年跨年夜】

洗澡水越来越冷。明妮露在水面以上的皮肤已经起了鸡皮疙瘩，指尖皱成了白色，像是外星人的脚掌。她两手抱在胸前——那里还是像煎饼一样平。明天她就十四岁了，肯定很快就会发育的。她想打开热水龙头再多待一会儿，可是妈妈就在卧室里——如果她听到水龙头的声音，肯定会大声喊她出去的。

学校放假的生活像是被按下了慢放键。时间变长了，洗个澡可以洗一个小时，准备一顿饭可以花费两个小时，围着公园走一圈，一个下午就没了。上学的时候时间过得更快，更难熬，一秒钟都不能停。还有五天她就要回到快车道上去，回到汉娜·奥尔布赖特的视线中去了。五天。

上学期，班上的女孩们发明了一种新游戏，每当明妮走进教室时，她们就会唱歌。每次有人想出什么新歌，她们就会彼此击掌庆祝。"开着我的车"，"这是我的车"，"生活就是高速公路"，与车和开车相关的歌真是多到令人发指。

明妮已经学会了如何应对别人给她起外号,对她唱歌。让她们唱歌,让她们笑,不要做出任何反应——这样她们消停最快。汉娜永远是最努力那个的人,怂恿她做出反应。上学期的最后一周,事情"升档"了。"升档",明妮把头没入洗澡水中——现在连她想事情都要跟汽车挂钩了。

出现问题的部分原因是她最好的朋友莱西不在他们班了,所以没人再为她撑腰。汉娜、宝琳和别的一些女孩开始用力推她,拉扯她的头发。有一次,有人用铅笔戳她。这种新的暴力行为吓坏了明妮。她不知道该如何处理,这可不是她忽略或者默默忍受就可以搞定的事情。

她在水下睁开眼睛,透过波光粼粼的水面抬头望着有污点的米色天花板。然后破水而出,肺里吸满空气,将双腿收回,紧紧贴在胸前。大腿上仍然可以看到铅笔戳过的地方留下的紫色小圆圈。学校的女生好像就想一直扎她、戳她,直到她崩溃。

她成为她们欺负的对象难道只是因为她愚蠢的名字吗?她在学校学了《罗密欧与朱丽叶》,有句话一整个学期都在她脑子里回响,"玫瑰即使不叫玫瑰,依然芳香如故"。换个名字,生活还会是一团狗屎吗?学校里也有其他一些名字很奇怪的孩子,可他们并没有像她这样痛苦,九年级的伊斯拉·怀特太漂亮了,肯定没人取笑她,十年级的齐吉·兹·赞恩的爸爸曾经组过乐队——这给了他一张自由通行证。肯定是有什么别的原因让他们觉得明妮好欺负。难道是她的棕色卷发?她胖乎乎的仓鼠似的脸?她已经偷偷扔掉了C奶奶过圣诞节的时候送给她的花街巧克力。或许如果她不吃巧克力的话,脸就会慢慢瘦下来吧。

今晚她又做了一些激进的事,不仅把头发染成了金色,还花了六个月的零花钱把头发拉直了。或许她需要的只是一个崭新的形象而已。她害怕妈妈看到她的样子,所以才在浴室里待了一个多小时。今晚将是她作为金发女郎的第一个夜晚——或许她的运气也会从此改变。

一整个下午她的肚子里都在打结,直到变成一个痛苦的球。每次明妮焦虑的时候肚子都会像现在这样疼。上学的时候,她的肚子老是疼。如果她的外形改变了,但情况并没有好转怎么办?如果厄运不是因为她的头发、脸颊,甚至是名字,那该怎么办?如果她无法改变厄运怎么办?

要是能与格蕾丝·威蒂斯交换人生,她什么都愿意放弃。格蕾丝·威蒂斯长得漂亮,曲棍球打得也好,笑起来跟明星一样。大家像蜜蜂围着一朵花一样围着她。没有人愿意像蜜蜂一样围着明妮。对于格蕾丝那样的人来说,生活肯定非常容易,每天晚上上床睡觉的时候,完全不用担心第二天有人憋着什么坏招准备捉弄她。

"明妮,你是淹死了吗?"妈妈在门外喊道。

"没有,这就出去。"明妮一边回答,一边从水里出来,哆哆嗦嗦地去拿浴巾。

"我必须得走了。"妈妈说,"你跟朋友一起去参加那个派对是吗?"

"是的,去青年俱乐部——就是商业街上那家叫班伯斯的,莱西的妈妈会开车送我们。"

妈妈要走了,完美,至少明天之前妈妈不会被自己的头发吓到了。

"结束之后伊莱恩会送你们回来吗?"妈妈的声音听起来充满疲惫。

"啊——会。"

明妮站在镜子前,新发型令她一阵恍惚。金色头发太亮了——她看起来像是完全换了个人。

"明妮，你听见我说话了吗？"妈妈说，"还有，不准喝酒，要是我明天闻到你呼出的气里有酒味，以后就不许出门了，明白吗？"

"明白，妈妈。"

几分钟后，明妮听到了关门的声音。她裹着浴巾走到平面窗前。她低下头，看到妈妈弓着身子朝地铁站走去，因为太冷，妈妈把外套立起来包住耳朵。

她们今天过得很愉快，她和妈妈。威尔和爸爸一整天都不在家，他们在汽车后备厢里装了些东西摆摊去了，妈妈则做了很多吃的，为明天的救世军义卖做准备。她做了十二个鸡肉蔬菜馅饼，还让明妮帮忙。烘焙是为数不多的一件明妮能和妈妈一起做的事。妈妈耐心地教她如何压制面糊，然后用适量的面粉铺开。今天，明妮负责装馅儿，妈妈则负责炖馅儿。"做得很好，不错，厚度均匀。"妈妈站在明妮身后说。妈妈很少夸她。明妮顿时觉得充满了自豪。

不知为何，妈妈做饭的时候就会变得很温柔，可能是太忙了没空挑剔。

她站在窗边，突然紧张得不想出去。胃里的结还在。如果金发并没有给她带来更多快乐呢？如果汉娜出现怎么办？如果新发型引起了超出自己预期的关注怎么办？

一枚蓝色烟花在空中炸开，嘶嘶升入空中，在灰色多云的天空中留下明亮的白色阴影。那枚烟花莫名地让明妮重新燃起希望，低空中本不该出现烟花的。或许按照原计划，烟花本该在半空中更绚烂地绽放，却因为失误提前爆了。那枚孤独的烟花，照亮了她独自出门的路。

恋爱建议

【2020年8月15日】

"我们要去的那个地方叫什么来着?"贝弗问。

"克莱尔发廊,"莱拉说,"她们可以用卷发器和设备把你的头发变成好看的五十年代的样式。"

现在是周六的上午。莱拉给贝弗、明妮和弗勒尔约了做头发,提前试试十二月婚礼的时候要做的发型。她已经下定决心,要是她们想当自己的伴娘,就必须一起拥抱她最喜欢的年代。

弗勒尔计划在发廊跟她们会合,明妮、贝弗和莱拉则从地铁站一起走过去。从乔克农场下车后,明妮感觉像是穿越到了过去,自己仿佛正透过深褐色的镜头观察整个世界。她抬头看到自己在那里长大的那幢公寓,公寓的窗户看起来还是跟以前一样。此刻,她们正穿过铁路桥,桥的那头就是樱草山,她的眼睛不由自主地瞟向一个新的方向。奎因的公寓距离这里可能只有五分钟的脚程。

距离上次接吻已经过去六天了,这期间他们只发了一次短信。

周一那天，她一整个上午都在瞎晃悠，等着他回来取车。最终，一个戴鸭舌帽的家伙出现了，原来他是奎因的私人司机。他的司机？他派了司机来。

那天奎因一走，明妮就觉得有什么事情结束了。也许是因为她爸妈来了，也许是他已经清醒了，也许是动物园的那一幕重演了。到周二晚上，仍未收到他的任何消息，于是，她给奎因发了一条信息。

"都有司机了？"

她考虑了好几个小时要发什么。但最后她只发了这五个字，简单地提醒他自己的存在。但他冷淡的回答令人失望。

"嗯。对不起，这周工作太忙了。或许还是水塘见吧。"

没有吻。没有玩笑。也完全感觉不到他的任何情绪。那天晚上看到这条信息后，明妮的内心又紧张地揪成了以前那个熟悉的结，她一直想着这条信息无法入睡。

第二天，她努力乐观起来。或许他这周确实很忙呢？她在期待什么——吻过她之后，他突然想每一分钟都与她共度？她注意到他说的是"或许"在水塘见。明天如果她去的话，奎因还会出现吗？不管她翻来覆去地怎么想，总觉得奎因这周的沉默非同寻常。

"跟莱拉一起走在街上感觉像是跟大明星一起走，有没有？"贝弗的话打断了明妮翻滚的思绪。

莱拉身穿二十世纪五十年代的绿色连衣裙，上面满是黄玫瑰。她的头发刚染成了彩虹色，还涂了大红色的口红。贝弗说得对，路人看到莱拉纷纷注目。

"很高兴有人注意。"莱拉说着，沿着路略微跳了起来。

贝弗穿着黑色牛仔裤和T恤，上面写着"吸管真恶心"。明妮甚至都不知道自己身上穿的是什么，因为大家一直在讨论穿着，她只好低头看了一眼自己今天早上穿了什么。牛仔裤和蓝色T恤，噗。

"我能说，你看起来真棒吗，明妮？游泳这事非常适合你。"贝弗说。

"很高兴你能这么说，贝弗。你看起来也很可爱。"

"你们不喜欢八月吗？温暖的空气、公园里的花香。这个时候的伦敦真的太美了。"贝弗大口呼吸着空气说。

"贝弗，你听起来很乐观，"莱拉伸手捏了捏贝弗的手说，"这是受明妮的影响么？让你与所有行善者一起参加活动？"

"哦，我遇到了很多很棒的人，真提气。我还加入了一个非常棒的社团，叫'捡捡垃圾、一起聊天'。他们会组织一群人一起去捡垃圾，然后你可以一边捡垃圾，一边找到志同道合的人，一起海阔天空地聊天。我第一次去的时候有点乱，因为他们把我放到了一群有PBA——脱欧焦虑症——的人里。我跟一个素不相识的家伙聊了好几个小时分离的痛苦——我觉得他老婆肯定是把他甩了！"

"好吧，很高兴看到你一切都好起来。"明妮说。

"家庭医生开始让我服用新的抗抑郁药，但我觉得这并不是我情绪变好的原因。我觉得更有可能是捡垃圾的影响。"

"哦，不管怎样，重要的是你现在感觉好多了。"莱拉说。

她们到了发廊，发廊藏在一条不起眼的小巷里。克莱尔发廊是由两位八十多岁的女士经营的，而且毫无意外，两位女士都叫克莱尔。莱拉与她们相识多年，是这里的常客。走进发廊就让人感觉像是穿越到了过去。墙上贴着老牌化妆品的旧广告，角落里有一台留声机放着爵士乐。甚至连放在茶几上的杂志都来自另一个时代，两位克莱尔的衣服外面都罩着老式的粉灰色工作服衬衫。弗勒尔已经到了。她一只手划着手机，另一只手里端着一个印着花的茶杯。

"可算是来了。"她们一进来，弗勒尔便抬头说。

莱拉拥抱了两位克莱尔，然后转身向众人介绍。

"这是弗勒尔,你们已经见过了。贝弗、明妮,这是克莱尔(Claire)和克莱尔(Clare),一个名字里有'i',一个没有。"

名字里有"i"的克莱尔戴着眼镜,棕色头发,发型是利落的波浪形。另一位克莱尔则将花白的短发做成蓬松的波波头。

"那你们是怎么决定克莱尔发廊的名字里要不要加'i'的?"明妮问。

"可别提名字的事。"莱拉使劲摇摇头说。

"这个说来话可就长了……"Claire 说。

"……这就要说到我们喝了多少雪利酒,玩了多少场金拉米纸牌游戏。"Clare 笑着说。

"我赢了,"Claire 说,"标牌上本来有'i'的,您可以看看原来的地方还留了个空隙。结果有一天,这个老太婆用棍子给扯下来了。我亲眼看见她扯下来的,结果她竟然说是鸽子弄的。狗屁鸽子!"

"就是鸽子。她的话一个字也别信。"Clare 摇摇头说,随即两人便都大笑起来。

"亲爱的女士们,你们今天想要什么发型?"Claire 问。

"哦,您知道,我十二月份就要结婚了,我希望我的伴娘们都能来点五十年代的发型。我想我们先试验一下,确定是否可行。"莱拉说。

"我可不想在头发上用太多奇怪的化学物质。"弗勒尔坚定地说。

"不用担心,发胶一干,什么致幻化学物质都没有了。"Clare 露出满是茶渍的牙齿,咧嘴一笑说。弗勒尔充满怀疑地眯起了眼睛。

明妮和莱拉一起坐在柜台旁边的圆高脚凳上,看着两个克莱尔开始在贝弗和弗勒尔的头发上忙活。明妮突然一阵恶心。她整整一周都没有睡过一天好觉。与奎因的不欢而散仿佛给一切都蒙上了阴影,而努力让自己看起来一切如常实在是颇费精力。今天出来是莱拉几周前就已经计划好的。明妮希望让朋友看到她高兴、热情,但她觉得自己蹲在地上缩成了一个球。

"嘿,你没事吧?"莱拉伸出一只胳膊搂住明妮问。

明妮咬紧牙关,朝莱拉扬起灿烂的笑脸。

"当然没事。就是有点累,对不起。"

有时她真希望她的朋友没有那么了解她。有时她只想假装自己很好,也希望莱拉跟她一起假装没事。

"奎因那儿还是没有任何消息吗?"莱拉问。

"我是错过了情侣双胞胎的什么故事吗?"弗勒尔抬起头问,目光在明妮身上瞟来瞟去。

"没有,我们能不能不要——"明妮虚弱地抗议道。

"明妮喜欢那个家伙好久了,"莱拉对两位克莱尔解释说,"后来他们终于有了进展,可是现在那个家伙完全不理她了。"

"哦,老天爷。"Claire 说着,透过镜子给了明妮一个同情的表情。

"他们上周六接吻了,可是现在他对于明妮来说就是查理·卓别林。"莱拉说。

"查理·卓别林?"贝弗提出疑问。

"就是沉默呗。"莱拉说。

"呃,也不是完全沉默。他给我发了一条信息。"明妮笨拙地在凳子上挪了挪说。

"信息的内容是什么?"Clare 问。

"就是这周很忙,也许什么时候水塘见的屁话呗。他们俩一起去那儿游泳。"莱拉解释道。

Clare 的脸皱了起来。

"也许他真的很忙。"贝弗同情地凝视着明妮说。

"也许他已经结婚了。"弗勒尔耸耸肩说。

"他没有结婚,弗勒尔。"明妮生气地说。

"那可能他是个间谍，"弗勒尔说，"可能是俄国人派来的卧底。间谍是不能谈恋爱的。"

"或许他是同性恋，"Clare 说，"我的第一任丈夫就是同性恋。"

"他和明妮已经成为朋友了，我怀疑他以前是否曾经建立过朋友这种关系。他是个害怕亲密关系的人。"莱拉说。

"想听听我的建议吗？"Claire 问。

"两位克莱尔总是会给出很好的建议。"莱拉缓缓地点了点头说。

"如果你吻了一个男人，但这个男人立马跑了八丈远，那他绝非良人。生活中有很多时候都需要你直面暴风雨，而且生活本身就充满了暴风雨。在共同的生活中，生病的孩子、濒死的爸妈和癌症都是会把对方逼疯的挑战。你需要的是一个暴风雨来临时能够与你一起迎接暴风雨的人，你说是不是，克莱尔？"Claire 一边把弗勒尔的头发拉成卷，一边说道。

"她说得对。生活中的暴风雨来临时，一个害怕承诺的男人会突然消失，跟某个叫金伯利的胆小鬼一起寻找更平静的海岸。"Clare 说，"你晚上起来给孩子喂奶时他绝对不会起床，你经历过两次乳房切除手术后，他就不会再睡在你旁边。"Clare 顿了一下，俯身拍拍正在工作的 Claire 说，"但你最好的朋友会在。"两个人会意地彼此深望一眼。

看着两个老太太彼此之间的这一刻，明妮想着不知道等她和莱拉到这个年纪的时候，是否依然还是朋友。或许这才是重要的，或许这才是真正持久的爱。

"而且，如果他还要求你洗避孕套，那他就是个彻头彻尾的大浑蛋。"Clare 用两根手指轻拍着穷骨说。这时，弗勒尔喷出来一口茶，她用一只手捂住嘴巴。这一举动打破了屋里阴郁的气氛，大家都大笑起来。

明妮把话题从男人拉回莱拉的婚礼上。一方面,明妮知道她们说得都对;但另一方面,或许是因为那些一直充满期待的猫头鹰,她还是希望明天去游泳,希望能在那里找到奎因,一切还像以前一样。

两个克莱尔用卷发器固定住弗勒尔和贝弗的头发,就轮到明妮和莱拉做造型了。

"对了,莱拉,你的好日子是哪天?" Clare 问。

"十二月三十号。"莱拉叹了口气。

"哦。好吧,这日子还挺……特别。"

"我们本来想在跨年夜,但我尊贵的伴娘在跨年夜这个日子老是疑神疑鬼,所以我们只好提前了二十四个小时。"

"根本就不是因为我。"明妮一边思考一边说,"他们根本没钱在跨年夜办婚礼,而且三十号办的话便宜很多。别人可不会在跨年夜的前一天办个大派对。"

"还有,如果是跨年夜的话你就不来了。"莱拉说。

"但主要是价格便宜很多。"明妮说。

"主要是你那天不会来。"

"便宜。"

"你。"

"便宜。"

明妮的电话响了,阻止了她们的争论继续升级。电话是她妈妈打来的。

"喂,妈妈。"

"明妮,我现在在塔拉家。"她说,"我正在给塔拉做博客页面,她想写写关于园艺治疗焦虑的内容,但是这个网站我实在是搞不定。需要横幅广告吗?标准设计就行还是应该花钱买个主题?还有我们怎么把她手机里的花园照片导出来放到网站上?"

明妮闭上眼睛,这一堆问题已经把她问蒙了。

"恐怕我不是博客方面的专家,"明妮说,"哦,等一下,我跟弗勒尔在一起呢,她懂。"明妮捂住话筒,把手机递给弗勒尔说:"你能跟我妈妈说一下怎么建博客吗?"

弗勒尔轻轻敲了敲手指,然后推开头顶上巨大的粉红色圆柱形加热器,从明妮手中接过手机。"这个机器绝对会烧坏我的脑子。您好,康妮,是的——您需要我怎么帮您?"

随后发生了一场非常混乱的谈话,弗勒尔试图逐个屏幕地与明妮的妈妈讨论她需要点击的选项。但最后,弗勒尔还是不得不放弃。

"对了,你就在樱草山是不是?我们现在都在乔克农场一个奇怪的理发店里。等这边结束我可以直接过去一下,要是我能看到屏幕,两秒钟就能搞定……是的,我们可以一起去……听起来不错……我跟明妮说一下。"

明妮疯狂地摇头,拍拍手让她把手机拿过来,但弗勒尔已经把电话挂了。

"怎么了?"弗勒尔问明妮。

"我们不能一起去!"明妮说。

"为什么?"弗勒尔问。

"那是奎因的妈妈家,如果他在那儿怎么办?而且塔拉不会希望这么多陌生人去的。"

"奎因是谁?"Clare 问。

"就是她喜欢的那个家伙——躲避暴风雨的人。"莱拉说。

"哦,他不会去的,对不对?"弗勒尔说,"你妈妈说塔拉想让我们都去看看她的花园什么的,说她们做了醋栗蛋挞需要我们帮忙吃掉。"

明妮皱了皱眉,她不能去塔拉家。要是奎因突然来了发现她也在那里怎么办?那就太尴尬了。她又给妈妈打了个电话。

"妈妈,我们不能去塔拉家。"她坚定地说。

"哦,明妮,别犯傻了,塔拉想见你,而且她说带上你的朋友们,是不是,塔拉?……哦,好吧,她想知道你们有几个人?"

"我们四个人。"

"她们四个人,塔拉……好的,没关系,她说来吧。"

明妮感觉自己的皮肤开始发烫。Clare 将最后一个卷发器固定就位,然后在她头上喷了几下定型喷雾。

"奎因会去吗?"明妮小声问道。

"应该不会来吧,问他干吗?你想见他吗?"康妮问。

"不,我只是不想让他以为我——嗯,在伦敦老围着他转。"

"塔拉,明妮想知道奎因来不来?"康妮喊道。

"哦,天哪,不要问她!"明妮往椅子上一沉,一只手捂住双眼。虽然她很高兴妈妈有了新朋友,但这位朋友恰好是对她玩消失的暧昧对象的妈妈,这就不太妙了。

"不来,他今天要开一整天的会。所以你不用担心没涂口红就碰到他。"

半小时后,四个人站在塔拉家的房子外,每个人都是扎眼的二十世纪五十年代的蓬蓬头。

"天啊——这是她家?"莱拉说,"这可比我们整个楼栋都大。"

"知道吗,要是我住在这样的地方,我很可能也永远都不想离开家。"贝弗说。

"嘘。"明妮做了个噤声的手势,然后走到前门去摁门铃。

开门的是塔拉。

"明妮,哦,瞧瞧你,真好看。我曾经也做过这样的发型。"

塔拉戴着园艺手套,穿一条灰色宽松连衣裙,外面罩着一条绿色围裙。她的皮肤晒成了古铜色,眼睛里闪烁着光芒。

"你确定我们不会太打扰吗?"明妮说,"我们一会儿就走。"

"不,不会,进来吧,进来。哦,天哪,真是五彩缤纷!"塔拉一看到莱拉的彩虹色头发,立马叫道,"看着真是太开心了。"

明妮向她的朋友们介绍了塔拉,然后大家一起跟着塔拉去了厨房,厨房里,明妮的妈妈正皱着眉头盯着一台笔记本电脑。莱拉和贝弗目瞪口呆地看着塔拉家富丽堂皇的装修,毫不掩饰她们的惊讶。塔拉看向另一边时,明妮做了个让她们把嘴巴闭上的动作。

"哦,明妮,你看起来很像伊丽莎白·泰勒年轻的时候。"明妮的妈妈说。明妮不敢相信妈妈会如此恭维自己。"还有弗勒尔,有点像贝特·戴维斯。这么盛装打扮是要做什么?"

"为了莱拉的婚礼试试头发。"明妮解释道。

"好了,让我看看你要设置的博客?"弗勒尔拉了一张凳子坐在明妮妈妈旁边说。

"哦,我们第一页都没弄好。"明妮妈妈摇摇头说。

"要是这么麻烦,我觉得我可能做不了,康妮。"塔拉双手绞在一起,惊慌失措地皱着眉头说。

"没那么复杂,别担心,我会帮你搞定的。"弗勒尔朝塔拉挥挥手,满不在乎地说。

"带明妮去看看花园吧,塔拉,我想她肯定想去看看。"明妮妈妈建议道。

"哦,其实也没什么好看的。"塔拉摇摇头轻声说,"不过对于我来说算是个小小的成就。"

塔拉带领明妮、莱拉和贝弗下了楼梯,直奔地下室,那里有一扇落地窗直通后门。按照伦敦的标准,这个花园非常大,一直延伸到一百五十英尺外的树墙。离房子最近的是鹅卵石铺成的露台,配有藤桌和藤椅，再远处是一大片花圃，里面种着白玫瑰、紫色毛地黄和橙色大丽花——各种颜色争奇斗艳。

"这都是园丁弄的，花的功劳不能算我的。"塔拉解释道，"不过这个可以算我的——这是我们的小事业。"

塔拉向她们展示更外面的菜园时，声音里有难以掩饰的自豪。四块整齐的四方形土地上全都种着成排的绿叶蔬菜、香草、四季豆和番茄苗。

"哇，你们很忙啊。"明妮跪下，闻着百里香说。

"你妈妈上周末开车带我去了花卉中心。那些是我自己出去买的。"塔拉指着那排草药说。然后，她转向莱拉和贝弗。"我知道这听起来不是什么了不起的事，"塔拉再次握紧双手，用一只手的手掌摩擦另一只手的手背，"但我有时候出门有些困难，有点承受不了那种压力。"

"嘿，我们所有人都有自己要战胜的魔鬼。"贝弗真心实意地说，塔拉点了点头。

"你妈妈真是太了不起了，明妮。她每天都鼓励我迈出一小步，根本就不接受拒绝，是吧？"

塔拉的声音那么温暖，明妮不由得放下了防备。她从未听别人这样说起过她的妈妈。她并未经常觉得，妈妈的固执会成为这样积极的品质。

"哦，很高兴她能帮上忙。"明妮说。

她能看到塔拉的手开始颤抖，她的手握得很紧，指关节已经发白。"塔拉，我们不想给你造成压力，如果我们在这儿让你觉得不自在的话，请你一定要说出来。"

"请留下来吧，"塔拉说，"我需要强迫自己多做尝试。"她眨眨眼，目光转向房子，"要是我煮一壶茶，你们愿意一起来喝吗？"

大家一致同意。

塔拉匆匆返回房间,贝弗、莱拉和明妮则坐在藤桌旁的椅子上。

"哎呀,我想上厕所,但我不敢去。"贝弗说,"这个地方就像白金汉宫一样。"

"贝弗,想上厕所就去。"莱拉说,"要是你尿裤子,那只会更尴尬。"

"我去不了。我的膀胱一到富丽堂皇的地方就罢工。"

五分钟后,塔拉端着一盘茶具和醋栗蛋挞回来了,下巴上还夹着手机。

"对,是明妮和她的朋友来了……她朋友正在帮我弄博客……没有,我没有过度,亲爱的。哦,明妮想跟你说话。"塔拉说着,放下盘子,把手机递给明妮,"是奎因,来问问我怎么样。"

明妮感到脸上的血色瞬间流失,肚子里的结不舒服地扭绞着。她想过无数次听到奎因消息的方式,但绝对不是现在这样。她微弱地摇了摇头,但塔拉一定要把手机塞给她。

最后,她还是接过手机走到花园里。就算必须与他交谈,那也绝不能在众人面前。

"喂。"她说。

"喂,明妮。"奎因说。他清了清嗓子:"你们是来帮忙打理花园的吗?"

"算是吧。"明妮说。

两个人沉默了一会儿,然后奎因开口了。

"很抱歉没给你打电话,我知道我应该打的。我……这一切对于我来说太难了。"

他的声音吞吞吐吐,充满尴尬。明妮用空的一只手捏了捏耳垂,耳垂上的压力分散了她的注意力,让她暂时不去考虑自己怀疑的那可怕的真相。

"你为什么要这样？"她静静地说，"我想……我也不知道自己在想什么。"

"明妮，"奎因的声音变得柔和，"我……"他叹了口气，"我不能那样做，不想再次让别人失望，我知道我无法成为你想要我成为的人。"

"你怎么知道？"她的声音提到了嗓子眼，"我不想要你成为任何人。"

电话中一阵沉默。她觉得奎因可能已经不在电话旁了。

"我已经让你失望了，从你的声音里能听出来。"两个人都沉默了。明妮站在那里摇了摇头。"请不要以为是你的问题，明妮，你真的非常……"奎因猛吸一口气，"还记得我们在动物园听到的那只企鹅的故事吗？就是日本那只爱上立牌女孩的企鹅？"他的声音听起来沙哑而破碎。

"记得。"明妮闭上眼睛说。

"嗯，我就是那个立牌女孩。我没有能力成为一只活生生的会呼吸的企鹅。我想露西说得对——就是她那些关于我的评价。"

明妮感觉到眼泪夺眶而出，她用力抹掉眼泪，不想让其他人看到她在哭。"或许我们可以在水塘见面？"奎因小声说。

"我不这么认为，奎因。"

她挂了电话，咬紧牙关，希望眼泪不要再流。她花了一分钟冷静下来，然后转身走回房间。至少她现在知道了，不用再自欺欺人，不用再为他的沉默找借口了。立牌女孩绝对不是能一同经历暴风雨的人。

明妮朝其他人走去，把手机还给塔拉，脸上尽量表现得很愉快。她煎熬地度过用茶时间，终于，弗勒尔帮塔拉建好了博客，还教会了塔拉怎么用，她可以走了。塔拉站在门口向她们表示感谢并道别时，悄悄把明妮拉到了一边。

"我知道我让奎因的生活变得很难，可怜的孩子。"塔拉声音颤抖着说，"我试着不那么依赖他，但是……我最严重的时候，根本没有意识到自己在做什么。"

明妮捏捏塔拉的手。她不知道该说什么。塔拉把明妮拉过来拥抱了一下，悄悄在她耳边说道："不要放弃他，明妮。他需要你，我能看出来。"

明妮不想告诉塔拉，已经太迟了，自己已经放弃了。

走出兔子洞

【2019 年跨年夜】

"你躲哪儿去了,奎因?我一晚上都没有看到你。"

露西穿着细高跟鞋,像催眠似的一下一下扭着屁股穿过房间朝他走来。她结实地在奎因唇上一吻,随即挽着他的胳膊一起走到房间里远离狂躁的乐队的一边。派对正热火朝天地开着,参加派对的人超过两百个。奎因都不知道自己有这么多朋友。一切都是露西安排的——场地、乐队、私人餐饮。

"你跟鲁普特聊过没?"

"鲁普特……"奎因的眼神往右上方瞟,他根本不知道鲁普特是谁,也不知道为什么要跟他聊。

"哦,奎因。"露西优雅地一跺脚,"鲁普特!就是那个在雷克森[①]工作的人,对于你来说是个重要的商务联系人。他也很想雇用我。

[①] 伦敦最大的银行之一。

我一直跟他说我在报社工作得很开心,不过这些联系人不知道什么时候就能用得上。"

奎因点点头,好像只是临时忘记了那个人的名字,而不是对谈话根本一无所知。

"我们可以出去吗?"露西朝滑动玻璃门后面的阳台举了举玻璃杯说。奎因拉开门,一阵强烈的冷空气猛然袭来。他脱下外套裹在露西的肩膀上。

"听着,我知道我们说过今天晚上不谈那件事,但我一直在想卡罗尔说的话。"露西抱着他的外套说。

卡罗尔是他和露西最近一个月一直在见的关系顾问。这是露西的主意。她认定奎因"害怕亲密关系,让他们的关系难以进入新的阶段"。她认为奎因需要治疗以"解决他童年未解决的问题"。这就是互联网导致的问题:所有人都幻想自己是业余的心理专家。

奎因和露西在一起已经一年零三个月了。露西预计他六个月就会说"我爱你",最好是三个月。十五个月意味着他一定有什么问题。这是她六点钟说的,就在今天。奎因并不认识很多会拉着伴侣去接受心理治疗的女人,但露西显然认为他值得一试。露西总是着力于解决问题,这也是她身上讨人喜欢的一个优点。

卡罗尔采取的疗法是用脉冲的声音刺激太阳穴,但由于某种原因,他暂停了脉冲治疗一个多月。为什么不结束这种治疗呢?要是换作以前的女朋友,他绝对不会忍受这种审视和质询。一个答案是他真的很爱露西,或许他不想离开她。她漂亮、聪明、自信——有什么理由不爱上她?她甚至已经适应了他对电话的反感,这可是其他女人从来都无法忍受的。她不是需要他,而是想要他——这种动态平衡是他们还在一起的原因。

但是,在昏暗的潜意识边缘,奎因意识到有一片黑暗禁区。如果他稍稍注意，这片不可捉摸的禁区就会没入阴影。昨天，他第一次直视了那片阴影。他看清楚了那是什么，并且能够用语言表达出来。从波莉开始，他在潜意识里总是会对某些方面不讨喜的女人着迷。这并不合理，他也不知道原因。但是他意识到了这个问题，开始忍不住透过自己模糊的视角审视自己的恋爱史。贾娅超级自恋，艾迪说谎成性，安娜讨厌狗，露西是势利眼，对服务生很没礼貌。他可以很快察觉到这些特质，但奇怪的是，这些特质竟然吸引了他。

为什么？他一试图窥视这个兔子洞，就感到焦虑。什么样的精神病患者才会主动选择与拥有自己不喜欢特质的女性约会？这种焦虑让他觉得自己变成了妈妈，这是刻在他的基因里的，他已经失控了。

现在回到刚才的问题：为什么不跟露西分手？自己可能爱露西，这个想法勾起了奎因的兴趣。如果这就是爱，那么爱是可以控制的，爱并不是一场能够动摇他根本的地震。如果他和露西将来的发展不好，他会很难过，但他无法想象余生都把自己封闭起来。

奎因没有下决定可能还有另一个解释，那就是他发现了与卡罗尔交谈的价值。随着自己慢慢长大，奎因认为治疗类似于用墙纸修复炸弹造成的破坏——让你注意不到房屋的墙壁已经粉碎了。在与卡罗尔交谈的过程中，他发现自己说到了爸妈离婚，谈到了妈妈的状况、爸爸的失踪。是什么促使他如此坦诚，将情绪的煤块堆放在肮脏的治疗引擎中？卡罗尔只是倾听，点点头表示理解，她并没有试图用墙纸修复任何东西。

第四次交谈的时候，卡罗尔说："我知道你们预定的是伴侣治疗，但如果要我说实话，我认为一对一交谈可能对奎因更好。你们一次只能安排一种治疗，所以你们必须做出选择。"

露西看起来很失望。她喜欢参与，喜欢充满同情地点点头，似乎只要他愿意把过去的一切和盘托出，最后剩下的就是她期盼的那三个字。

"好吧,"露西皱着眉,目光在卡罗尔和奎因之间来回打量,"我和奎因会商量一下。我觉得我俩的关系已经有进步了,是不是?"

露西俯身向前坐在椅子上,平日里紧绷的脸皱成一团。她握紧双手,两个食指朝卡罗尔的方向轻敲。卡罗尔的回应则是看不出情绪的牙齿广告式的微笑。

"我认为你想好好讨论一下的想法是正确的。"她对露西说,"但对于我来说越来越清楚的一件事是,奎因需要更多时间独立地去解决一些问题。"随后,卡罗尔朝露西鼓励地点点头,这一动作让你觉得自己已经说出了所有正确答案,马上就要在治疗游戏表演中获胜。"作为支持伙伴,露西,你做得很棒。"

"哦,我有很强的依恋型人格。"露西激动地说,恨不能给治疗师也治疗一下。

那是一个多星期前的事了。他们说过要商量一下。现在露西直接在派对上提出来了。

"你觉得我们应该怎么做?"露西握住奎因的双手说,"我觉得你应该要求去其他人那里看。卡罗尔应该是伴侣关系方面最好的治疗师,所以我更愿意保留我们在她那里咨询的机会,你同意吗?"

"外面冻死了。我们回去好好享受派对吧。这件事可以明天再说。"奎因一把拉过露西,吻了一下她的额头说。

露西勉强一笑,然后拉开门回到了派对上。

"好吧,不过我们还是得决定。现在去吧,确保你融入其中,你应该跟每个人至少交谈三分钟,这样所有人都会觉得见过你。"

奎因环顾四周。他想和谁说话呢?吧台那边是他仍然有联系的为数不多的几个上学时的朋友:马特、琼斯和迪帕克。舞池里是他的同事和几个在伦敦大学学院和剑桥时期认识的人。迈克正忙着和露西的朋友福莉克·艾米聊天。三分钟。三分钟真的能让别人记住他吗？三百分钟后呢？在满是朋友的房间里，奎因却从未感到如此孤独。

奎因看到露西趾高气扬地走过去训斥一个服务生站得不够端正。服务生看起来很害怕，起身要走，径直撞向一个朝他走过来的女孩。女孩一头棕色卷发，穿着一件奇怪的休闲背心，但朴素的衣服却更加凸显出她的与众不同。服务生手中的托盘掉了，小点心飞向空中。奎因看着那个卷发女孩停下来帮服务生捡小点心，不停地道歉，好像是她的错似的。她跪在地上，用双手帮服务生擦掉领结上的山羊奶酪，然后用自己的上衣给他擦了眼镜。奎因面带微笑地看着眼前发生的一切。他认识的人里没有一个人会这样帮一个服务生。

女孩站起来擦了擦自己身上，然后从头发上择下一块山羊奶酪。服务生匆匆离去，她独自一人站在那里，看着眼前的派对，似乎并不是其中的一分子。女孩的某些方面似乎与这里格格不入，像是一只天鹅步入满是大鹅的池塘。

奎因转过头，看到露西正像往常一样夸张但毫无感情地大笑，现在他知道了——无论是否与他的过去、他和露西的现在，或是别的什么事情有关——他不爱露西。他要选择卡罗尔。他想走出兔子洞。

新馅饼计划

【2020 年 9 月 13 日】

　　明妮在花园里帮爸妈拆掉爸爸的工作棚。现在，爸爸已经把阁楼变成了一个全功能的防潮维修工作室，所以不需要棚子了，而且这个棚子占据了妈妈可用于蔬菜项目的宝贵空间。明妮的妈妈把塔拉那里长虫子的蔬菜搬来了。

　　"全球变暖意味着我们都应该自己种点菜。"妈妈解释道。

　　"全球变暖除了能让菜长得快点，跟自己种菜有关系吗？"爸爸问。

　　"哦，等没有土地种食物，西红柿涨到一小筐十镑的时候，你会很高兴我们家后院里有一些，不是吗？"妈妈用空着的手从眼前撩开一绺满是汗水的头发说。

　　"要是我们全都要生活在水下的话，你最好还是去学学怎么造潜水艇或者怎么长出鱼鳃吧。"爸爸说。

　　"棚子拆了之后看起来有点奇怪，原来没有棚子的房子看起来这么不一样。"明妮退后一步,看着眼前的场景说。她穿着蓝色的工作服,手里拿着一根鞋盒大小的棒槌。"我从来没有意识到原来棚子这么挡光。看看厨房现在多亮堂。"

"非常适合种东西。"妈妈高兴地瞪大了眼睛说。

"我会想念那个棚子的。你知道我在那里修好了多少钟吗?"

"你在阁楼上也会一样快乐。"妈妈很快说道。

"可是阁楼里光线太差。"爸爸抱怨道。

"哦,你非得把这儿都占了,是吧?"

棚子拆完了,木板高高地堆在爸爸的小货车后面,明妮进去烧了壶水,然后把带来的水果蛋糕切成小块。站在那儿等水烧开的间隙,明妮的目光循着架子扫过上面妈妈的烹饪书。在奈杰尔[1]和杰米·奥利弗[2]的烹饪书之间,她看到了妈妈那本灰色的旧剪报夹。她拿过剪报夹,漫不经心地翻看着里面的内容。她从来没有自己看过这本剪报夹。每次妈妈在特殊场合把它拿出来时,总是只给她展示某篇文章或某个证书。

明妮翻看着威尔的拼字比赛证书,还有他发表在当地报纸上关于鼓和贝司复兴的文章。明妮一边摇头一边微笑。后面是关于奎因成为第一个九〇后宝宝的新闻报道,文件夹的下一页让明妮愣住了——那是维克多餐厅的菜单,是她第一次工作的地方。后面是遇见餐厅的圣诞节试吃套餐,那是明妮为了让爸妈看看她在做什么的时候带回家的。后面是他们第一次设计的没有硬馅的广告传单,还有一些她带回家给爸妈看的关于馅饼馅儿的想法。明妮翻了翻剩下的纸页——所有她做过的东西都在,妈妈把所有东西都保留下来了。明妮迅速用手捂住嘴

---

[1] 奈杰尔·劳森(Nigella Lawson),英国厨艺女王。
[2] 杰米·特雷弗·奥利弗(Jamie Trevor Oliver),是一位英国厨师。他的名字杰米和"原味主厨(The Naked Chef)"的称号更广为人知。

巴，以免自己哽咽。或许妈妈对她并没有那么失望。

"亲爱的，你是不是要给我们来杯茶什么的？"妈妈的声音从花园里传来。

"嗯，马上来。"她的声音高得有些奇怪。明妮匆匆把东西都塞回去，然后把剪报夹放回架子上。

"棒呆了，亲爱的，竟然有蛋糕。"大家一起坐在后门台阶上吃着厚厚的水果蛋糕时，爸爸说道。

"谢谢。我特意按照你喜欢的方式多加了些樱桃，爸爸。"明妮说。然后她转身看着妈妈，眼睛里闪烁着激动的光芒。

"为什么要这样看着我？"妈妈充满怀疑地问。

"没什么。"明妮笑着伸手捏了捏妈妈的手，"就是觉得这样跟你们俩在一起挺好的。"

"哦，我得说这是你说过的最好听的一句话，明妮。你现在还整天想着烘焙吗？"妈妈用手掌接住碎屑，又咬了一口蛋糕说。

"是的，想。"明妮充满向往地说，"我想烘焙，但更想念我的顾客。上周我有一天休息，去了社交俱乐部看大家。老梅维斯·马奥尼去世了，我甚至都不知道她病了。"

"哦，至少她算是寿终正寝。我们病房昨天死了一个女孩，才二十四岁，可怜的孩子。生命是宝贵的礼物，没有时间让你在悔恨中挥霍。"

明妮的爸爸一口吞掉了手上的蛋糕。

"你的心态变了啊，康妮。"他咳嗽了一声说，"你经历了什么？"

"她正在'通过园艺战胜焦虑'，爸爸。"明妮说。她吸着两个腮帮子，以防自己笑出来。

爸爸大笑起来。

"接下来她就要说去一些瑜伽营净化她的 Jackras 了。"

"是Charkras[①]。"妈妈笑着开始打坐，双手合十做出祈祷的姿势。

"哦，咱们快走吧。"爸爸摇摇头说，"我才不相信这个'没有时间后悔'的女人。我觉得你的眼球里头肯定文了一张后悔的事清单，是不是康妮？嫁给我肯定是头一条。"

"不。"妈妈摇摇头，叹了口气说，"嫁给你是我做过的最好的事情，比尔——你和孩子们。就算拿全世界跟我交换我也不换。"

爸爸妈妈同时伸出胳膊捏了捏对方的手。

明妮在爸妈之间来回打量。她不记得他们何时曾这样过：互相取笑、放声大笑、深情款款。十几岁的时候，明妮一直认为成人的对话就是围绕着清单，一方列出自己已经完成的工作，再列出另一方没有完成的工作。如果爸爸笑了，妈妈就会骂他什么都不当回事。等晚上妈妈终于坐下来了，爸爸却会在这时选择保养珍藏的时钟。她很少见到他们这样彼此陪伴。妈妈仿佛本来一直在吃什么特别苦的药，现在突然服下了解药。

或许在没有孩子之前，爸妈的关系就是这样的？或许是家庭生活的压力打倒了爱。上次回来的时候，她看到妈妈在厨房里，站在爸爸旁边帮他揉背——明妮三十年来从未见过她给爸爸揉过背。

"你有什么后悔的事吗，明妮·哞？还是你也接受这种'不后悔'的思考方式？"爸爸问。

"我后悔的事就是你给我取了个明妮·库普这个烂名字。"明妮用胳膊肘轻轻推了推爸爸的肋骨说。

"哎哟，我还是要说，汽车厂商他们会来找你签赞助协议。"

明妮抬头看着九月湛蓝的天空，思考了一会儿。

"我想我后悔的是，就那样放弃了没有硬馅。"

[①] 瑜伽用语，意思是"能量中枢"。（编者注）

"你有你的理由,我敢肯定你那么做是对的,亲爱的。"妈妈说。

明妮很不适应妈妈现在充满安慰和同情的样子。她再三审视她,然后转身看看爸爸,又回头看看妈妈。

"你确定她脑子里长包什么的?"她故意大声对爸爸说,"她看起来像是换了个人。"

爸爸故作深沉地摇了摇头:"我就是抢夺身体的外星人。"

"哦,你们俩快给我闭嘴吧。"妈妈朝他们的方向挥了一下手臂说。

"话虽如此,"明妮说,"但我还是觉得自己放弃得太快了。我甚至都想到了不需要慈善基金也能让财务正常运作的方法。我过了六个月才想到终究太迟了,对吧?"

那个方法是她在药店买洗发水的时候想到的,当时护发产品正在搞"买一赠一"的活动。这让她想起去年格雷格为她的生意编的那个可笑的谐音梗——饼(买)一赠一[①]。然后她突然想到了——何不让企业为那些真正需要的人买单?如果她让公司为有需要的人买馅饼呢?他们每为自己买一个馅饼,就要给社区需要的人买一个。商业本来就是致力于凸显企业的责任感,不是吗?

她一手握着椰香洗发水,另一只手拿着百香果喷雾,一下子僵在过道里。她为这个绝妙的点子感到兴奋。随后她又想起实施这个天才计划的下一个障碍,她已经解散了团队,卖掉了所有设备,还放弃了厨房的租约。即便她愿意,也不可能再拿到贷款从头再来。

明妮将这个想法告诉了爸妈,甚至详细地说明了准备如何实现这一想法。她通常不会这样跟爸妈讨论自己的想法,因为不等她说完,妈妈就会指出其中的各种漏洞。但是今天,爸妈静静地坐在花园的台阶上,一直等她把话说完。明妮把想说的话都说完了,目光在爸妈之

[①] "饼"(Pie)和"买"(Buy)在英语中读音相似。(编者注)

间来回打量。

"抱歉,我是不是说得太多了?"她说。

"听起来这事你必须去做,明妮。"妈妈柔声说道,"很抱歉我以前可能没有给予你足够的支持。我不知道这个对你来说这么重要。"她伸出一只手放在明妮的膝盖上,"你知道,或许有时候我说的也不总是对的。毕竟当妈妈的时候也没人给你一本指导手册。"

说出这些道歉的话似乎令她很痛苦。明妮拍了拍她的手。

"我知道,妈妈,没关系的。"

"那你还准备做吗?"妈妈用一根手指抹了一下眼角说。

明妮皱着鼻子摇了摇头:"我应该早点想到的。现在我根本没有那么多钱。"

"能不能拉个投资,找个相信这个想法会成功的人?"

"《龙穴》①。"爸爸说,眉头扬到了秃顶的前额上。

"我又不是发明了馅饼,爸爸。"明妮把头发拢到耳后。他们俩现在都在怂恿她,让她认为这是可能的。"即便我能够说服一些投资者投资,我本人也必须有一些启动资金。我自己也需要投资。"

"要多少?"爸爸问。

"什么多少?"明妮问。

"启动资金啊?"

明妮摇了摇头:"一万英镑,我不知道。反正比你藏在沙发后面的要多得多,不过还是谢谢你,爸爸。"

她靠在他怀里,头枕在他的肩膀上。新馅饼计划能否实现已经不重要了。能这样跟爸妈聊聊天,他们愿意倾听,并相信她可能会做成一件事——这就足够了。

---

① 一档 BBC 商业投资真人秀。

"走吧。"爸爸把她的头从他的肩膀上移开，站起来说。

"我们不是干完了吗？你不打算帮我把那个混凝土地基挖出来？"妈妈问。

"今天不行，亲爱的，我们得先钻孔打碎地基。明妮·哞，我有东西给你看。"

"脱鞋！"他们正准备踏入厨房时，身后传来妈妈的叫声。

爸爸带领明妮走到休息室，指着她最喜欢的那座钟，也就是她送的那个——古吉。明妮不解地看着他。

"我还记得你把这座钟买回来送给我的那一天。你把这座钟放在背包里，坐公交车的时候一路上都背着，肯定沉死了。我敢打赌，那时候你想用零用钱买的东西肯定有很多很多。"他抬头望着那座钟，眼里泛着泪光。

"哦，那时候这座钟看起来就像个没人要的垃圾。是你把这座钟擦出来了，爸爸。"

"按网上说的，全世界只剩下四座这样的钟了。而且现在我已经把它修好了，所以它至少值四千英镑。"

"不！"明妮飞快地用一只手捂住嘴巴，大声叫道。

"而且家里还有些其他宝贝也值一些钱。"

"你不能卖掉你的钟，爸爸，不能因为我卖掉。"明妮缓缓摇了摇头，"你在那些钟上花了那么多时间。"

爸爸肃穆地点点头。

"或许我确实是在钟上面花了太多时间，所以才没有足够的时间关注重要的东西。"他张开大手包住下巴，把两边的脸颊挤在一起，"不过，没什么可后悔的。"他顿了一下。"明妮·哞，我总是在你身上看到自己的影子。"他一只手搭在她肩膀上说，"如果机会来临，我希望你能抓住。"

明妮和爸爸站着看了一会儿这座钟。

"妈妈知道这些钟很值钱吗？"

"她知道个屁！"爸爸大笑道，"我一直跟她说这些都是垃圾。她都准备按垃圾分类扔到第九弹道里去了。"

他用两只手掌上下揉了揉眼睛。明妮简直不敢相信原来爸爸一直都有个小金库，更不敢相信他刚刚说要给她。

"但是我们说好，在透露什么消息之前，一定要确保妈妈处在'园艺心情'中，好不好？"爸爸说。

过期的邀约

【2020年10月】

　　笔记本电脑已经充好电，幻灯片也准备好了，明妮穿着新的黑色连衫裤，涂着红色口红。她在社交网站上关注的一个网红就是这么搭配的。上周一凌晨两点，她认定这样打扮肯定会为她赢得投资。

　　过去几周，她一直绞尽脑汁地想如何筹集剩下的钱以实施"馅饼买一送一"的计划。格雷格的话在她脑海中回荡——"联系人、联系人、联系人"。她认识的人里有谁能在企业餐饮界说上话吗？露西·多诺休，就是她了。

　　格雷格曾经跟她说过，离开报社以后，露西找了一份新工作，负责伦敦最大的银行之一——雷克森公司的企业餐饮。她正是明妮要找的人。换作以前，明妮肯定会认为露西这样的人根本不会见她，也绝对不会认真对待她。她会因为过于怯懦而不敢开口。可是现在，明妮有了不一样的感觉。这样做可能不会有什么结果，但她必须试一试。不能后悔。

格雷格和他的室友克莱夫已经用统计数据和图形帮她做了一个幻灯片。

"不要表现得太激动。"克莱夫提醒她,"不要让她觉得是在帮你忙。你带着这个想法去见她,是在帮她的忙。"

"还有,把头发梳起来。"格雷格说,"不要把头发藏在后面——你总是那样,很烦人。"

"你要打印一份商业企划书留给她看。你走了之后她会想看看那些数据的。"克莱夫说。

"带一块馅饼。"格雷格说,"那是你的产品,这很重要。"

"还有推荐信。"克莱夫说,"大家都喜欢推荐信。"

"哦,天哪。"明妮一边说一边努力把所有事项记下来。

格雷格两只手搭在她的肩膀上:"你可以做到的,明妮,我知道你可以。"

两个人分手后,格雷格终于决定开始着手写他一直想要写的那本书:《詹妮弗·安妮斯顿外传》。写书的过程中,他开始重新审视自己生活的重心。几个月前,他曾给明妮打电话说,他跟詹妮弗一样,非常享受单身生活,他不需要一个伴侣来定义,他想要支持生命中出现的女人,所以无论何时,只要她需要支持,他都会在。明妮之前从来没有意识到原来他对詹妮弗·安妮斯顿的崇拜如此狂热,不过这个热爱詹妮弗的新版格雷格乐于助人,这已经是进步了。

走进雷克森闪闪发光的办公室,明妮感觉就像雪莉·桑德伯格[①]和希拉里·克林顿同时附体。凯蒂·佩里的《咆哮》一直在她脑中回响,她肯定是走得趾高气扬——明妮之前可从来不会趾高气扬地走路。露西和一个穿着细条纹西服,梳着黑色大背头的男人一起迎接

---

① Facebook 首席运营官。

她,并带她进了会议室。巨大的会议桌上边摆着一排小瓶矿泉水,房间两端各有一个巨大闪亮的壁挂屏幕。

"感谢您与我见面。"明妮一边与露西握手,一边与她保持得体的眼神接触。她想说她知道露西很忙,不想耽误他们太久,但她忍住了——那是以前的明妮才会说的话。

"我们见过,对吧?"露西眯着眼,试图想起她是谁,"格雷格在电话里说得不是很清楚。"

"是的——去年跨年夜的时候,"明妮说,"在深夜果酱俱乐部。"

露西抬起头,从一侧上下打量了一下明妮。

"哦,对,"露西好像有点想起来了,"我都没有认出你,你头发是不是变样了?"

明妮开始展示。这几天她已经排练了很多次。她罗列了所有的统计和数据,甚至还制作了一个简短的视频,采访了一些老客户,这些老客户介绍了她配送的馅饼如何影响了他们的生活。

一切顺利——哦,除了幻灯片出了点故障,屏幕不动了。她试图重设屏幕时,她和莱拉在果阿海滩上的照片突然弹了出来。照片上,她一手搂着邋遢狗,另一只手握着一杯鸡尾酒——她看起来皮肤黝黑,一脸幸福。

"抱歉,技术故障。"明妮气呼呼地说。

露西和她的同事鲁普特提了些问题,然后礼貌地倾听。两个人品尝了她带来的馅饼样品,然后明妮把用于提议的幻灯片留给了他们。

"好的,谢谢你过来,我们会联系你的。"露西说,"顺便说一句,连体衣很不错。"

明妮是一路跳着回家的。她也不确定结果会怎样,但她感觉一切都很顺利。如果雷克森拒绝,她会再去别家试试——不达目的决不罢休。手机上有一条妈妈发来的信息:"希望一切顺利,亲爱的。我今天下午要去上课，不过你可以晚点打电话给我，告诉我怎么样，爱你哦。"

妈妈正在接受再教育，准备做一名助产士。前几周吃晚饭的时候，她突然说这是她一直想做的事，把大家吓了一跳。塔拉在网上帮她找到了个课程，是专门针对想要接受再教育的护士的，她已经报名参加了，还迫使爸爸卖掉了一座钟来支付学费。随着家庭成员的职业规划改变，十三号越来越安静了。

回到威利斯登的公寓，明妮一屁股坐在沙发上，拿出手机。她该给杰克回个信息了。杰克是餐饮公司的厨师，他和明妮上周出去约会了。杰克很有魅力，人也善良，很受女服务生欢迎。去年，他乘货车在墨西哥各地冲浪，一攒够钱又跑去美国的约塞米蒂国家公园玩极限跳伞。他是那种逍遥自在的冒险家，让人很难不喜欢。明妮也没有什么理由拒绝继续跟他约会。明妮的恋爱猫头鹰并没有昏了头，杰克对这些猫头鹰无效。

正在明妮考虑如何给杰克回信息时，没有硬馅的 WhatsApp 小组蹦出来一条信息，是弗勒尔发来的一条链接。弗勒尔的制片人朋友拍摄了莱拉的订婚仪式，现在终于在编辑后发过来了，弗勒尔已经上传到了她的视频网站频道上。明妮看着视频放声大笑，视频完美地捕捉到了那天的疯狂和欢乐。明妮看着莱拉欣喜若狂的脸的特写，亲了一下屏幕。

"我们火了！"弗勒尔在链接下面附了条信息，"观看和点击量已经有六万了！"

她第二次观看视频时，电话响了。

"喂，是明妮吗？我是露西·多诺休。"

"哦，露西，你好。"

露西在电话那头咳了一下。哦，要是明妮在她的食物里下毒了怎么办？刚才那声咳嗽像是食物中毒引起的吗？要是露西刚刚在厕所里待了一个小时，鲁普特在她旁边吐或者帮她撩头发怎么办？如果露西打电话来是说打算告明妮怎么办？

"我们喜欢你的项目，明妮。我们希望你能为我们伦敦所有的办事处供餐，不知道你有没有这个能力？作为'回报'，我们想让雷克森的员工帮你送馅饼去社区。更详细的情况我们可以稍后再聊，不过我想提前告诉你这个好消息，免得你又去找别人。"

明妮真想在电话里大喊："谢谢，哦，谢谢你，露西！你不知道这对我来说意味着什么！"但她克制住了自己——好运喵喵叫着挠她的腿求关注，她推开好运——然后颇为职业地向露西道谢。两个人约好下周一再见。

挂了电话，明妮听到一阵刮擦的声音，走过去一看，好运正在扒前门。明妮忘了把洗手间的门留条缝，让好运用猫砂了。

"别挠了，好运！再挠我的押金又要没了。"她说着，推开洗手间的门，然后试图把猫抱起来。好运向前一跳，明妮惊恐地看着它尿得门垫上到处都是。"喂，好运！你在做什么？坏猫！"明妮骂道。

她拿起垫子准备放到厨房的水槽里冲洗一下。就在这时，她突然发现地板上有个信封，应该是从邮箱里掉出来滑到垫子底下去的。她拿起来一看——是一封猫尿浸透的信。正面是手写的"明妮"的名字。

这封信在这里多久了？她迅速打开信，一股臭味袭来，她露出嫌弃的表情。"好运，你到底吃了什么？"

明妮迅速扫了一眼最后的落款——是奎因写的。墨水快消失了，所以她迅速读了一遍信。

亲爱的明妮：

我曾试过给你打电话，但我觉得你可能已经把我的号码拉入了黑名单。而且你已经可以说是在其他地方也屏蔽了我。我不怪你。所以我只能采取这种最古老的通信方式。我之前的表现很……（明妮看不清下一个词是什么，可能是"糟糕"，也可能是"照烧"——不过"糟糕"可能更说得通）我想见你，想向你解释。我知道你可能不想见我，但我星期天会去水塘边等……

剩下的字都在酸猫尿中溶解了，信也开始在她的手中化掉。

"噢，真他妈见鬼。"明妮喊道。她几乎从不说脏话。"好运，你尿的正好是这封信最重要的部分！"随后，明妮突然想起如果不是好运在这里撒尿，她可能根本就不会发现这封信，所以不能太苛刻。

明妮去洗了手，用肥皂棉搓了又搓，直到确信猫尿都洗干净了。奎因为什么要见她？都已经好几个月了。那封信在那里多久了？也许是几个星期，也许他去过水塘了，但她却没去？信上有日期吗？

明妮从垃圾箱里捡回那封信。上面有日期，但是现在已经被花生酱覆盖了，那是她做展示之前的小零食的残渣。她试图把花生酱刮下来，但信早就没法看了。

或许信上的其他内容是"你拿了我最喜欢的 T 恤，所以咱们能不能见个面，把 T 恤还给我？"，或是"我还是不喜欢你，不过我想当面为我的浑蛋行为道个歉"。或许信上说了很多事情。

星期天她该去吗？她想听听奎因要说什么吗？在塔拉家接了那通令人煎熬的电话之后，明妮暗下决心——不能再对奎因·汉密尔顿有任何幻想，实际上，不能再对任何人有任何幻想。她需要重新掌控自己的生活，掌控自己的幸福。她下定决心要更莱拉一点，不能再让别人践踏自己的自尊。

那封信让明妮整整一周都浑浑噩噩。向露西推销馅饼之后，她一直处在一种很兴奋的情绪中，可是现在，她所有的时间都在思考、斟酌周日应不应该去汉普斯特德西斯公园。她可以直接把奎因的号码从黑名单里拉出来，然后给他发个信息："嘿，奎因，谢谢你的来信，我不知道你什么时候寄来的，因为现在那封信上全是猫尿和花生酱。我知道很恶心——显然我过得跟猪一样。不管怎样，不知道你能不能把信的内容重新发个信息给我？谢谢。"梅格·瑞恩① 会怎么做呢？

---

① 美国演员，代表作有《西雅图不眠夜》《电子情书》《当哈利遇到莎莉》《天使之城》等。

重 逢

【2020年10月25日】

　　那周的星期天，她去了。她当然要去。好奇心占了上风。七点三十分，她到达汉普斯特德西斯公园，躲在混合池入口附近的灌木丛里。那天早上很冷，秋高气爽，现在水塘冬天已经不开了。明妮在附近的长椅上坐下，踢着脚边的一堆秋叶。信肯定送来已经不止一个星期了。她可以把奎因移出黑名单，给奎因打电话，但她不想。她已经花费了太多时间痴迷这个特殊的立牌女孩。

　　她溜达到议会山上，脖子上紧紧地裹着围巾，双手使劲插入新羊毛大衣的口袋里。从八月的那天之后，她就再也没来过这里了，转而去了室内游泳池。换上秋装的郊野公园看起来很不一样。橙色的树叶像毯子一样盖住了步行道，清爽微弱的光穿过头顶上交缠的树枝射下来。她从地面上捡起一片完美的红叶，观察着绘出叶片薄薄的表面的复杂图案。这片叶子真美，可是又那么脆弱，完成了在这个星球上的使命后便香消玉殒，腐化成泥。这毫不起眼的存在，仔细一看——多么了不起。

"明妮？"

明妮吓得丢掉了叶子。一抬头，便看到奎因站在她面前。

"哦，你吓到我了。"她一只手紧紧地抓在胸前说。

奎因穿着厚厚的绿色羊毛套头衫、驼色外套和深蓝色牛仔裤。她已经几个月没见过他了。你跟一个人常见面时，就会忘记观察他的相貌——他只是一些优点和缺点的集合罢了。一段时间不见之后，再次相见，却如初次相识。而奎因，则是毫不留情地用他的帅气冲击你。

"抱歉，你刚才看那片叶子看得太专心了。"奎因小心翼翼地笑着说。

明妮找到刚才掉落的叶子，捡起来放进口袋里。

"这是一片伟大的叶子。"明妮说完，便开始暗暗骂自己不该说这么愚蠢的话。

"我以为你不会来。"奎因说。

"我收到你的信了。"明妮说，"但我不知道你什么时候寄来的。信有点……破了。"

"哦，"奎因松了口气，"我是三周前寄的，不过我每周都来这里，想着万一能遇到你。"

两个人沿着绿荫大道往前走时，奎因走到了明妮旁边。

"我曾试图打电话给你，但是打不通。我不想突然出现在你家门口，可是我……我需要解释。"奎因顿了一下，他很紧张。

明妮踏上一垛树叶，树叶发出酥脆的嘎吱声。她默不作声，等着他继续说。

"我想我可能有点搞砸了，明妮。我有点处理不了这种有人需要的感觉。"奎因眨眨眼，把手插进口袋里。两个人一起往前走着，眼睛都直直地盯着前面的路。有时候，不看着对方更容易把话说出来。"我觉得在我的生长过程中,我对于爱的概念有些混乱。我一直认为是爱毁了我妈妈,可是我现在明白并不是那样。"奎因摇摇头说。

"听起来你似乎很深入探索了灵魂,奎因。"明妮说。

"是的。"他皱着眉说,"今年年初我开始去看心理医生,开始谈论一些我过去从未谈论过的事情。不过去了几个月我就放弃了,我觉得我自己能搞定。可是后来,我那样丢下你之后,我知道我还得去。我不想再做那样的人了,明妮,再也不想了。我终于做出了一些重要的决定。"

"比如?"

"我需要搬离樱草山。我需要为我的行为向你道歉。我还需要打开自己,让别人走进我。"

从眼角的余光中,明妮可以看到他正用充满希望的眼神偷看她,而她仍旧盯着眼前的路。"到处跟经历过你玩消失的女孩道歉也是治疗的一部分吗?"奎因发出一声短促的"哈"。"如果你要继续的话我表示理解,毕竟那个名单应该挺长的。"明妮轻轻地用胳膊肘顶了一下他。

"不是那样。我信上写的每一个字都是认真的。离开你公寓的那一刻,我就知道自己做错了,但有些事情我无法与你开始,明妮,除非我知道我可以做得很好。"他停在路中间,明妮转过头来看着他。他用拳头敲打着胸口:"从我遇见你的那一刻起,你就钻进了这里,就像脑袋里不停地播放着一首歌,我怎么也忘不了你。"

"那一定很烦人。"明妮微微摇了摇头说。

"并不。"

"哦,那是这个比喻不太好,因为脑袋里不停地播放着一首歌真的很烦人。"

"如果是喜欢的歌就不会。"

"特别是喜欢的歌。毁掉一首好歌最好的方法就是一直在脑袋里回想,我就是这样毁掉了法瑞尔[1]的《高兴》[2]。"

奎因突然握住明妮的手。"好吧,这个比喻不好。你瞧,我显然不太擅长这种事情。"奎因沮丧地用力呼出一口气,然后吸了一口气,再次尝试开口,"明妮,你就像照进我生命里的一束光——令我眼花缭乱。但你的光芒也让我看到了我生命中所有的那些阴影,那些我终于意识到必须去处理的阴影。"他皱起眉头,"看到我是怎么从歌的比喻转换到光的比喻了吗?"

"好多了。"明妮点点头,咧嘴一笑。

"以前我总是与别人保持距离。可是你,从我们第一次谈话起,你就拒绝保持距离,你就在这里。"他用一只手捂在胸口,"听着,我不知道我在要求什么。我猜我想说的是,虽然可能会搞砸,但我还是想给自己一个机会。我想我爱你,如果这听起来不是很傻的话。"

他抬头望着明妮——两个人的目光迎上,他希望明妮说点什么。

明妮感觉胃里一紧。这正是她想要听的话——但那是两个月之前。他刚才说已经准备好了要跟她一起跳下高台,但不知为何,她已经不觉得自己准备跳了。她的双手紧紧握成了拳头。这是她期望的吗?是不是从看到那封信的时候起,她就知道他已经改变主意了?可是,明妮听到他大声说出爱自己时,她的第一反应却是后退,而不是跳下去。

"很高兴你终于想通了一些事情,奎因,而且,这听起来一点也不傻——我对你也有同样的感觉。"

"感觉?"失望浇灭了奎因眼中的火焰。

---

[1] 法瑞尔·威廉姆斯,美国歌手、词曲作者、音乐制作人、制片人、服装设计师,音乐制作组合海王星成员,嘻哈、摇滚乐队 N.E.R.D 主唱。
[2] 原文歌名为"Happy",是法瑞尔·威廉姆斯于 2013 为动画电影《神偷奶爸 2》演唱的主题曲。(编者注)

"对不起,但是从我们上次分开之后,我身边的许多事情都发生了变化。"

"哦。"奎因垂下头。

明妮一只胳膊挽住他,拉着他跟她一起大步往前走。一边走路一边说话就容易多了。

"不是你想的那样。我可能也探索了灵魂深处。就是你说的立牌女孩的事情……"

"我不是立牌女孩,我不想成为立牌女孩。"

"也许吧,但是我觉得我一直是那只企鹅,总是在企鹅圈外寻找能让我高兴的人。"

两个人沉默地走了几步。明妮喜欢挽着他胳膊的感觉。从身体上来说,此刻在他身边感觉非常好,但明妮必须克服这种感觉——她需要用脑袋思考。她脑子里闪过弗勒尔曾对她说过的话:"在成为'我们'之前,你必须首先成为'我'。"上个月,她感觉自己这辈子从来没有这样做过"我":对自己的一切更加坦然接受,更加从容。她有了新的自信,心中重新燃起了火苗,她不希望这火苗熄灭。莱拉在她二十一岁时送的那幅印刷画背面的话让她顿悟了:"做自己的好伙伴,就永远不会孤单。"她希望为自己的火添柴,如果要男人帮你添柴,男人会离开,留你一个人忍受寒冷。

"我现在跟我爸妈相处很好。"她说,"这得感谢你。自从我妈妈跟你妈妈在一起之后,就跟变了个人似的。"

"蔬菜项目。"奎因点点头说。

"通过园艺战胜焦虑。"明妮举起空着的一只手做了个加引号的姿势。

"对,她跟我说过她们的博客计划,她现在说的都是这个。"奎因笑着说。

"我无法描述她的改变有多大,奎因——她好像放下了几十年来一直扛在肩上的那些怨恨。而且她放下以后,不知道什么原因,我也感觉轻松了许多。"明妮摇了摇头,"我知道这听起来很荒谬。"

"没有。"奎因说。

"上周,我向露西·多诺休提出了我的新商业构思,一种帮我的馅饼重新募集资金的方法。她很喜欢我的想法,雷克森会全权提供赞助。我们将为他们的员工餐厅供餐,而他们则为社区的馅饼提供补贴。"

"露西?哇。"奎因神色复杂地笑了笑,眉头不解地拧在一起,但随后又点了点头,"明妮,太棒了,你真是令我刮目相看。露西很有商业眼光。"

"我知道你们的分手并不是很愉快。"明妮说。

"我亏欠她很多——最开始是她拉我去治疗的,这一点我永远要感谢她。"

"今年,我三十岁了,我不知道——我感觉好像终于拿到了自己的车钥匙,而且很想马上开车出发。我很高兴做我自己,这是我以前从未有过的感觉。"

奎因缓缓地深吸一口气:"但是你并没有准备好带任何乘客上你的新车。尤其不能带那些捣乱的怪人,他们会破坏内饰,一直播放错误的音乐。"

明妮咬着嘴唇看着他:"我想是的,对不起。"

奎因头向后一仰,望着天空。

"不是针对怪人,而是乘客。"

此刻他们已经走到山脚下。因为是冬天,巴尼的货车已经移走了,只剩下一大片方形的枯草,仿佛用粉笔圈出的停留过尸体的地方。

"我们还是朋友吧?"明妮问,她的声音有些颤抖,"我希望我的生命中有你,奎因,而且我们两个的妈妈现在也经常一起出去……"

"当然是。"他轻声说,但他的声音不知为何却让明妮觉得他们不会是朋友了。

"你妈妈怎么样?"

"很好,真的。我妈妈现在的状态比她近几年的都好。你妈妈真是太了不起了,她直接连哄带吓……哦,她用几个月的时间做到了我几十年都没做到的事。"

"你做到了,奎因。"

奎因远远望着她,叹了口气。明妮看不太懂他脸上的表情——他似乎很累。

"哦,她就是自然之力。我们都很感激她。"

"我真的很高兴,奎因。"

她捏捏他的胳膊。他缓缓地从她的臂弯中抽出自己的胳膊,然后两手重新插在口袋里。

"走之前,再告诉我最后一件事吧。那辆你独自一人开着驶向夕阳的车——是 Mini Cooper,对吧?"

她笑了:"实际上,我想象的是野马敞篷跑车,就像《末日狂花》里那种。"

"你知道电影里她们最后掉下悬崖了吧?"

"谢谢你这么煞风景的提醒,奎因——我还没看过。"她假装很生气,轻轻捶了一下他的胳膊。

两个人都大笑起来,半是笑声半是叹息——那是预示着关系结束的笑声。

"再见了,明妮。"他俯身亲吻她的脸颊,说道。

她闻到他脖子上的香气,肚子里的猫头鹰开始拍打翅膀并大喊:"你干了什么,明妮?你干了什么?趁现在还有机会,赶紧把你所说的每一个字都收回来!"

但她没有。

婚　礼

【2020 年 12 月 30 日】

  莱拉用叉子敲着香槟酒杯，站起来对着长长的宾客桌讲话。她穿着由羽毛和薄纱制成的婚纱。这是一套由剪裁得体的紧身衣和飘逸的短裙组成的礼服——看起来是一件非常传统的婚纱礼服设计，前提是忽略那硕大的羽毛垫肩。那垫肩向上支棱着，像是化成天使的布狄卡[①]，随时准备冲入浪漫的战斗。

  "我想说的话只有几句，"莱拉说，"因为这是我的婚礼，所以我可以为所欲为。"宾客中发出一阵起哄声和笑声。"首先，我想感谢我的丈夫……"莱拉说的时候，像所有的新娘一样，期待着说出这个词就会响起一片掌声，宾客们自然全力配合。"过去四年里，伊恩让我觉得很幸福——主要是因为他把我们公寓里所有的储藏空间都让给了我，而且他知道绝对——永远——不能以高于三十度的温度洗我

---
① 罗马帝国时期古凯尔特人的艾西尼部落的女王。（编者注）

的内衣。当然这个知道的过程比较艰辛。"

饭桌上,明妮坐在莱拉旁边的位置,看着莱拉的笑话逗得一排排熟悉的面孔哈哈大笑。在莱拉的朋友和家人之中,坐着没有硬馅的所有常客——莱拉把他们全都请来了。弗勒尔、艾伦和贝弗在那边,还有两位克莱尔。老哈里斯夫人和患有痴呆的特里·派普把可怜的贝弗夹在中间。莱拉转身对着明妮,继续她的演讲。

"但是在我遇到伊恩之前,我必须谈谈我人生中的另一位爱人,我的第一任妻子——我的明妮。"所有人都欢呼起来。明妮脸红了,用餐巾捂着脸。"明妮,十五岁时我们在夏令营相识,从此就成了最好的朋友。那天早上九点,我看到她坐在长凳上吃午餐便当里的企鹅饼干,那一刻我就知道,我们会成为朋友。"

明妮放下纸巾,在大家的笑声中耸了耸肩。

"我和明妮一起经历了许多次冒险——在印度带着可疑的行李……"莱拉眨眨眼,停了好长时间,让明妮不由得担心她会在双方爸妈面前讲"狂野兔"的故事。"馅饼冒险——那么多馅饼,与男人的冒险,我很抱歉这么说,伊恩,不过在你之前我还有几个男朋友。"伊恩配合地发出一声搞笑的号叫。"不过最大的冒险还是一直做你的朋友。"莱拉眼中含泪,转身望着明妮,"我知道你愿意为我做任何事。就是这个女人,我三天前哭着给她打电话,告诉她水淹了我们的婚礼场地。她二话不说就跑过来,主动提出把地点改在她崭新的厨房,并负责搞定一切,当时她甚至都不知道该如何打开那离谱的高科技烤箱。"

所有人都在欢呼、鼓掌,宾客桌上传来"去吧,明妮!"的起哄声。

"她拯救了这一天,为别人——这是她的一贯作风。我希望你们不要理解错了。"莱拉似乎有片刻的忧伤,眼睛无神地盯着眼前的香槟酒杯,"借用库普家的一句话——所有这些,今天来到这里的所有这些优秀的人、这了不起的新生意，绝对不会发生在奎因·库普身上。有些东西全是属于明妮的，我也不愿意你变成其他样子。"

"敬明妮！"大家一起高举酒杯欢呼。

艾伦竟然非常擅长手风琴。晚宴后，他跳了爱尔兰人婚礼上的传统舞蹈，大家都帮着把桌子移开，空出跳舞的场地。门蒂斯夫人拿出口琴给他伴奏，还有几个客人随着节奏拍手。

"我们还有个真正专业的乐队等着表演呢。"弗勒尔恼怒地说着，朝明妮抬起头，然后向艾伦的方向努努嘴。显然，她并不喜欢手风琴音乐。"把这支乐队从苏黎世请来我可是费了不少劲呢。我觉得你们根本没有意识到请这支叫'绿色马麦酱'的乐队在私人场合演出是件多么了不起的事。"

"弗勒尔，我想多了解一下你的新业务，"明妮一只胳膊搭在她的肩膀上说，"进展如何？"

自从订婚视频疯狂传播之后，就不断有人请求弗勒尔帮忙实现繁杂的求婚仪式。

"我将它称为'弗勒尔求婚策划'，"弗勒尔说着，递给明妮一张粉红色的名片，"我下周要飞去开罗，在图坦卡蒙的墓地策划求婚仪式，找一些死人木乃伊在旁边跑。这个客户打算把他女朋友吓个半死，然后再求婚。怪人真是多。"

"哇，听起来真厉害，弗勒尔。我很高兴一切顺利。你设计的那个约会网站怎么样了？"

"哦，我们打算做全套的连锁经营，明妮——今天我们主要做'弗勒尔求婚策划'，然后是'弗勒尔约会策划'和'弗勒尔婚礼策划'——谁知道呢，我还听说丧葬市场肯定要火呢。"明妮笑起来，"哦，还有，我在社交网站上的推送已经火了，所以你要是有什么需要宣传的事情，一定要告诉我。"弗勒尔转身望着舞池，"那位吹口琴的女士还要继续吗？对不起，明妮，我必须得干预了。"

明妮悄悄从舞池溜走，终于得以一个人静静地待一会儿。上星期真是太紧张了。她是一星期前才拿到这个厨房的钥匙的。然后，莱拉的婚礼场地用不了了，她必须得布置好一切，一天二十四小时不敢歇。除了贝弗和艾伦，她没有任何其他员工。她花了一整夜把场地布置好，然后找了很多做餐饮的朋友，看有没有人愿意来救个急。回头望着房间里又唱又跳的众人，明妮突然意识到，她成功了。虽然老街上的这个工业厨房并不像预定的庄园那样浪漫，但莱拉很开心，这一切让人觉得非常完美。此刻，明妮想象不出还有比这更像婚礼派对的婚礼派对。

弗勒尔尤其值得表扬，她在装饰方面完成得非常出色。她把厨房变成了一个冬季婚礼仙境，到处都是童话般的灯光和钢制大梁之间串起的银铃花环。贝弗帮忙找来了晚宴需要的亚麻布、瓷器和椅子，艾伦这几天则一直开着新货车买来他们需要的所有东西。明妮再次见到这么多老朋友，见到她下周马上就要重新给他们送餐的老顾客，她的感觉真的很好。

明妮顺着架子抚摸上面的一排排罐子，花了片刻的时间呼吸她的烘焙围裙上那熟悉的面粉香味，围裙现在已经挂在了晾衣架上。她打开水槽上的鹅颈水龙头又关上——她一直想要一个鹅颈水龙头。她简直不敢相信这间厨房是她的了，而且在未来的几个星期，她将每天处理数百个馅饼，这些馅饼将运往伦敦各地。

贝弗看到明妮一个人站在水槽边，便走到她身边。两个人都是五十年代的发型，穿着套装，套装一侧用斜体金字写着"伴娘"。这是莱拉针对如何寻找适合所有人的伴娘礼服这一经典问题的解决方案。

"你是在躲弗勒尔吗？"贝弗问。

"算是吧。"

贝弗笑了:"真不敢相信我们竟然做到了。"

"我也不敢相信。"

"而且我也不敢相信我们会在几周内真正做到这一切。就像过去的美好时光一样,嘿?"

"只是没有弗勒尔了,也没有莱拉。"说着,明妮看到乐队开始演奏,莱拉在临时舞池里大秀舞姿。

"她们永远都在。"贝弗一只胳膊搭在明妮的肩膀上说,"生活一直在改变——如果什么都没有变,那就不算活着。"

明妮瞥了贝弗一眼:"听起来很深刻。"

"确实,不是吗?"贝弗笑了,她低头看着自己穿着的银色连衣裙和明妮的深蓝色真丝连体裤,"你觉得这些衣服我们还有机会再穿吗?"

"当然,以后我们工作的时候周五可以随便穿。"

"明妮,既然你在这儿了,我有个想法想跟你说说,"贝弗说,"你还记得弗勒尔那个发明了海草包装的朋友吗?"明妮点点头。"哦,弗勒尔拉着她参加了一次我们'捡捡垃圾,一起聊天'的活动,她真是个了不起的女人,我认为我们所有的馅饼都应该使用她的包装。我们应该为环保贡献一份力量,你觉得呢?"

贝弗紧张地看着明妮,这显然对她很重要。

"你知道吗,贝弗?"明妮说,"我认为这个主意棒极了,我们的客户也会喜欢的。"

贝弗开心地笑了,立马原地跳了起来。

"对了,我们以后能多跳着开会吗?老实说,我觉得莱拉有些事真是说对了,跳起来真的让我的大脑也活跃起来了。"

派对从下午一直持续到了晚上。派对结束还是因为莱拉和伊恩必须当晚离开乘坐欧洲之星列车去巴黎。绿色马麦酱乐队演奏他们的最后一首歌时,莱拉在拥挤的舞池里找到了明妮。

"我要穿着这条裙子去巴黎,"莱拉紧紧抱着明妮说,"在我明天爬上埃菲尔铁塔的塔顶之前,绝对不会脱掉。"

"真期待看到你的照片。"明妮说。

"真希望你也能去。"莱拉微微踮着脚,轻声说。

"我确定伊恩可不会这么想。"明妮说。

"今天真是最美好的一天,这一切都要感谢你。"莱拉动情地说,"我希望你也能这么幸福,明妮。"

"我很幸福啊。"明妮说。

"我知道你很幸福,"莱拉顿了一下,似乎在斟酌怎么开口,"你还想着那个情侣双胞胎吗?"

"莱拉,拜托。"明妮摇摇头,"我和奎因都已经好几个月没来往了。"

"我问的不是这个。"

"是你告诉我要把自己放在第一位,把我内心的莱拉放出来,拒绝妥协。"

莱拉紧紧抱住她的朋友,在她耳边低语:"如果你脑子里还想着他,那就值得去冒一冒险。否则你永远都不知道结果到底有多完美。"

明妮还没来得及回答,伊恩便一阵风似的过来把莱拉拽走了。

幸运日

【2020 年跨年夜】

明妮穿着她最喜欢的猫头鹰睡衣,抱着一大包麦丽素窝在沙发上。这套睡衣是三年前莱拉送给她的圣诞礼物。T恤底部印着扮成《老友记》角色的猫头鹰的图片,上面用《老友记》的字体写着"猫头鹰会陪着你"。

她昨天去逛商场,囤了些最喜欢的食物。贝弗主动提出今晚来陪她,但明妮拒绝了,她更愿意一个人待在公寓里。不过需要澄清的是,她并不是因为害怕厄运而躲避全世界的,仅仅是因为昨天太累了,所以想穿着自己最喜欢的猫头鹰睡衣,一个人宅在家里看网飞的电视剧休息。有次在公园散步的时候,明妮告诉奎因她对新年的迷信时,他曾称它为"选择性恐惧症"。但不是那样的,这是典型的自我保护。跨年夜有很多人都留在家里,这没什么大不了的。

去年的这个时候,她为了熬过生日选择吃安眠药。今年这种情况绝对不会发生了。她已经想好了明天的计划,她要和家人一起吃午饭。

她为这顿饭可能出现的问题感到过度忧虑吗？答案是肯定的，她确实担忧，但这并不意味着她会取消计划，也不意味着她会躲在家里。今年，明妮身上发生了太多变化，而面对新年诅咒就是最终试炼。

一次解决一件事情，她想。先熬过今晚，再熬过明天，然后她就可以不用再坚持了。她将重获新生。

她标记了今晚想看的电影，翻看着下载影片列表：《上班女郎》《永不妥协》《铁娘子》——好吧，或许这个主题的电影太多了，但她不想一个人坐在那儿看《西雅图不眠夜》。

她很好。一个人很好。她不需要男人来使自己的生活完整。她不想要那种"你让我变得完整"的陈词滥调的结局。她的小船终于稳定了，而像奎因那样的人肯定会让小船再度颠簸。想到奎因听到她关于船的比喻会作何反应，她不由得笑了。

不行，她不值得为奎因冒险。他们自然会有几个月美妙至极的性生活——想象着这一幕，明妮不由得清了清嗓子。就在她此刻坐的这个地方，他们差点……想到这里，她咬住了嘴唇。是的，她当然会有充满激情的性体验，可以让她尖叫到屋顶颤抖、邻居抱怨，让她重新相信生活。但这又如何呢？她想到露西发表在报纸上的那篇文章。他的承诺障碍问题又会浮出水面，他会尴尬地分手，她会心碎，而她为自己建立起来的这种安全的新生活会像核灾难后的庄稼一样凋落。不行，维持现状会更安全。无论如何，她有没有理由相信他能算得上是一个选择。不能因为她还想着他，就认为他的感觉还跟几个月前一样。

但是。

莱拉的话不停地在她脑子里蹦出来。"如果你脑子里还想着他，那就值得去冒一冒险。"明妮确实还想着他。她会注意那些她知道奎因会觉得有趣的事情。业务上那么多新想法，她最渴望听到他的意见。每次妈妈说起去塔拉家的时候,她都特别渴望听到他的哪怕一点点消息。

与奎因在一起的这段时间改变了一些事情。仿佛她之前的每一段关系都穿着盔甲,皮肤表面有一层屏障。但跟奎因在一起的时候,她总感觉自己赤裸裸的,他能看穿真正的她是什么样子。可是,她也记得当初奎因放弃自己时,她变得多么低落和脆弱。这种情绪一出现,明妮就会想起多年前在学校那地狱般的日子。

明妮想知道奎因现在在做什么?或许可以给他打电话。她可以像个朋友那样,奎因说过他们可以做朋友。她可以直接打电话给他,或者邀请他过来,看看他也好。此刻是跨年夜晚上九点整,他可能去参加派对了。她还没想好不这样做的理由,就不由自主地从电话簿里找到奎因的名字拨通了他的号码。他会看到有个未接电话,然后就会知道她曾试着——

"喂?"

"哦,嗨。"明妮没有料到,他接了电话。

"明妮?"

他那边听起来很吵,头顶上有风或者是飞机的声音,还有音乐。

"是我,我只是——嗯——我想打电话跟你说一声生日快乐,虽然还有几个小时。不知道你明天去哪儿,我……"

为什么她没想好要说什么就打电话?她到底想说什么?

"你给我打电话,我真的很高兴。"他说。听起来好像走到了僻静处。

"我一直在想你说的话。"

"真的吗?"

"我不知道,"明妮用力闭上眼睛,"我还是不知道该怎么办。我就是——好想你……"

"明妮，我手机快没电了，一直在提示我电量低。我现在跟几个朋友在船上——是在泰晤士河上举办的派对，我们一小时后从威斯敏斯特码头出发。"他停了一下，"来吧，打个车，过来找我。"

"不行。"

"我不是要求你做任何决定。就让我们一起过个新年，一起在新年到来时倒数吧。"

"今晚不行。"她说，"不过或许我们可以等新年过了之后再一起出去？"

电话那头是片刻的沉默。

"诅咒还是让你出不了门。"他听起来很失望。

"有点吧。"她言辞闪烁。

"你知道有一些研究吗？据说厄运只发生在那些相信厄运的人身上。如果你还相信，那我还能指望……"

电话在此时断了。

"喂？奎因？"

她跳下沙发，试图再打电话回去——电话直接进了语音信箱。他要指望什么？他改变主意了？他是想说他不会跟一个像他妈妈一样出不了门的人在一起吗？

然后，明妮便知道自己现在必须怎么做了。她必须脱下猫头鹰睡衣，并且在不到五十九分钟的时间内到达威斯敏斯特码头。她必须找到奎因·汉密尔顿并证明他确实能够指望自己，还有，她知道诅咒不是真的。她必须要告诉他，她再也不想穿着盔甲生活了，无论要冒什么样的险。她的话可能说得不是很确切——可能没人能听得懂，但她可以在路上继续斟酌怎么说。

明妮拉开衣柜找衣服穿，脑子里一直兴奋地嗡嗡作响。随便什么衣服，随便，她已经没有时间去搭配一套衣服了，穿什么都行。她捡起一条牛仔裤。不行,这条牛仔裤现在对她来说太肥了——实际上根本就不能穿牛仔裤——如果是船上的化装舞会怎么办?要是穿得太随意那就太尴尬了。她只有几件好看的上衣,但没有一件能搭配她最喜欢的那条飘逸的蓝色长裤,那条裤子会显得她的屁股很好看——啊!没有时间考虑这些了。随便什么衣服吧,随便什么都行,明妮。

四分钟后,她走出家门,下身穿着绿色卡普里七分裤,上身是在印度的时候从沙滩小贩那儿买的针织上衣。上衣底下应该有一层衣服打底,所以她加了一件荧光的运动文胸。直到走上主干道,她才意识到就算直接穿着睡衣出门可能也不会像现在这样滑稽。而且她还忘了拿外套,外面冷死了。

去威斯敏斯特码头最快的方式是坐地铁。她沿着人行道往前跑,四肢挥动得如一个长颈鹿宝宝。威利斯登地铁站外贴了一张白色的大公告:"伦敦交通局很遗憾地通知您,由于严重的刺激性污水泄露,朱比利线今晚暂停运营。祝大家新年快乐!"

很好。她继续跑到公交站,公交车十一分钟后到,但她已经没有十一分钟可以浪费了。她叫了出租车还加了价,但今天是跨年夜,希望渺茫。优步应用程序显示还要等待十二分钟。突然,像是海市蜃楼一般,不知道从哪里冒出来一辆黑色出租车,亮着车灯从拐弯处开过来。她沿着人行道直接冲刺过去,却眼睁睁地看到有个男人在她前面几步远处拦下了它。

"哦,不!哦,拜托!我真的很需要这辆出租车。"就在男人打开车门时,她上气不接下气地跑过来说。

他转过身来,皱着眉头看着她。这不是伦敦的规则——黑色出租车是先到先得,而不是按照"谁最需要谁先上"。他的表情告诉她,她没有遵守规则。

"如果我四十分钟之内到不了威斯敏斯特码头的话,就没法告诉我爱的那个男人我已经改变了。他就会乘船远行,那一切就太迟了!"

男人上下打量了她一番,看了看她的一身衣服,然后瞥了一眼手表,叹了口气说:"我就到查令十字街——要不我们一起坐,然后分摊路费?"

"哦,谢谢您!"明妮双手合十,激动得当场跳了几下,然后才跟在男人后面进了出租车。

男人二十多岁,一头乌黑的卷发从头顶垂下来,但两侧都剪短了。他戴着首饰——每个手指上都戴着或金或银的戒指。

"所以你的心上人是海军,对吗?"出租车驶离路边后,男人问道,"这个时间航行还挺有趣的。"

有一刻,明妮似乎很困惑,然后在脑子里回顾了他们的对话。

"哦,不,他不是海军,他是去船上参加派对。"她解释道。

男人皱了皱眉:"你说得好像他要去海上待好几个月,而且非今晚不可一样?"

"是非今晚不可,"明妮说,"要是我不让他看到我敢跨年夜出门的话,他肯定会认为我还相信诅咒,然后,可能他就不会爱上一个那样的人,一个胆小又迷信的人——"

"诅咒?"男人问。

明妮耸耸肩,微微摇了摇头:"就是跨年夜我身上总会发生不好的事,所以我一般能不出门就不出门。"

"什么样的不好的事?"男人坐在出租车的另一侧,眯眼瞧着她。

"也没什么特别的,就是感觉每年的这个时候我都特别倒霉。逻辑上来讲,肯定是巧合或者——"

话还没说完,出租车猛地一阵颠簸,把她甩到了男人腿上。出租车在一阵刺耳的声音中停下,还发出一种可疑的嘎吱声。

"啊!对不起,你没事吧?"明妮发现自己趴在了男人身上,连忙问道。

"轮胎爆了。"出租车司机向他们喊道,"你们没事吧?"

两个人都慌乱地说了声没事。明妮感觉自己的皮肤越来越烫,因为她意识到男人的戒指钩在了她身上,像只虫子困在了她奇怪的上衣织带里。

他们像螃蟹一样配合着从出租车上爬下来,明妮试图尽可能体面地把自己的上衣解开。

出租车司机站在路边检查爆了的轮胎,然后不耐烦地抱怨了一句:"看来你们最好找其他方法去你们的目的地了。"

"你刚才说厄运是怎么着来着?"男人抱怨道。

"巧合。"明妮说。

两个人一起尴尬地站在人行道上。几分钟后,男人成功地招到另一辆出租车。

"也许我们可以——"明妮满怀希望地朝他走去。

"不必了,"他说,"女士,我不需要你的厄运今晚一直跟着我。"

明妮朝南边跑去。她能看到十八路公交车在前面进站了,如果她能搭上那趟公交的话,如果路上不堵车的话,她可能正好能到。她得试一试。

"等一下,等一下!"她大喊着,希望公交车能多停一会儿。值得庆幸的是,司机等她了,还挥手示意她上车。司机是一个三十多岁、肩膀宽阔的男人,胡子很密,两只胳膊上都有文身。

"哦,谢谢您,谢谢您。"付车费时,她上气不接下气地说。

"永远可以多挤一个人。"司机用很重的苏格兰口音说。

明妮在公交车中间的一个座位上坐下来。她今晚绝对是在测试伦敦交通网络的极限。

像往常一样,公交车上坐的是伦敦夜生活下各式各样的人:一个穿着破粗呢外套的老男人，腿上抱着一只戴金属项圈的杰克罗素犬，一群穿短裙长靴的女学生，戴着假睫毛，一边打电话一边哈哈大笑，还有一对中年夫妇在争论去科芬园的最佳路线。

"今天是你的幸运日。"带狗的老男人朝她眨眨眼说。他那充满善意和满是皱纹的眼睛以及尖尖的脸让明妮想起某个小精灵。

"您说什么？"明妮说。

"赶上了公交车啊。"他说。

"哦，对，不过到现在为止还不能算走运。我得在今晚十点钟之前到威斯敏斯特码头。"或许是因为老男人那明亮的充满好奇的眼睛，或许是赶上公交车激起的肾上腺素，她继续说了下去，"我爱上了一个男人，但他还有三十分钟就要坐船走了……"

今晚是怎么了，为什么总在向陌生人倾诉？

老头摸摸狗的脑袋。"哦，这也算是一个赶公交车的理由吧，就是以前好像没听说过。"他说，"鲍里斯也是这么想的。"

公交车进站了，发动机熄了火。

"抱歉，只是停下来换个司机。"广播里传来声音。

大家都抱怨起来。明妮跳起来跑到前面。

"不好意思，先生，能麻烦您告诉我需要多长时间吗？我真的很赶时间。"

"不是所有人都爱我。"一个穿着醒目夹克和白衬衫，戴着公交车司机帽子的金发女子说。她手里拿着笔记簿，一边上车一边上下打量明妮。

"哦，太好了，您是新司机吗？"明妮问。

"她必须到威斯敏斯特码头去告诉一个男人她爱他。"那个长得像精灵的老男人在公交车后面喊道。

"好吧，该到的时候我们自然会到。挪个地儿，哈米什。"女人挪到一边,好让苏格兰大胡子司机从驾驶座上出来。随后,她对整个公交车上的人喊道:"这条公交路线开始调控,本车将在本站停留十分钟。如果您赶时间,麻烦您下车坐下一趟车,下一趟车将在七分半内到达。"

她对明妮咧嘴一笑,露出一颗金牙,然后便坐在了驾驶座上。

"哦,不,我们今晚上就不能不调控吗?"明妮乞求道。

"席琳是遵守规则的人。"壮硕的男司机说,他正在笔记簿上填写记录。明妮决定激起席琳的浪漫情怀。

"听着,席琳,你肯定看过《西雅图不眠夜》吧?你知道梅格·瑞安和汤姆·汉克斯情人节那天在帝国大厦楼顶见面的那一段吧?好吧,我的情况跟那个差不多,只不过不是帝国大厦,而是一艘派对船,也不是汤姆·汉克斯,而是我喜欢的那个人,但是我必须在十点钟之前赶到那里。所以,只此一次,如果您试一下不调控这条路线,我真的会非常非常感激您。今天可是跨年夜啊!"她满是恳求地望着席琳,双手合十放在胸前祈祷。

"你刚才说等公交车等了很久都不来,结果后来一下来了两辆?知道为什么会出现这种情况吗?"席琳一边说,一边从包里拿出一条士力架使劲撕开,"就因为有人没有调控这条路线。"然后,她咬了一口士力架补充道,"而且我不喜欢爱情片。"

"我喜欢《西雅图不眠夜》。"哈米什摇了摇头咧嘴一笑,一边把笔记簿还给席琳,一边说道。

"哦,你看过?"明妮尖叫起来,"那你肯定知道我在说什么。哦,哈米什,你有没有对某个人有过那种感觉——就是突然意识到,无论可能受到什么伤害,无论失败的概率有多高,你都必须放手一搏?在遇到那个家伙之前,我对爱情的期望可能只有五分。五分!后来遇到他,我们在一起之后,好像到了十分——十分!或许我害怕有了十分又失去之后，我再也不会满足于五分了，但如果有机会得到十分，那就一定要去试试，对吧？"

哈米什抬起头，一脸严肃地看着她，眼中已经盈满泪水。

"我曾经有过十分。"他吸着鼻子说，"他的名字叫罗杰，后来他搬去阿姆斯特丹了。他说我应该和他一起搬走，放弃公交司机的工作，学习荷兰语。可是我连卷舌的'r'都发不出来。"

"你从来没有告诉过他你对他的感觉吗？"明妮问。

"没有，我让他走了。从那以后我再也没有遇到过十分。"男人抬头望着明妮，用指关节摩挲着胡楂，目光渐渐坚定起来。"让开，席琳，我今晚要上两个连班。"他挥手让她让地儿。席琳带着她吃了一半的士力架从驾驶座上爬了出来。

"想让我换班的时候随时告诉我。"席琳在哈米什面前挥了挥手说。

哈米什按下广播键："本车现在是直达威斯敏斯特码头的非调控专列。目的地不是威斯敏斯特码头的乘客，建议您马上下车。"

明妮转身一看，其他人早就下车了。车上的乘客只剩下她和那位长得像精灵的老男人，此刻，他正兴奋地拉着狗爪鼓掌。

"让我们把这位女士送到她该去的地方吧！"他喊道。

哈米什驾驶着公交车离开了路边，随后，公交车鼓足了劲儿颠簸着向前驶去。

"系好安全带！"哈米什喊道，"快给十路爱人公交车让路！"他一边喊，一边加速超过了前面的小汽车。

"我可不认为公交车上有安全带。"明妮拼命抓住栏杆，同时试图坐到座位上，"而且这不是十八路公交车吗？"

"现在是十路了。如果这是我最后一班车，姑娘，我要把你送到你的十分面前去！"

随着一阵刺耳的噪声，公交车停在了威斯敏斯特码头的路边。明妮能看到船还在,她提前一分钟到了。

"谢谢你们,真的太谢谢你们了。"跨过双扇门时,她对哈米什和长得像精灵的老男人大喊道。

"快去找他吧,姐们儿!"哈米什喊道。

"给阿姆斯特丹的罗杰打电话——告诉他你对他的感觉!永远都不迟!"明妮一边穿过马路朝码头跑去,一边回头喊道。

还有一分钟十点。她跳过十字转门,跑上通往船上的斜坡。船上静得出奇——没有音乐,也没有开派对的人,或许派对是在甲板下面?她跑着转到前面,试图找路下去,却发现甲板上有个女人正孤零零地一个人在哭泣。

"这是那艘派对船吗?"明妮努力调整呼吸,问道。

"不是,"女人哭着说,"这条船没开。你不应该上来。派对船五分钟之前就开走了。"

她指指泰晤士河中间的一条船。那艘船的体量是这艘船的四倍。船上灯光闪烁,音乐震荡整个河面。女人们穿着亮闪闪的裙子,男人们西装革履,人们在甲板上谈笑风生,翩翩起舞,手里还拿着酒杯。

她错过了那艘船。还是太迟了。

樱草山之夜

2020 年跨年夜

明妮乘夜班车回家。她沮丧地坐着，盯着窗户，看着窗外准备去庆祝的伦敦人。一群戴着闪亮的绒球发带的女孩跟跟跄跄地走在街上，一对穿着红色和绿色情侣套头衫的情侣一边接吻，一边跌跌撞撞地走出了酒吧，还有一个喝得东倒西歪的人朝信箱小便。

她可以明天再给奎因打电话，这当然可以。从逻辑上，她清楚地知道这一点，但她还是觉得自己今晚错过了什么重要的事情。她错过了证明自己不再是一年前那个迷信的宿命论女孩的机会。她错过了向自己证明诅咒并非真实存在的机会。

在家附近下公交车的时候，一辆汽车从她面前驶过，打开车窗丢出一个塑料袋。袋子弹到路边，里面温热的黄色泥状物溅到了她的绿色卡普里裤上，闻起来好像是某种咖喱酱。

转过街角快到前门的时候，她看到门是开着的。哦，很好，家里遭贼了。真是一个完美夜晚的完美结尾。她小心翼翼地朝门口走去，听到里面有声音，那个破门而入的人还没有离开。哦，天哪，好运在哪儿呢？它是不是从开着的门逃走了？她可以打电话报警，不应该试图独自一人面对入侵者。她顿了一下，有些犹豫。透过敞开的门，她能看到她那暖和的连帽大衣就挂在晾衣架上。她快冻死了，可以一把将连帽大衣拽过来，然后跑去找警察。她伸手去拿大衣，就在这时，一个人影从厨房冒了出来。明妮大叫一声，把大衣朝那人头上扔去。

"我已经报警了！"她大喊着，回头朝马路跑去。

"明妮？"她听到有个低沉的声音在她身后喊她。

小偷怎么还知道她的名字？她放慢脚步，一转身却看到了奎因，他系着黑领带，手里拿着她的大衣。

"怎么是你？哦，天哪，我还以为我家遭贼了。"她捂着胸口，激动得有些喘不上气。

"门是敞开的，"奎因说，"我担心发生了什么事，所以就进去检查一下。对不起，吓到你了。"

明妮看着他眨了眨眼，不敢相信他会在这里。

"你在发抖。"说着，他将大衣包在她肩膀上，领着她进了屋里。

明妮迅速检查了一遍公寓，但似乎并没有丢什么东西。好运心满意足地窝在沙发上舔爪子，她冲过去抱起它，用脸蹭了蹭它的毛。

"可能是我走的时候没关好门。"她皱着眉头说，"爸爸提醒过我门锁不好用。"

奎因站在门厅，似乎在等她邀请他进去。

"你去哪儿了？"他问。

明妮站在他对面，他握住了她的双手。

"威斯敏斯特码头——我没赶上那艘船。"

"我不在船上。"奎因脸颊上的酒窝渐渐浮现。

"看到了。"她咬着嘴唇说道,"你直接来这儿了。你错过了那场派对。"

"如果你想待在家里躲避诅咒,那我就跟你一起躲在家里。"

"我还以为可能错过了你坐的那艘船,而且……"她尴尬地停了一下,"……我不知道你对我的感觉是不是还像以前一样。"

"明妮·库普,我想是时候让你看看我到底对你是什么感觉了。"

他双手轻轻捧起她的脸,明妮又有了以前那种经常出现的可笑的感觉:她觉得奎因·汉密尔顿要吻她。只是这一次她对了。他俯身轻轻地印上她的唇。他的唇柔软但坚定,他的手顺着她的头发一直抚摸到脸颊。她的皮肤如触电般兴奋起来,她后退几步靠着墙才勉强支撑住身体。

欢愉的几分钟之后,奎因抽回身子,在空气中嗅了嗅,然后鼻子皱了起来。

"你有没有闻到咖喱酱的味道?"

"是我,我裤子上全是——这是一个有故事的夜晚。"

明妮颤抖起来。她已经冻僵了,身体很难暖起来。奎因用手来回搓着她的胳膊。

"也许我可以迅速冲个热水澡让自己暖和起来,顺便去去咖喱味?然后我就来找你。别走开,马上回来!"

热水让皮肤开始起皱,她看着肚子慢慢让蒸汽熏成了粉色。暖气很足。奎因敲了敲浴室的门。明妮转过身,紧张地双手抱在胸前。他要进来吗?他会那么大胆吗?

"哦,我,呃,我只是想确认一下你没有打电话报警吧?"奎因喊道。

"哦,没有。"她也朝外面喊道,"我没报警。那是我以为小偷要追到街上,情急之下乱喊的。"

"好，很好，就是确认一下。抱歉打扰了。"他的声音听起来很紧张。明妮不禁笑了。

接下来会发生什么呢？她要出去再吻他一次，从上次他们在公寓里中断的地方接上吗？她闭上眼睛淋着水。那当然是她想要的，但同时也很紧张——一切都会如期望中那样吗？

她在淋浴头下擦干了身子和头发，然后悄悄溜进了卧室。她想换件衣服，而不是只裹着一条浴巾跟他聊天。她穿上自己最暖和的衣服，一件绿色的高领毛衣和昨天的牛仔裤，然后便去了客厅。奎因正坐在沙发上，好运则趴在他腿上。

她坐在他旁边，突然敏锐地意识到空空如也的几包麦丽素，还有电视屏幕上隐隐可见的玛格丽特·撒切尔的脸，那是她没看完的《铁娘子》。

"明妮，我真的很高兴你今晚能打电话给我。几个月没见你……"他的声音慢慢变弱，随后，他一只手摸着她的脸，让她的目光与自己相对。

"我保证，只要你需要，我永远都不会阻止你去享受自由的时光。还有，对不起，我伤害了你，我曾那样害怕这种感觉——害怕失去控制。"他吸了一口气，"这几个月终于让我意识到，我并不害怕你需要我，但我被自己多需要你吓到了。"

"我也很害怕，"她静静地说，"真的太难以忍受了。"

他们看着对方的眼睛，在那片刻的寂静中，除了猫头鹰互相交流之外，他们之间也开启了新阶段的对话。半明半暗中，他们握住了彼此的手。明妮突然知道自己想做什么了。

"现在几点？"她问。

"快十一点半了。"奎因说。

"我们出去吧。去樱草山野餐、看烟花，我一直都想这么做。"

"出去?那诅咒怎么办?"他朝她抬了抬眉毛说。

"什么诅咒?我最近的命运都是自己说了算。"明妮伸长脖子对他说,"我只想好好过个新年,一个不会被困在厕所、机场或急诊室,或者躲在家里看电视的新年。我只想要一个美妙的午夜,然后开始一个美好的新年。"

她滔滔不绝地说着,也不知道他听懂了没。奎因笑了,眼睛里闪烁着理解的泪光。明妮肚子里的猫头鹰对她说的话很不满意,猫头鹰们希望她尽快与奎因赤裸相对,但她没有听——猫头鹰真是目光短浅。

"我们去过自己的午夜吧。"他站起来,拉起明妮的手说。

明妮跑到厨房,从橱柜里翻出一张野餐垫,然后把野餐用品扔进一个帆布袋里。随后,两人便出门上了一辆出租车。

樱草山人满为患。他们根本没法从人群中挤过去,走到山顶的最佳观景位置。还有四分钟就是午夜了——他们来得正是时候。明妮把垫子铺在草地上唯一的空地上。这个地方比较靠近山底的垃圾箱,旁边是一群喝啤酒、弹吉他的少年。奎因打开了明妮带来的野餐用品袋。

"牛奶?"他掏出一个纸盒,大笑道。

"我冰箱里没有其他可以喝的东西了。"她笑着说。

"维他麦饼干和香蕉。"他把袋子里剩下的东西掏出来说。

"这些跟牛奶很搭。"她再次笑道,"听着,野餐就是野餐。"她用胳膊肘轻轻推了推他,"我们在威利斯登可不是随时都备着香槟和开胃小菜。"

奎因咬了一口干巴巴的维他麦,喝了一口纸盒里的牛奶,然后做出一副夸张的"嗯,真好吃"的表情。两个人都笑了。周围的人开始大喊着倒计时。

"十、九、八……"

放得早的烟花已经升空，流光穿过天空，绽放出斑斓的色彩。他们只能看到英国电信大楼的楼顶在地平线上熠熠生辉。

"三、二、一，新年快乐！"周围所有的人都在大喊。

"生日快乐，了不起的美女明妮。"奎因轻声说着，俯身开始吻她。

"也祝你生日快乐。"

吉他少年弹起了《友谊地久天长》，大家都开始跟着唱。就在奎因和明妮接吻时，各地的烟花都在天空中绽放。火光升腾，冲上高空，随后又化作漫天燃尽的星点雨坠落。

就在这时，明妮的电话响了。她从奎因怀里抽身出来，从包里拿出手机看了看屏幕。

"未知号码。"她一脸困惑地说，"喂，您好？"

"嗨，明妮，我是塔拉。奎因和你在一起吗？"

"你妈妈。"明妮朝奎因做了个口型。

"对，他在。"她告诉塔拉，"我把电话给……"

奎因闭上眼睛，伸出手接电话。

"不，不，我不需要和他说话。"塔拉说，"我只是想确认一下他是不是找到你了。之前他打电话跟我要你的号码，我也只能从你妈妈那里打听。我很高兴你们找到了对方。"

奎因准备接电话的手还留在原地，他困惑地皱着眉，不知道为什么明妮还在跟妈妈说话。

"我们在樱草山上，"明妮站起来朝马路那边的蓝房子挥挥手，"我现在在挥手呢，搞不好你能看到我。我们可以过去打个招呼吗？"

"不，不用了。你们自己好好玩吧。"塔拉说，"哦，对了明妮？"

"我在。"

"生日快乐，亲爱的。"

明妮说了再见，然后挂了电话。

"怎么回事?"奎因问。

"你之前找她要我的电话,她只是想确认一下你有没有找到我。"

奎因点点头,眼睛望向天空。"手机关机之后,我用朋友的手机给她打了个电话。我想着她可能会有你的电话号码。"

明妮靠在奎因的胸膛上。奎因双手环住她,吻了吻她的脖子,又一轮烟花恰好在此时炸响。流光在地平线上噼啪作响,明妮满足地舒了口气。和着吉他的音乐,两个人开始轻轻摇摆,她把头靠在他的肩膀上,然后,奎因说:"早上,我们要不要去荒野,坐在我们的山丘上看日出?"

"我们的山丘?我喜欢你这么说。"沉默片刻后,明妮说,"奎因,我能问你件事情吗?"

"当然,什么都行。"

"这是每次跨年夜莱拉都会问的一个傻问题。算是个传统吧——明年的这个时候,你希望在哪儿?"

"我希望在哪儿?"奎因想了一下,"我希望在这儿,与你一起,在樱草山上,在野餐上吃维他麦饼干。"

她笑得脸都麻了。她转过头吻住他的嘴。接吻的时候,明妮总是会暗暗想一些事情。在身体的接触之中,明妮总能感觉到对方可能在想什么,接下来会发生什么,她的感觉就像在看电影的时候读字幕,注意力并非完全在电影上。可是这个吻没有任何字幕。她那胡思乱想的脑袋完全输给了接吻的欢愉。

"你呢?"奎因终于得以开口说道,他温热的呼吸灼烧着明妮的脸,"你希望在哪儿?"

"我不介意在哪儿,"轻声说,"只要'整点报时的旅鼠'之中跟我接吻的人是你就行。"

明妮看到奎因瞪大了眼睛,用一种奇怪的声音说:"整点报时的旅鼠？你？……我就知道是你……"

 明妮得知奎因的故事后，再次俯身吻了奎因。整个世界都折叠在了樱草山这片小小的草地上。